Raffs Raritäten

Raffs Raritäten

Schwäbische Geschichten
von
Gerhard Raff

Deutsche Verlags-Anstalt
Stuttgart

Bibliographische Information Der Deutschen Bibliothek
Die Deutsche Bibliothek verzeichnet diese Publikation in der Deutschen Nationalbibliographie; detaillierte bibliographische Daten sind im Internet über http://dnb.ddb.de abrufbar.

4. Auflage 2004

Typografische Gestaltung und Satz: Martina Gronau
Reproduktionen: Typomedia GmbH, Ostfildern
Druck und Bindearbeiten: GGP Media GmbH, Pößneck
Printed in Germany

ISBN 3-421-05162-3

Inhalt

Vorwort

»Ich denke der alten Zeiten, der vorigen Jahre. Ich denke des Nachts an mein Saiten(Seiten-)spiel und rede mit meinem Herzen; mein Geist muß forschen.«

Mit diesem Psalmwort (77,6 f.) im Hinterkopf und der Uhr im Nacken sitzt der Verfasser seit zweieinhalb Jahren jeden Mittwoch früh in der störungsfreien Zeit zwischen Mitternacht und Morgengrauen vor einem leeren Blatt Papier, um es mit Hilfe göttlicher und der Gnade des Torschlusses mit einer »Rarität« für die Donnerstagsausgabe der »Stuttgarter Zeitung« zu füllen.

Seinen Lehrmeistern Thaddäus Troll (1914–1980) und Hansmartin Decker-Hauff (1917–1992) unendlich dankbar und deren Streben nach Wahrheit und wirtembergischer Qualitätsarbeit zutiefst verpflichtet (und somit allen Langweilern und Pfuschern abhold), müht er sich redlich, seine gscheiten Landsleute (und damit die intellektuelle Elite des Abendlandes) mit seinem schwäbischen Geschriebsel zu erfreuen, Hermann Hesses von unserer politischen Führung leider so wenig befolgten Forderung eingedenk: »Wenn wir einen Menschen glücklicher und heiterer machen können, so sollen wir es in jedem Fall tun.«

Augenscheinlich mit Erfolg, denn tausende treuer Leserinnen und Leser haben inzwischen schriftlich, fern- und nahmündlich den Wunsch nach einem Sammelband geäußert, dem hiermit willfahren wird.

So bleibt noch die Danksagung an Herrn Vizechefredakteur Martin Hohnecker aus Korntaler Uradel, der es unsereinem gestattet, »eine bunte Palette landesgeschichtlicher Raritäten anzubieten: Denkwürdigkeiten, Kalendergeschichten, Kuriositäten, Jubiläen, vergessene Landsleute – lauter Kostbarkeiten, die in unserem schnellebigen Internet-Globalismus unterzugehen drohen«.

Noch ein technischer Hinweis: Im Gegensatz zu anderen Dialektautoren verwendet der Verfasser aus humanitären Gründen die ihm vom Altmeister Josef Eberle alias Sebastian Blau (1901 – 1986) auferlegte, nahe an der Hochsprache orientierte, daher leserfreundlichere Schreibweise und rät, um den Wohlklang der Mundart voll zu erfahren, die Texte laut zu lesen. Und obendrein mit einem gewissen Augenzwinkern. Wie stehet doch in den Sprüchen Salomonis (15,13) schon so schön geschrieben: »Ein fröhlich Herz machet ein fröhlich Angesicht.«

Degerloch, an Sankt Radegundis Tag 1998
Gerhard Raff

»Ha no! Ha no! Ha noi!«

Das Geburtshaus von Johannes Rebmann in Gerlingen

Am 11. Mai 1848 hat der Missionar Johannes Rebmann, 28 Jahr alt ond a Wengertersbueb aus Gerlenge ond seit 1846 en Ostafrika, den Kilimandscharo (»Berg der bösen Geister«) entdeckt.

»Wie prächtig ist doch die ganze Landschaft in ihrer reichen Mannigfaltigkeit von Bergen, Hügeln und Tälern mit dem üppigsten Pflanzenwuchs! Ich glaubte in der Gegend um Cannstatt in meinem Vaterlande zu wandern, so schön war das Land, so lieblich das Klima. Freut euch, auch in Ostafrika gibt es Würtemberge!«

Ond sieht uff oimal zwische de Wolke den Schneeberg rausgucke, ond schreibt's nach Europa, ond dort lachet se'n aus, die Herre Gelehrte. Saget, er häb Halluzinazjone, er häb en dr Hitz die Wolke mit Schnee verwechslet oder Kalkstoi gsehe. Ond seit'm Herodot, seit fast zwoiehalbdausend Jahr woiß mr dees ond stoht's so en älle Büecher dren, es gibt koin Schnee am Äquator.

Aber d'Franzose hend's'm nach fenf Jahr endlich glaubt: »Ich muß auch noch sagen, daß ich von der Geographischen Gesellschaft in Paris eine schöne silberne Medaille erhalten habe, für meine Entdeckung des Schneebergs Kilimandscharo.« Ond schwäbisch bescheide schreibt'r weiter: »Ihr müßt aber nicht denken, daß mich diese so sehr gefreut habe.

Ich habe dies alles als Eitelkeit ansehen gelernt, ich bin ja nicht ausgezogen, um geographische Entdeckungen zu machen, sondern den Völkern, die in Finsternis und Todesschatten sitzen, das Heil in Christus aufzudecken.«

Neunezwanzich Jahr lang am Stück (sei Weib isch glei an're Tropekranket gstorbe) hat'r's en Afrika ausghalte, missioniert, gforscht, Landkarte gmalt ond die Sprache ond die Bräuch vo dene Eigeborene uffgschriebe.

Anno 1875 isch'r fast blend wieder hoimkomme ond 's Jahr druff em heilige Korntal gstorbe, ond uff sein Grabstoi uff'm alte Kirchhof hend se druffgschriebe: »Safe in the arms of Jesus.« Ond en Gerlenge hat'r a Denkmal kriegt vom berühmte Professer Fritz von Graevenitz von dr Solitude. Ond a Denkmal stoht sogar en Mombasa.

Jetz des scheene Wengertershaus en Gerlenge en dr Kirchstraß 18, wo der Johannes Rebmann am 16. Januar 1820 uff d'Welt komme isch, des hat mr so richtig verkomme lasse. Ond jetz hat's Stadtrat Y. (Immobilienhändler) vom Stadtrat X. (Architekt ond Fraktionsöberster) seim Weib abkauft ond dät's gern trotz Denkmalschutz abreiße.

Ha no! Ha no! Ha noi! Mir send doch net en Palermo. Oder Stuegert. Ein gueter Rat, Herr Stadtrat, onter zivilisierte Leut: Renovieret Se des Häusle Nr. 18 so bildschee wie die Häuser 22 ond 24 drnebe. Ond stellet Se sich den Imätschgewinn für sich, Ihre Brantsche ond Ihre traditionsreiche Partei vor, wenn em Mai 1998 die Welt uff des 1201jährige Gerlenge guckt. Ond onter ons, a scheeners Denkmal könnet Sie sich nemme setze.

Nachtrag: Das Regierungspräsidium Stuttgart hat den Abbruch des geschichtsträchtigen Gebäudes untersagt. Dagegen wird derzeit noch prozessiert. Ond so ebbes wählet se en Gmeinderat…

Regelrechter Altstadtschlamper

Eberhard der Jüngere
im Regiment 1496

Ganz egal, was mir au emmer für a Regierung zammewählet, ganz so schlemm wie vor 500 Jahr ka's net komme. Am 25. Februar 1496 isch dr Eberhard em Bart (»der weiseste unter den Fürsten Germaniens«) gstorbe ond hat von seire liebe Barbara Gonzaga von Mantua koin Buebe ghet, ond deswege isch sei Stuegerter Vetter, dr Eberhard dr Jöngere, vornenakomme, »ein regelrechter Altstadtschlamper«, so hat'n dr guete Professer Decker-Hauff selig ghoiße.

Ond en seire berühmte »Geschichte der Stadt Stuttgart« schreibt'r: »Eben noch von einem Herrscher gelenkt, für den Recht und Gewissen, Gottesfurcht und Verfassungstreue unerschütterliche Grundpfeiler seines Handelns waren, mußten sich die Untertanen nun einem zerfahrenen Manne fügen, dessen Schreckensregiment von Gewalt und Willkür strotzte. Angst verbreitete sich in Stuttgart.« Jedefall hat der Denger (wie sei Brueder, der Heinrich »der Narr«) von dr Großmuetter Henriette von Mömpelgard ond dr Urgroßmuetter Antonia Visconti von Mailand her en Schade onter dr Kapp ghet.

Ond sei Vatter, der Graf Ulrich der Vielgeliebte hat »sich mermals vernemen lassen, er weltte, daß vnder seinen zwaien sonen der ain ain waschgöltt vnd der ander ain schmaltzhaff were, vff daß er solche seinen Nachbarn auch leihen mechte; hatt damitt wellen anzaigen, daß sie zu allen sachen untaugenlich weren«, so der Stuegerter Ratsherr Sebastian Küng.

Anno 1467 hat der Denger a netts ond nobels Mädle heirate därfe, a Hohenzollerin, dui Elisabeth von Brandenburg (»welche Ehe weder friedlich noch fruchtbar gewesen«), aber nach'me Weile hat'r se scho wieder hoimgschickt zu ihrem kurfürstliche Vatter. Ond isch jedem Rock nachgstiege, ond wenn'r von de Menschle gnueg ghet hat, send d'Viechle drakomme, so schreibt's dr Ulrich von Hutten: »cuius libido tam perdita fuit, ut ne a bestiis abstinuerat«.

Afangs 1480 hat'r's nemme verwarte könne ond sein Vatter uffs Altetoil gschickt, so daß der »vihl Herzstöß erlitten« ond bald druff gstorbe isch. Hat aber vom Regiererles soviel verstande wie a Sau vom Oierlege, ond hat Schulde gmacht wie a Säutreiber ond nemme nausgsehe, ond hat sein gscheite Vetter Eberhard en Urach gfragt, ob'r net seine Schulde ond sei Stuegerter Landeshälfte übernemme wöllt.

Ond so isch des Wirteberg nach vierzich Jahr Spaltung anno 1482 em Münsinger Vertrag wieder zammekomme. Ond dr Eberhard em Bart isch a Sege gwä für sei Land ond fürs Reich. Bis an sein letzte Dag. Oder bis heut.

Ond jetz kommt so ein »unberechenbarer, launischer, sprunghafter, sittlich verwildeter Quertreiber« ans Regiment ond läßt sich am 1. März 1496 en Stuegert huldige. Ond duet au no so scheiheilig, wie wenn'r jetz anders ond besser worde wär: Statt uffm hohe Roß kommt'r per pedes, Arm en Arm mit dem fromme Bischof von Augsburg, ond verspricht, daß'r sei Weib wieder mag ond emmer aständig sei will ond a reachter Regent.

Älles Luge, älles Schwendel, älles Public Relation. Kaum sitzt'r uffm Sessele, isch'r wieder dui alt Drexau. »Rexit autem, ne dicam destruxit Wirtenbergensem Ducatum annis fere duobus« (er regierte, besser gesagt, ruinierte das Herzogtum fast zwei Jahre), so der gelehrte Abt Johannes Trithemius.

Ond em Frieleng 1498 macht dr Landtag dem »wurmstichige Regiment« a End ond schickt den Schlurger samt seire verkommene Bagasch dort na, wo dr Pfeffer wächst – »ein in der deutschen Verfassungsgeschichte ziemlich einmaliger Vorgang«. Bis 1989.

Aber net en Chile, uff dr Burg Lindefels em Odewald, »in des Pfaltzgraven Lande im Ellende« stirbt'r am 17. Februar 1504 ond wird en Heidelberg en dr Heiliggeistkirch vergrabe. Ond kriegt koin Grabstoi.

Graf / Herzog Eberhard VI. / II. (n. 1444 – 1504)

Sei arms Weib aber därf no 20 Jahr als »Wohlthäterin Wirtembergs« weiterlebe. Ond no hondert Jahr danach hend Leut Bleamle uff ihr Grab en dr Stiftskirch en Stuegert glegt.

Vierhondert Jahr Grombiere

Jean Bauhin
und Bad Boll

Oiner schreibt's vom andre ab. Älle schwätzet's nach. Schließlich glaubt's a jeder, obwohl's überhaupt net stemmt. Grad so wenig, wie beispielsweis der erste wirtebergische Landtag en Leonberg em Schwarze Adler tagt hat, grad so wenig hend die Waldenser die erste Kartoffle en Wirteberg abaut. Ehrlich wahr.

Om 1560 hend die Spanier die erste Grombiere (= Grundbirne, auch Ebbiere = Erdbirne genannt) aus Chile ond Peru nach Europa bracht. 1564 fendet mr se en Italie, 1580 en Belgie, 1587 en Breslau, 1588 en Nürnberg ond en de kaiserliche Gärte von Wien.

Anno 1590 aber hat der berühmte Botaniker Dr. Johannes Bauhinus alias Jean Bauhin (1541 – 1613, vorm. Student beim Professer Leonhard Fuchs en Dibenge, jetz Leibarzt vom Graf, seit 1593 Herzog Friedrich I. em wirtebergische Mömpelgard /Montbéliard) die erste Grombiere ghet ond se »solanum tuberosum esculentum« (eßbares, buckeliges Nachtschattengewächs) ghoiße.

Ond 1596 hat se sein Brueder Caspar Bauhinus (1560–1624) en seim Pflanzeatlas »Phytopinax« ausführlich beschriebe ond nomol ausdrücklich gsait, daß mr se ohne Risiken und Nebenwirkungen verspeise ka.

Aber was dr Bauer net kennt, des frißt'r au net. Ond mir

Dr. Johannes Bauhinus (1541 – 1613)

Schwabe hend an Schweinebauch ond Ripple mit Sauerkraut oder an Linse ond Spätzle ond Saitewürstle soviel Freud ghet, daß's ons nach dem exotische Gfräß gar net glustet hat.

Die Baure hend en dene drei Generatione Friede vorem Dreißichjähriche Krieg au wertichs ihr »Huhn im Topf« ghet ond gar koine Grombiere braucht. So reich wie seinerzeit seiet se erst wieder worde, wo se statt zentnerweis Woize ond Kraut quadratmeterweis Äckerle ond Wiesle hend verkaufe könne.

Anno 1596 läßt dr Herzog Friedrich I. sein geniale Baumeister Heinrich Schickhardt den »Würtenbergischen Wunder-Bronnen«, des Bad Boll baue, ond sein Doktor Bauhinus soll so en scheene Renaissancegarte drnebenapflanze: »In summa, und das ichs kurtz mache, so lassen Ihre Fürstl. Gnaden sich nichts dawren, und sparen keine Costen, noch Mühe, damit diser Wunderbrunn auffs statlichst herauß geputzt, und mit allerhand lustigen Sachen gezieret werde, so zu der Krancken Gesundheit, die zu diesem Bade kommen, dienlich sein mag.«

Ond der Botaniker Bauhin beschreibt en seim Boller Badbuch älle die Heilkräuter em »Küchengarten« ond die Zierpflanze em »Lustgarten«. Ond zur Zierde wachset da au Tabak ond Kartoffle - die erste Grombiere en altwirtembergischem Grond ond Bode.

A bißle früher dragwä isch der Graf Rudolf V. von Helfenstein (1560–1601), der hat scho anno 1595 Grombiere em Schloßgarte von Wiesesteig ghet. Aber des zählt net, denn wie die Helfesteiner mit seim Jonge, dem Rudolf VI. 1627 ausgstorbe send (die werdet doch aber net des greane Grombierekraut gfresse han), isch no dui Grafschaft an die Bayre komme. Ond wenn dr Napoleon 1806 ons des Sach net en dr Flurbereinigung gschenkt hätt, dr Franz Josef Strauß hätt bis ens Goisetäle romregiert.

Ond jetz zu de Waldenser. Em Frieleng 1701 kommt der Maître Antoine Seignoret von Lucerne en Piemont mit 200 Grombiere nach Schönenberg bei Maulbronn dahomme ond steckt se em Garte von seim Freund, dem Waldenserhauptmann ond Pfarrer Henri Arnaud. Ond em Herbst hend se 2000 Stück vo dene »Waldenserknolle« wieder rausgrublet. Ond en jedes vo dene 15 Waldenserdörfer je 100 verschenkt. Ond send so schließlich Wohltäter von Wirteberg worde.

Die Preuße aber danket die Kartoffle em Alte Fritz ond hoißet die em Fett gsottene Grombiereschnitz aus lauter Dankbarkeit heut no »Pommfritz«, wie dies der führende Potatologe unserer Zeit, Prof. Dr. Louis Holm, in seinem

Henri Arnaud (1641 – 1721)

Standardwerk »Der Zwiebelkuchen« (Stuttgart 1993, S. 48 ff.) wissenschaftlich nachgewiesen hat.

Mir Wirteberger aber, die mir in diesen rinderwahnsinnigen Tagen onsern Grombieresalat ond onsere gröschte Grombiere verdrucket, mir erheben onser Glas Bratbieremost auf das Wohl von Jean ond Caspar Bauhin, Antoine Seignoret ond Henri Arnaud. Merci Messieurs, à votre santé et vief la grombier!

Blut-Bad Cannstatt

Karlmanns Massaker 746

Mensch Maier, wie doch dui Zeit vergoht, jetz send des au scho wieder 1250 Jahr her, daß se ons Schwabe en Cannstatt so massehaft massakriert hend.

Fanget mr von vorne a: Em Testament vom Karl Martell († 741) isch's drengstande, daß sei oiner Jonger, dr Pippin der Kleine (dr Vatter von Karl dem Großen) des westliche Frankereich samt Burgund ond Provence erbt, dr ander Jong, dr Karlmann, aber den östliche Toil samt Thüringen ond onserm Schwaben (=Alemannien) kriegt. Also des Land zwische Asperg ond St.Gotthard ond von de Vogese bis zom Lech.

Für älle Begriffsstutzige wie Altbadener, Stuegerter Oberbürgermoister ond Rundfunk-Moderatoren aus gegebenem Anlaß nomol deutlich zom Mitschreibe: Schwaben (=Alemannien) umfaßt die Länder Baden ond Württemberg südlich der Demarkationslinie Hornisgrinde-Hesselberg, ferner Hohenzollern, das Elsaß, die schwyzerdütschsprachige Schweiz, Liechtenstein, Vorarlberg sowie die seit Napoleon völkerrechtswidrig unter bayrischer Verwaltung stehenden schwäbischen Ostgebiete zwischen Iller und Lech.

Testament hin, Testament her, mir freiheits- ond au sonst durstige Schwabe hend den Karlmann aber oms Verrecke net obedra han wölle, hend wölle für ons sei ond hend jedes Jahr mit onserm Herzog Theutbald en Uffstand gmacht gege die fränkische Besatzungsmacht. Ond des vier Jahr lang.

Ond em fenfte Jahr – anno 746 – kommt der Karolinger Kog Karlmann mit seire »Grande Armée« (»cum exercitu grosny«) ond einem Mordszorn (»cum magno furore«) uff hie. Ond duet no so henterhältig, wie wenn'r mit ons über a Autonomieabkomme verhandle wöllt.

Ond hat die Spitze von Staat, Gsellschaft, Militär ond Wirtschaft, also älle Schwabe mit Abitur und / oder Bausparvertrag, nach Cannstatt (»in loco qui dicitur Condistat«) bstellt, wo se ja seit Urzeite emmer zu diesem multinationalen Alkoholikerkongreß namens Volksfest zammekommet.

Ond hat fenfezwanzich Fässer Cannstatter Zuckerle nagstellt, ond je hondertfuffzich Käste Freibier von Wulle, Dinkelacker, Hof- und Schwabenbräu. Ond mir nadierlich hend des nagsoffe eingedenk der Schwabenväter gutem Rat: »Ihr glaubet gar net, was en oin neigoht, wenn's nex kostet.«

Aber omsonst isch dr Tod. Ond no eb mir die Franke dopplet gsehe hättet, hend se ons scho dausendstückweis de Kopf ragschlage ghet (»Carolomannus intravit Alamanniam, ubi fertur quod multa hominum milia ceciderit«).

Gnädigerweis aber hat'r scheint's au ebbes Leut verschont, denn a paar domme Schwabe, hat'r sich jedefall gsait, braucht mr emmer zom Schaffe.

Mit diesem »Cannstatter Blutgericht« isch's aus gwä mit dem alte Herzogtum Schwaben oder Alemannien, ond der berühmte Professer Peter Goessler von Dibenge (vorm. Degerloch) moint sogar: »Mit diesem Ereignis endet die germanische Frühzeit unseres Landes.«

Dem Karlmann aber isch der Ablick von dene kopflose Großkopfete so nachgange, daß'r schwermüetig worde isch ond sei ganze Karriere an Nagel ghängt hat ond en Vorruhestand, ens Kloster gange isch anno 747. Siebe Jahr später hend se´n en Montecassino vergrabe.

Alle Macht dem Geist

Reintelligenzifizierung des deutschen Südwestens

Während die britische Rinderseuche (BSE) dank der fürsorglichen Haltung der Regierung Major mittlerweile in aller Munde ist, sind Existenz und Auswirkungen der weitaus gefährlicheren menschlichen Abart dieser Massenepidemie (BLED) wohl mit Rücksicht auf die politischen und soziologischen Folgen bisher unpubliziert geblieben. Und so ist es der breiten Öffentlichkeit bislang verborgen worden, daß sich unlängst am 500. Todestag des genialen Grafen und Herzogs Eberhard im Bart im einstigen Festsaal der Universität Tübingen, der jetzigen Fürstengrablege im Chor der Stiftskirche St. Georg unter dem Protektorat des Herzogs Carl Eugen von Württemberg ein Kuratorium zur Reintelligenzifizierung des deutschen Südwestens unter dem Vorsitz des Professorendreigestirns H. Bausinger, W. Jens und H. Küng konstituiert hat.

Wie, hatten sich die gelehrten Herren im Elfenbeinturm schon jahrelang gefragt, ist es, bitte schön, möglich, daß dieses Württemberg, diese einstige Gelehrtenrepublik Schwaben (seit den Tagen der Karolingischen Renaissance die intellektuelle Speerspitze und kulturelle Elite im Heiligen Römischen Reich Deutscher Nation) unterdessen auf das geistige Niwoh der Nachbarstaaten Baden, Bayern und Hessen abgesunken ist?

Graf / Herzog Eberhard V. / I. »im Bart« (1445–1496)

Angeregt durch die mittlerweile auch in Fachkreisen unumstrittene Grundlagenforschung des renommierten Cerebralphysiologen M. Richling von der Universität Stuttgart, erkannte die Tübinger Professorenschaft, zumal seit der Einführung des werbefinanzierten und daher idio- und quotenorientierten sogenannten Doofelesfernsehens, das TV-Gerät als systemresistenten Hauptüberträger des BLED-Virus.

Da aus humanitären Gründen weder an eine Notschlachtung der betroffenen Zuseher gedacht noch aus außenpolitischen und nationalökonomischen Erwägungen heraus eine EU-finanzierte Demolierung der Infektionsherde in Brüssel durchgesetzt werden kann, schlägt das Tübinger Professorentrio als Sofortmaßnahmen im Rahmen eines mittelfristigen Langzeitprogramms den folgenden Zehn-Punkte-Katalog vor:

1) Einführung des fernsehfreien Montags (Helmut-Schmidt-Gedächtnis-Plan)

2) Exklusive Sendelizenz an Dienstagen für Südwest III, mittwochs für Arte
3) Betriebsgenehmigung für Satellitenschüssel und Kabelanschluß nur noch gegen Nachweis des Abonnements einer Tageszeitung
4) Unterbrechung der Werbeinseln durch ebensolange sogenannte Kulturblocks
5) Aufnahme des Straftatbestandes Volksverblödung durch Medienunternehmer in das Strafgesetzbuch
6) Abführung eines Blutzolls (Ketchupgeld) und einer Leichenschaugebühr für Gewaltfilme
7) Einzug der Werbeeinnahmen zugunsten des Sozial- und Hochschuletats des Landes
8) Da gesundheitsschädliche Cerebralzuckungen des Publikums sowohl bei volksdümmlicher als auch bei Heavy-Shrodd-Musik auftreten (sogenanntes Reichsparteitagssyndrom), Ersatz durch klassische Konzerte
9) Tennis- und Bundesligaspiele dürfen nur noch ausgestrahlt werden, wenn mindestens 51 Prozent der Mitwirkenden Mittlere Reife haben
10) Einführung der freien Rede und der Nullpromillegrenze bei Übertragungen aus dem Deutschen Bundestag.

Der von diesen Vorschlägen begeisterte neue Landtag ernennt auf seiner konstituierenden Sitzung das Tübinger Triumvirat überraschend zum Nachfolger von E. Teufel auf der Rechtsgrundlage des von der 68er-Bewegung herbeigeführten Bildungsnotstandsgesetzes (»Alle Macht dem Geist«). Teufel wird zum Geschäftsträger beim Heiligen Stuhl in Rom mit Betreuung der Toskana-Fraktion berufen. Sein präsumptiefer Stellvertreter W. Döring dagegen darf als EU-Sonderbeauftragter für das zuckende Häller Landschwein weltweit segensreich wirken.

Der kleine Prinz

Herzog August

Wer en Stuegert en d' Stiftskirch goht, ond des send sonntichs gottlob emmer no ganz schee viel, ond guckt uff dui Kanzel, der sieht automatisch den alte Grabstoi an dr Wand drhenter mit dem Herzogswappe druff: »Hörnle, Weckle, Fähnle, Fisch, Du bisch!« (Hirschhörner von Wirteberg, Rauten von Teck, Reichssturmfahne von Markgrönenge, Barben von Mömpelgard / Montbéliard).

Ond wenn der Stoi net wär, dät koi Mensch meh dradenke, daß vor 400 Jahr, der Prinz August gstorbe isch, zwoi Monat weniger drei Dag alt.

Sei Vatter isch der Herzog Friedrich († 1608), der mit de Alchemiste gwä. Sei Muetter, dui Sibylla von Anhalt († 1614), dui mit dem scheene Schickhardtsche Pomeranzegarte en Leonberg. Dui fruchtbarste Frau im Hause Württemberg, neun Buebe ond sechs Mädle, fuffzeh Kender en fuffzeh Jahr, ond der hätt're garantiert nomol zehn Kender uffghängt, wenn'r d'Lust an're net verlore ond se net sitze lasse, ond sich drfür dutzedweis Menschle herdo hätt, der Lomp, der läufig.

Der August isch als Kend Nommer 14 am 24. Januar 1596 (älles Julianischer Kalender) am elfe morgnets en Stuegert em Alte Schloß uff d'Welt komme. Ond am 7. März isch'r en dr

Herzog Augusts Grabmal

Schloßkirch daift worde, ond hat nach'm erste römische Kaiser ghoiße.

Ond weil der Friedrich grad von seim alte Freund, dem Keenich Henri Quatre von Frankreich, dem sein ällerhöchste Orde, den St.Michaels-Orde gschenkt kriegt hat, hend se en Haufe Geld verpulvret mit Festlesfeire. Ond wer will, ka's nachlese beim Felix Platter en seine Memoire (»nicht ohne culturgeschichtliches Interesse«).

Ond oineweg isch des Büeble bloß 58 Dag alt worde, ond bis heut woiß no koi Mensch, warom des Augustulusle am 21. April 1596 morgnets am sechse so jong gstorbe isch.

Am Dag druff hat mr'n vergrabe »zu alleroberst im Chor« en dr Stiftskirch. Ond dr Herr Hofprediger Lucas Osiander hat a scheene Leichepredigt ghalte, ond dui isch sogar druckt worde, ond da hoißt's: »Die junge Kinder, so in jhrer Kindheit sterben, haben auch disen Vortheil, daß sie durch des Satans List nicht mit falscher Lehr, noch durch Weltliche fleischliche Wollust mögen verführt werden, wie laider vilen alten Leuten geschicht, welcher hertzen mit falscher Lehr vergifftet, vnd in Jrrthumb vnd Abgötterey gezogen werden, oder aber durch Geitz, schandtliche Wollust, oder andere schwere Sünden in Gottes Vngnad vnd Zorn fallen, darvor seind die junge Kindlin gesichert, wann sie bald auß diser armen Welt hinweg gezuckt werden.«

Ond uff des Kendergräble hend se den scheene Stoi nuffdo ond neigmeißlet:

»AVGVSTVS. DVX WIRTEMBERGENSIS. ET TECCENSIS. COMES MONTISPELIGARDI. NATVS XXIIII.IANVARII. ANNO MDXCVI. EIVSDEM ANNI XXI.APRILIS. FOELICITER. IN DOMINO. OBDORMIVIT.«

Vor fast 125 Jahr hat mr den Stoi onter frische Bodeplatte zudeckt, daß neamerts drüberstolpret. Ond anno 1953 beim Wiederaufbau hend se des Grab wiedergfonde, ond des Holzsärgle mit dem Würmle dren isch »völlig zerfallen« gwä. Ond zur Eiweihung anno 1958 hend se no den Stoi en dui Wand henter dr Kanzel eigmauret.

Ond wer an den kleine Prinz denkt, der denkt au an de Ludwig Uhland:

»Auf den Tod eines Kindes
Du kamst, du gingst mit leiser Spur,
ein flücht'ger Gast im Erdenland:
woher? wohin? Wir wissen nur:
aus Gottes Hand in Gottes Hand.«

Hölderlins Freund

Rudolf Magenau

Woiß net, wieviel Wirteberger sonst no dra denket, daß am 23. April 1846, der Rudolf Friedrich Heinrich Magenau gstorbe isch, so a gscheiter Kerle ond oineweg vergesse, em Hölderlin sei Freund ond'm Mörike sei Vetter.

Aus Markgrönenge isch'r gwä, Jahrgang 1767, dr Vatter Amts- ond Stadtschreiber ond sei Muetter 's Mädle ond 's Enkele vom Landrat, lauter Ehrbarkeit, ond a Lebenslauf wie aus'm Bilderbuech für wirtebergische Honoratiorebüeble: Lateinschuel en Markgrönenge, Klosterschuel en Denkedorf, Seminar en Maulbronn ond von 1786 bis 1791 en Dibenge uff'm Stift. Mit dene ganze Geistesakrobate Hegel, Hölderlin & Schelling.

Ond mit'm Hölderlin hat'r Freundschaft gschlosse, ond selbdritt mit dem Stuegerter Christian Ludwig Neuffer (1769–1839) hend se nach dem Göttinger Vorbild den »Schwäbischen Dichterbund 1788 e. V.« gstiftet: »Wir drei lebten zusammen in friedlicher Stille. Kein Tag verging, an dem wir uns nicht gesprochen, kein Abend, an dem wir uns nicht gesehen hätten. In gleicher Laufbahn rangen wir nach dem Ziele, dem Dank der Musen.«

Ond em Garte vom Lammwirt hend se sich troffe: »Ein niedliches Gartenhäuschen nahm uns da auf, und an Rhein-

Rudolf Magenau (1767 – 1846)

wein gebrach es nicht. Wir sangen alle Lieder der Freude nach der Reihe durch. Auf die Bowle Punsch hatten wir Schillers Lied an die Freude aufgespart. Ich ging sie zu holen. Neuffer war eingeschlafen, Hölderlin stand in einer Ecke und rauchte. Dampfend stand die Bowle auf dem Tische, und nun sollte das Lied beginnen, aber Hölderlin begehrte, daß wir erst an der kastalischen Quelle uns von allen unseren Sünden reinigen sollten. Nächst dem Garten floß der sogenannte Philosophenbrunnen, der war Hölderlins kastalischer Quell; wir gingen hin durch den Garten und wuschen das Gesicht und die Hände; feierlich trat Neuffer einher; dies Lied von Schiller, sagte Hölderlin, darf kein Unreiner singen! Nun sangen wir; bei der Strophe 'dieses Glas dem guten Geist' traten helle klare Tränen in Hölderlins Auge, voll Glut hob er den

Becher zum Fenster hinaus und brüllte 'dieses Glas dem guten Geist' ins Freie, daß das ganze Neckartal widerscholl. Wie waren wir so selig!«

Nebeher hend se aber au no studiert, ond em Sommer 1791 hat dr Magenau sei theologisches Exame gmacht ond erst amol a Weile als Vikar gschafft en Tamm ond Vaihenge an dr Enz. Ond em Juni 1794 hat'r a oigene Pfarrstell kriegt, henter Pfuideifel en Niederstotzenge an dr Grenz zom Balkan. Ond hat astandshalber a Woch druff des älteste Mädle von seim grad verstorbene Amtsvorgänger gheiratet ond isch oineweg 32 Jahr lang selig gwä mit're, ond se hend acht gsonde Kender ghet mitnander.

A Vierteljahrhondert drnach hend se'n befördert ond en den Nachbarflecke Hermarenge, ond dort isch'r au gstorbe ond vergrabe worde, ond dr Keenich Wilhelm I. hat'm no zom fuffzichjährige Amtsjubiläom des Ritterkreuz vom Kroneorde mitsamt'm »von« verliehe ghet. Hat'r sich aber nie ado.

Nebe dem Haufe Gschäft als Pfarrer hat'r seiner Lebtag voll dichtet ond Hymne ond Ballade gschriebe, Lyrik ond Kendergschichtle, Ortschronike ond Lehrbüecher für Schuelmoister ond ebbes geistliche Gesänge. Ond sogar »Kaiserlich gekrönter Poet« hat'r sich hoiße därfe. Ond der hochgerühmte (grad so vergessene) Johann Gottfried Pahl preist den »Mann von trefflichem Humor, von guter Dichteranlage und noch besserem Herzen.«

Aber wie wenn'r's selber gwißt hätt, daß'r amol vergesse wird, hat'r scho anno 1805 en äller Bescheideheit gschriebe: »Mein Saitenspiel glänzt nicht von Gold, rauscht nicht von stolzen Lorbeerkränzen, es ist der stillen Einfalt hold und wünscht, wie diese, nie zu glänzen.«

Termingerecht zom 100. Todestag hat die »allezeit dankbare Gemeinde« Hermaringen sei Grab eigebnet, anno 1963 aber wenigstens ihr Schuel nach'm ghoiße.

Keenichs Päule ond ihre Verwandtschaft

Erster Degerlocher Kindergarten 1896

Geographisch ond genealogisch hend mir Degerlocher scho emmer uff die Stuegerter ronterguckt. Geographisch: »Dahonne leit dui Sau ond frißt Steure, ond mir Bachel müesset se fuettre.« Genealogisch aber woiß mr scho lang, daß mir »ebbes Bessers« send.

Der ganze Degerlocher Uradel, die Gohl, Harm, Raff, Neef, Kies, Frech, ond wie se älle hoißet, send nämlich älle hochadligen Geschlechts ond blauen Geblüts. Ond ob des dr Professer Heuss oder Decker-Hauff isch, oder dr Prinz Henrik von Dänemark, ällesamt hend se ihre fürstliche Vorfahre aus Degerloch.

Ond früher hat sich dr Stuegerter Hof, hauptsächlich dui Keenigin Olga ond ihr Herzogin Wera, a Sonntichsvergnüege draus gmacht, ond isch mit dr Kutsch über die Filder gfahre ge Baureleut agucke mit'm Opernglas: »Der da nicht, aber dieser da, das könnte auch einer sein. Bei dem guckt no dr Carl Herzich raus.«

Ond des isch recht ond billig, daß dui Fürstin Gloria ausgrechnet en Degerloch uff d'Welt komme isch, denn so hend mir dere Briefträgersfamilie Thurn ond Taxis wieder hoimzahle könne, was sie über den Herzog Carl Eugen ond sei Muetter Maria Augusta von Thurn ond Taxis ons ado hend.

Ond onser letzter Keenich, dr Wilhelm II., dr Beste, der

hat die Degerlocher Mädle emmer bsonders freundlich (ond zerst) grüeßt, wenn se'm uff dr Hoheheimer Straß mit'm Milchwägele verkomme send. Denn schließlich hättet die statt »Grüß Gott, Herr Keenich!« au »Grüß Gott, Herr Vetter!« sage könne.

Vor hondert Jahr hat sich des blaue Bluet sogar amol auszahlt: Am Sonntich, dem 3. Mai 1896, isch »Keenichs Päule« (nachmalige Fürstin zu Wied, 1877–1965) uff hie komme ond hat dui »Kleinkinderbewahrungsanstalt Prinzessin Pauline«, des Kenderschüele en dr Rubensstraß eigweiht. Dr Keenich hat ebbes druffglegt ghet, hauptsächlich aber hend's die reiche Leut von dr »Villa«, vom Villeviertel drusse zahlt. (Hend ja au ihre Bauplätz so billig kriegt ghet em »Höhenluftkurort«).

Mit ihrer Chaise ond ihrer Hofdame Fräulein von Riedel isch se dui Stoig ruffkomme, ond d'Glocke hend glitte, ond vom »Gasthof zum Ritter« a isch dr ganz Flecke Spalier gstande, von de Schuelkender bis zu de Veterane 70 / 71 vom Krieger- ond Militärverei en Uniform, sogar die paar Sozialdemokrate, ond oi Fahnemeer, schwarz-rot für Wirteberg, weiß-rot für Degerloch.

Ond weil die Degerlocher dank dem wirtebergische Wohlthäter Karl von Ehmann ond'm Schultheiß Wilhelm Gohl endlich a Wasserleitong ghet hend, send se älle extra frisch gwäsche gwä, ond die Mädle en weiße Kloidle, ond die Buebe en blaue Bleyles-Azügle. Ond dr Keenich hat sei Pauline scho uffklärt ghet: »Das alles ist unsere Verwandtschaft wegen Herzog Carl Eugen...« (So hat's Päule später ihrer Schwiegertochter wörtlich verzählt).

»Die Prinzessin betrat nun den schönen, lichten und luftigen Saal und begrüßte in freundlichster Weise die anwesenden Gäste und die Kollegien der (Anm.: damals noch freien) Gemeinde.« Ond no hend se gsonge ond gschwätzt ond gsonge »Lasset die Kindlein zu mir kommen.«

Prinzessin Pauline als Braut 1898

»Unterdessen wurden die Kleinen in den Saal geführt, wo sie bald die milde Hand ihrer Beschützerin kennen lernen durften. Prinzessin Pauline verteilte selbst unter die etwa 170 Kinder die von ihr gestifteten Brezeln und Kuchen und unterhielt sich in freundlicher Weise mit den Kleinen. Freudestrahlend nahmen sie die Gaben der Spenderin in Empfang.«

Mei Großmuetter (ihr ältester Bueb isch am Karlstag 1912 uff d'Welt komme, Karl Eugen daift worde ond am Karlstag 1986 vergrabe worde) hat no mit 92 Jahr von dr Prinzeß Pauline ihrer Schneckenudel gschwärmt ond hat se dausendfach em Lebe weiterverschenkt. Die von »dr Villa« drusse aber, die ganget heutzutag lieber ge Luxemburg stifte, die Kapitalshirsch, die knickige.

Pauly et Paulus

August von Pauly

Nebe Schwäbisch isch Griechisch ond Lateinisch die wichtixte Kultursprache von dr Welt. Ond wer wenigstens oine von dene drei fließend schwätze ka, der zählt audomadisch zur intellektüllen Elite von dr Menschheit. Ond schee, daß trotz äller Bleedmacherei emmer no so viele Jonge die drei Zentralsprache lernet.

An meiner Stehkrageschlosseroberrealschuel en dr Hoheheimer Straß hend se oim des leider, leider net beibracht. Ond erst nach'm Abitur hend mir des ganze Graecum ond Große Latrinum nachhole därfe, ond bei dere Glegeheit isch mir's erstemol der Name »Pauly« uffgfalle, dui »Realencyclopädie der classischen Altertumswissenschaft«, des Standardwerk für älle, egal ob en Heslich oder en Harvard, wo sich mit dr Antike beschäftiget, »längst zu einem Weltbegriff im Reich der Wissenschaft geworden«.

Ond wem verdanket mir des Meisterwerk? Nadierlich einem schwäbischen Landsmann: dem Gottlieb Wilhelm August (von) Pauly.

Sei Großvatter, a hergloffener Husar aus Madjar ond au no kadolisch, hat en Ludwigsburg 's Rosewirtstöchterle gheiratet ond hat no beim Herzog Carl Eugen als Kammerdiener schaffe därfe (wie der en »Kabale ond Liebe«, wo dr Erich Ponto selig emmer so schee gspielt hat). Ond ihrn Jonge hend se effangelisch daift, ond der hat sogar Pfarrer glernt ond en dui wirtebergische Ehrbarkeit neiheirate därfe, em Professer Kapff von Denkedorf sei Mädle. Ond vor 200 Jahr isch dene zwoi em Pfarrhaus en Bennenge am Necker der August uff d'Welt komme am 9. Mai 1796, genau neun Jahr vorem Schiller seim erste Todestag.

Ond dort am Neckerlimes isch des Kend uffgwachse, ond dr Vatter hat'm viel von dene alte Römer verzählt. Später send send se no nach Maulbronn ens Kloster verzoge, ond hat'r en Dibenge Altphilo- ond Theologie studiert ond anno 1818 ein I-a-Exame gmacht. Ond hat no a Jahr en Heidelberg draghängt, ond no hat'r als Lehrer (onter anderem au vom Mörike) em Seminar en Urach ond em Dibenger Stift gschafft.

Ond »sein heller Verstand, schneller Witz, sichere Urteilskraft, glücklichste Darstellungsgabe und gründliche gelehrte Bildung« hend's ausgmacht, daß'r scho mit 26 Jahr Rektor von dr Lateinschuel en Biberach worde isch. Dort hat'r au gheiratet, des Kanzleiratstöchterle Sophie Paulus, hend aber koine Kender ghet mitnander.

Om so besser hat'r's mit de Schuelkender könne, ond mit 34 hend se'n als Professer an des berühmte Eberhard-Ludwigs-Gymnasium en Stuegert gholt. Ond so nebeher hat'r dort »Paulys Realencyclopädie« mit 17 andre Gelehrte verfaßt ond isch grad bis zom Buechstabe »J« (Juno) komme gwä, ond no hat'r no so jong am 2. Mai 1845 an Speiseröhrekrebs sterbe müeße.

Seim Weib ihr Vetter, der Eduard Paulus d. Ä. vom »Königl. Württ. Statistisch-Topographischen Bureau« hat so lang uff'n neigschwätzt ghet, daß'r außer über die alte Römer ond Grieche au no fenf Oberamtsbeschreibunge gschriebe hat (Wange em Allgäu, Leutkirch, Heideheim, Esslenge ond Nirdenge). Ond koi anders Land uff dr Welt isch dank so Kerle so guet beschriebe wie Wirteberg.

August von Paulys Grabmal

Wer den hochverdiente, bei de gscheite Leut weltberühmte Ma uff'm Fangelsbachkirchhof bsueche will, der fendet koin Grabstoi meh, der fendet nix. Ehrlich wahr! Dr Hermann Ziegler aber, dieses »wandelnde Stuttgarter Stadtlexikon« (dem hätt dr Herr Rommel scho lang oin vo seim Haufe Ehredokter omhänge könne), der woiß no dui Stell ond hat den Stoi seinerzeit photographiert. Ond der civilcouragierte jonge Bildhauer Markus Wolf (der wo des scheene Grabmal vom letzte Degerlocher Baureschultes net zammegschlage hat, wie's die Sempel von dr Stadt befohle hend) der dät den Stoi wieder nakriege (»Dem Andenken des Theuren Lehrers gewidmet von seinen dankbaren Schülern«), wenn sich a paar klassische Maezene fende dätet.

Nachtrag: Auf den Tag genau ein Jahr danach konnte dank des rastlosen Einsatzes der nach Markgröningen reingeschmeckten Altphilologin Dr. Monika Balzert das originalgetreu rekonstruierte Grabmal aufgestellt werden.

Sag mir, wo die Schwaben sind

Deutsche Sondermarken

Witz: Briefträger rutscht aus, fliegt na, Brief lieget älle uff dr Straß. Polezist guckt zu ond fragt: »Sag amol, hend ihr no meh so Sempel bei dr Post?« Antwort: »Ha noi, i ben dr letzte, älle andre send scho zur Polezei.«

Stemmt überhaupt net. Bei dr Post, dort, wo se die Sondermarke rausgebet, da hocket scheint's no grad gnueg Sempel, wo koine Schwabe net leide könnet. Solang da no a Gscheidle vornedra gwä isch, hend mir no nex sage könne, aber seit der weg isch, seiterher ignorieret diese Ignorante systematisch den intelligentesten, liebenswürdigsten ond zugleich bescheidensten onter den Stämmen Germaniens. Ons.

Beispielsweis hend diese Sempel Sondermarke übrig fürs »Europa-Schützenfest in Lippstadt«, für »100 Jahre Deutsche Skatkongresse« ond den »Weltgaskongreß« - aber net für »900 Jahre Württemberg« (1083) oder »500 Jahre Herzogtum Württemberg« (1495)! Also omeglich.

Ond onser Theodor Heuss (* 1884) kriegt koi Briefmark zom 100. Geburtstag. Aber der Adenauer. (Ond sogar no zom 25. Todestag!). Ond der L. Erhard zom Neunzigste. Ond dr W. Brandt ond dr F. J. Strauß zom Achtzigste. Hend die nemme älle?!

Koi Dradenke an den Christian Wagner (* 1835), den Baurehölderlin aus Warmbronn. Aber den Karl May, den feiret se, daß der vor 75 Jahr de Griffel wegglegt hat. Kulturbanause.

Leer ausgange isch au der Demokrat Johann Jakob Moser († 1785), der Europäer Heinrich Schickhardt († 1635), dieser »schwäbische Leonardo da Vinci«. Ond des Universalgenie Johann Valentin Andreä (* 1586) isch dene Dommerle scheint's au z'gscheit gwä. Ond onser Nationaldichter ond Achtevierzger Ludwig Uhland (* 1787), was isch mit dem? Nex, nex! Drbei hat der sogar en dr Ostzone oine kriegt.

Ond hend diese Penner doch tatsächlich onser wonderbare Keenigin Katharina (* 1788) vergesse. (»In Zeiten voller Nacht wandelte sie unter uns, leuchtend, wärmend, bis wieder die Sonne kam. Da ging sie.«). Drbei könntet se dui sogar en ihr Dauerserie »Frauen der deutschen Geschichte« uffnemme. Grad so wie onser scheene ond gscheite Mechthild von dr Pfalz († 1482), dere wo mir den guete Graf Eberhard em Bart, onser Gscheitheit ond zwoi Universitäte verdanket (Freiburg 1457, Tübingen 1477). Welch ein Weibsbild! Wo geits denn so no ebbes?

Ond därf denn des wahr sei, hend diese Schlafhaube den geniale Philipp Matthäus Hahn (* 1739 † 1790) glei zwoimol übersehe, »diesen wahrhaft Newtonschen Kopf« (J. G. Herder) ond Urehne vom ganze Computerlesgschäft – drfür feiret se wenigstens den Newton selber (* 1643), aber der isch au net vo hie.

Versunken ond vergessen au dr Kaiser Friedrich Barbarossa († 1190), drfür hend se den Heinrich den Löwe († 1195), da hend se net gmerkt, daß der Stadtgründer von München au a Schwab isch. Ond beim Kaiser Friedrich II. hend se jedefall gmoint, des sei a Sizilianer.

Ond jetz dr Gipfel, eine Granadasauerei, der Freiheitsdichter ond Aspergler Christian Friedrich Daniel Schubart († 1791) kriegt koi Sondermark – zur gleiche Zeit aber die-

Kriegsverbrecher Jan von Werth mit Sondermarke
Genie Philipp Matthäus Hahn ohne Sondermarke

ser Kotzbrocke, der Reitergeneral Jan von Werth (* 1591), der wo anno 1634 halb Wirteberg azönde ond absteche lasse hat... Da kasch doch nemme, Armes Deutschland!

Oder was isch mit dem Herzog Carl Eugen († 1793). Immerhin hat der doch dui Hohe Carlsschule, dui modernste Universität ihrer Zeit gstiftet, zu hoch für geistige Tiefflieger. Oder gar dr Eberhard em Bart (* 1445 † 1496), den hend ja sogar die Bayre en ihr Walhalla neigstellt. Ond diese hirnarme Hurgler merket des net.

En zwoi Jahr wär d'Franziska von Hohenheim (* 1748), »der Engel Württembergs« dra. Ond onser letzter Keenich, dr Wilhelm II. (* 1848), der »Demokrat auf dem Königsthron«.

Allerwertester Herr Postminister, wenn des au nex wird, no könnet Sie mit ons Schwabe des mache, was mir mit ihre Briefmarke deant, nämlich »hinden lecken«.

Mörikes »lieber, herrlicher Kerl«

Ludwig Amandus Bauer

Vor 150 Jahr isch dr Ludwig Amandus Bauer gstorbe. »Wenigen nur ist der Name heute noch ein Begriff. Er gehört zu jener nicht geringen Zahl bedeutender Deutscher, die weniger durch ihr Werk als durch ihre Persönlichkeit wirken, die ihrer Mitwelt mehr als der Nachwelt geben können. Sein Name wäre längst der Vergessenheit anheimgefallen, hätte nicht sein großer Landsmann Eduard Mörike in entscheidender Schicksalsstunde die starke und reine Wirkung seiner Persönlichkeit an sich erfahren und mit ihm zusammen eines der reizvollsten Phantasiegebilde der deutschen Dichtungsgeschichte geschaffen: die Märcheninsel Orplid.«

Aber erst amol isch'r uff d'Welt komme, am 15. Oktober 1803 en Orendelsall em Oberamt Öhrenge, a Hoheloher Franke, dr Vatter isch Pfarrer gwä ond jong gstorbe. Ond des Louisle kommt uff dui Klosterschuel Blaubeure ond isch trotz seiner asuevischen Abkunft dr Gscheitschte gwä vom ganze Jahrgang, gscheiter no wie sei schwäbischer Schuelkamerad Wilhelm Hauff.

Ond em Herbst 1821 isch'r nach Dibenge uffs Stift komme ond hat dort den Wilhelm Waiblinger troffe, au so a vergesses schwäbisches Genie. Ond die zwoi hend sich »ewige Freundschaft ond Treue« gschwore, wer zuerst stirbt, soll dem

Ludwig Amandus Bauer (1803–1846)

andre als Geist erscheine. Ond dr Waiblinger hat em Uhland gschriebe: »Ich habe hier nur zwei Menschen, die ein Licht in meine Seele werfen – einen feurigen Jüngling voll Geist und Leben, Bauer, und Hölderlin.«

Ond no isch dr Mörike au no drzuekomme. Ond wie oft hend se sich en dem Presselsche Gartehäusle uffm Österberg troffe, ond hat dr Hölderlin au drzuenahocke därfe, wo doch älles gmoint hat, der sei nemme ganz bache.

Ond wer woiß, ob die zwoi net au no nübergschnappt wäret ohne den guete Freund Bauer, selbichsmol, wo se sich so bodelos verknallt hend, dr Mörike en sei Schweizer »Peregrina« Maria Meyer, dr Waiblinger en des scheene Judemädle Julie Michaelis.

Dr Ludwig Amandus aber, der hat ganz brav gheiratet mit 22, dui Marianne Rommel aus'm Meininger Ländle, dui isch fast neun Jahr älter gwä ond hat als intellektuelles Dienstmädle gschafft bei dr Prinzessin Sophie von Hohenlohe-Ingelfingen. Ond bis 1831 isch'r Pfarrer gwä en Ernsbach am Kocher.

Ond no hend se'n als Lehrer nach Stette em Remstal gholt ond 1835 ans Keenigin-Katharine-Stift en Stuegert (wie später dr Mörike au). Endlich, anno 1837, isch'r als Nachfolger vom Gustav Schwab Professer am Eberhard-Ludwigs-Gymnasium worde. Ond isch jetz voll mit älle andere wirtebergische Geistesakrobate guet Freund worde.

»Wer ihm je im geselligen Kreise gegenüber gesessen habe«, moint dr David Friedrich Strauß, werde »gestehen müssen, einen liebenswürdigeren Menschen nicht gekannt zu haben.«

Aber wenn'r doch no net so ganz ond gar vergesse isch bei de gscheite Leut, no liegt des net dadra, daß'r des Trauerspiel »Abälard und Heloise«, etliche Hohenstaufedrame, Tragödie om Alexander den Große, Roman, Komödie ond sechs Bänd »Weltgeschichte« verfaßt hat, sondern daß'r halt em Mörike sei »lieber, herrlicher Kerl« mit seim »hellen, schönen Antlitz mit dem seelenhaften Glanz des braunen Augs« gwä isch ond se mitnander em Juli 1825 des Traumland »Orplid« gfonde hend:

»Du bist Orplid, mein Land!
Das ferne leuchtet:
vom Meere dampfet dein besonnter Strand
den Nebel, so der Götter Wange feuchtet.
Uralte Wasser steigen
verjüngt um deine Hüften, Kind!
Vor deiner Gottheit beugen
sich Könige, die deine Wärter sind.«

Eduard Mörike (1804–1875)

Ond mit dem »Pfarrer Amandus« em »Maler Nolten« (Pflichtlektüre der cisalpinen Intelligentia) hat'm dr Mörike a ewigs Denkmal gsetzt.

»O Eduard, jetzt weiß ich erst, wie lieb ich Dich habe. Die Poesie des Lebens hat sich mir in Dir verkörpert, und alles, was noch gut an mir ist, seh ich als Geschenk von Dir an.«

Neunezwanzich Jahr vorem Mörike isch dr Freund Louis am 22. Mai 1846 no so jong ond ganz schnell gstorbe an Longeentzöndong en Stuegert en dr Gymnasiumstraß 51 ond uffm Hoppelaukirchhof vergrabe worde. Glei beim Dannecker liegt no sei große Grabplatt, aber dui Inschrift ka mr kaum meh lese. So vergesse.

Als Vermählte grüßen

Napoleon ⚭ Joséphine
1796

Also, beim beste Wille, dui Woch hend mr koi schwäbisches Jubiläum gfonde. Aber weil Wirteberg dank Napoleon Keenigreich worde isch ond mir von ihm Oberschwaben, Hohenlohe ond die ganze Reichsstädt gschenkt kriegt hend, ganget mr jetz a bißle fremd. Was onsere heutigen Hauptdarsteller gern ond ogeniert zeitlebens au do hend.

Am 19. Ventôse des Jahres IV (9. März 1796) hat dr Napoleon sei sechs Jahr ältere Josephine Beauharnais standesamtlich gheiratet ond sich mittels Urkundenfälschung zwoi Jahr älter ond sui vier Jahr jönger gmacht.

Eigentlich isch'r ja mit dr Désirée Clary, dem Mädle aus Marseille, verlobt gwä (ihr Schwester Julie hat sein Brueder Joseph Bonaparte gheiratet ghet), aber dui hat'r sitze lasse, ond des isch ihr Glück gwä, denn als Madame Bernadotte isch se später no Keenigin von Schweden worde.

Sei Josephine isch aber au koi heurigs Häsle meh gwä. 1763 uff dr Insel Martinique gebore als Marie-Josèphe-Rose Tascher de la Pagerie, hat mr se scho mit fuffzehn zwangsweis verheiratet an den 18 Jahr alte Alexandre de Beauharnais. Ond wie's zwoite Kend komme isch (Hortense, später total oglücklich verkupplet mit'm Napoleon seim Brueder Louis, Keenich von Holland), send se ausanandergange ond sui isch zrück nach Martinique. Hat dort a ledigs Kend kriegt, ond wie en dr Revolution dui Hauptstadt Port Royal brennt hat, isch se grad no mit'm letzte Schiff nach Frankreich drvokomme.

Hat sich wieder versöhnt mit ihrem Ma, der hat als Revoluzzergeneral Karriere gmacht, isch aber oineweg eigsperrt worde, samt seim Weib. Am 23. Juli 1794 isch er uff d'Guillotine komme. Am 25. Juli wär sui dra gwä, aber wg. Ohnmachtsanfall nomol verschont worde. Am 27. Juli aber hend se den Bluethond Robespierre gstürzt ond dui Josephine laufe lasse. Grad nomol Glück ghet.

Ond die lustige Witwe »betrieb Männerjagd als ihren Lieblingssport«. Ond onter viele andre hat se au bei dem Revolutionsgroßkopfete Paul Barras als dem sei Mätress gschafft (»Seine Bemerkungen über sie in seinen Memoiren sind nicht die eines Gentleman«). Ond wie der gnueg ghet hat von ihr ond ihrer ewige Schuldemacherei (»Josephine scheint zu glauben, daß die weitsichtige Natur ihr das nötige Kleingeld zur Bezahlung ihrer Rechnungen unter den Nabel gelegt habe«), hat'r se dem Napoleon adreht. Der isch direkt froh gwä an're, denn kurz drvor hat'rällen Ernstes are Sechzichjährige en Heiratsatrag gmacht ghet.

Ihr kaffeebraunes Gsichtle hat ihm grad so gfalle wie ihr anmutiges Ärschle (»Sie hat den hübschesten kleinen Hintern, den man sich vorstellen kann«). Ond obwohl sei ganze korsische Sippschaft gege »die zwar bezaubernde, aber wenig sittenstrenge Kreolin« intrigiert hat, isch'r mit ihr uffs Standesamt gange. Aber net vor de Traualtar, ond zur Straf hat'n en dr Hochzichsnacht ihr Mops Fortune en de linke Fueß neibisse.

Zwoi Dag später isch'r nach Italie en Krieg zoge ond hat oi Schlacht om de ander gwonne ond herzinnige Liebesbrief (nicht jugendfrei) hoimgschriebe. Sui aber hat sich wieder ihre alte Kamerade ond jonge Kerle herdo ond so arg triebe, daß'r sich hat scheide lasse wölle. So oin wie den krieg i jedefall nemme, hat sich aber »die unersättliche Josephine« gsait, hat mit ihre Kender an dr Hand a emotionale Schau abzoge ond a bißle mit'm Ärschle gwacklet - und schon sank er hin.

Anno 1800 hat se sogar en den Tuileriepalast vom Ludwig XVI. († 1793) ond dr Marie Antoinette († 1793) eiziege därfe. Ond am 30. November 1804 hat'r se en dr Notre Dame oigehändig zur Kaisere von Frankreich krönt. Ond dr Papst Pius VII. hat drfür gsorgt, daß se jetz au no kirchlich traut worde send.

Oineweg hat se koine Kender meh kriegt. Ond er hat doch obedengt en Stammhalter ond Thronfolger braucht. Ond so wie dr Kaiser Barbarossa seinerzeit, hat dr Kaiser Napoleon jetz au sei Weib drvogschickt, em Advent 1809, ond a frische gnomme. Eigentlich hat'r ja onser guete Keenigin Katharina wölle, aber dui hat net wölle (»lieber den letzten russischen Ofenheizer, den kann man waschen!«). Ond no hat'r halt dui Kaisertochter Marie-Luise von Oestreich mit ihrer Habsburger Lubbel gnomme, ond dui hat'm den »König von Rom« ond die illegitime Kender Neipperg (Montenuovo!) gschenkt, wunderschön nachzulesen in »Gärten und Schicksale« von Hansmartin Decker-Hauff.

Sei Josephine aber isch zu ihre Rose en des Schloß Malmaison zoge, ond hat's no verlebt, wie an Ostre 1814 die Preusse ond Russe en Paris eimarschiert send ond ihren Ex uff Elba exiliert hend.

Beime Spaziergang mit'm Zar Alexander I. von Rußland (des isch onserer Keenigin Katharina ihr Brueder ond von dr Muetter Maria Feodorowna her a halber Wirteberger) hat se sich en ihrem leichte Kloidle verkältet ond isch am 29. Mai 1814 an're schwere Angina gstorbe. Ihre scheene Rose aber blühet emmer no.

In Hessen unvergessen

Mechthilds Mädle Mechthild

Am 6. Juni 1495 isch en dem Schloß en Rotenburg an dr Fulda dui Mechthild Landgräfin von Hessen gstorbe – ond des wär ons total egal, wenn's net em Eberhard em Bart sei Schwester gwä wär.

Ihr Vatter also au der Graf Ludwig I. von Wirteberg († 1450 en Urach »an der pestilentz«). Ond ihr Muetter au dui »bildschöne und blitzgescheite« Mechthild von dr Pfalz (1419–1482), wo mir onser Gscheitheit ond die Universitäte en Freiburg ond Dibenge zu verdanke hend. Em Professer Decker-Hauff selig isch dui nebe dr Franziska von Hohenheim (1748–1811) ond dr Katharina von Rußland (1788–1819) sei »Lieblingsfrau im Hause Württemberg« gwä, ond emmer wieder ond no uffm Sterbebett hat'r gmoint: »Vergesset mir die Mechthild net!«

Ihr Mädle Mechthild aber, onser heutige Hauptperson, »von welcher man nicht eigentlich weißt, wann sie gebohren worden« (so dr Herr Hofhistoriograph C. F. Sattler), isch entweder zwische Sommer 1437 ond Frühjahr 1438 uff d'Welt komme, oder aber erst 1440 nach ihrem (schwerstbehinderte) Brueder Ludwig II. (1439–1457).

Uff jeden Fall isch se anno 1453 en Büdingen verlobt ond 1454 en Marburg verheiratet worde mit'me sechzehjährige Kerle. Also entweder mit 14 Jahr wie ihr kreuzoglückliche

Tante Anna (verkuppelte Gräfin von Katzenelnbogen, verlobt mit 12, wieder hoimgschickt ond vergrabe en Waiblenge en dr Michaelskirch), oder aber mit 16 Jahr wie ihr Muetter Mechthild (verlobt mit 8 Monat ond 18 Dag mit ihrem wirtebergische Ludwig)!

Ond se hat ihrem Ma, dem hessische Landgrafe Ludwig II. dem Freimütigen vier Kender gschenkt, zwoi Mädle ond zwoi Buebe. Eigentlich a bißle wenig für 17 Jahr Ehe, der isch au andauernd em Krieg gwä, ond anno 1471 isch'r en »Reichenbach bei Spangenberg über Melsungen wahrscheinlich an einem Giftanschlag« gstorbe.

Ond 24 Jahr isch »die sanfte, fromme, wohlgebildete Mechtildis« Witwe gwä ond bis heut preiset se die hessische Historiker wg. drei Sache: Erstens wg. ihrer »Verdienste um die Reform der Klöster«. Gradso wie ihr Brueder Eberhard en dr Hoimet hat sui en Hessen en dene verlotterte ond verkommene Klöster ausgmistet ond uffgräumt, ond des zu're Zeit, wo der weltberühmte D. Martinus Luther (1483 – 1546) no Sternle putzt hat. Zwoitens als »Stamm-Mutter und Fortpflantzerin des gantzen Hoch-Fürstl. Hauses Hessen«. Drittens wg. »der sorgfältigsten Erziehung ihrer Kinder«.

»Wenn der Einfluß der Erziehung fürstlicher Kinder für alle Zukunft unberechenbar ist, so muß das, was Mechtildis Sohn, der Zögling Eberhards des Bärtigen, Wilhelm der Mittlere, für Hessens geistige Bildung begann, und ihr Enkel Philipp ausführte, zum Theile dieser Prinzessin von Würtemberg zugeschrieben werden«, so der hessische C. F. Sattler namens C. Rommel.

Ond tatsächlich hat dr Eberhard em Bart den Jonge vo seire gscheite Schwester, den Wilhelm als Erbe ond Thronfolger herzoge, für den Fall, daß Wirteberg ausstirbt. Ond viel hat da net gfehlt: Er selber kenderlos, sei vergratener Vetter en Stuegert (»ein regelrechter Altstadtschlamper«) gradso, ond wer hat denn denkt, daß dr ander, der Heinrich »der Narr«

Landgraf Ludwig II. von Hessen (1438–1471)
mit seiner Gemahlin Mechthild (n. 1436–1495)
Grabmal in Marburg

net au no z'bleed isch zom Kenderkriege, ond no en Ulrich (* 1487) ond en Georg (* 1498) en d'Welt setzt.

Sonst hättet mir nämlich tatsächlich a Herzogtum Hessen-Württemberg kriegt vom Weserbergland bis na en Hegau, ond garantiert wäret da die Preuße nie so hochkomme, ond erst recht net so ronterkomme. So aber isch der Herzog Ulrich nakomme, ond wie der anno 1519 sei Land verdommt ghet hat ond drvogjagt worde isch, da hat'm dere Mechthild ihr Enkele, der Landgraf Philipp der Großmütige, gholfe, daß'r anno 1534 en dr Schlacht bei Lauffe sei Wirteberg wiederkriegt hat ond ons effangelisch macht.

Ond dem Philipp sei Mädle Barbara (19) hat anno 1555 den für damals stoialte Grafe Georg (57 ½) heirate müeße, ond hat'm no kurz vor Torschluß a Büeble gschenkt, den Herzog Friedrich (1558–1608). Ond ohne den wär Wirteberg anno 1593 ausgstorbe, ond mir wäret älle Oestreicher worde ond wieder kadolisch. Ond s'hätt nie en Herzog Carl Eugen gebe oder en Keenich Wilhelm, ond viele von ons wäret au net da, die ganze Pfarrers- ond Herzogskender. Vergesset mir also au dui jong Mechthild net!

Herzogskind, »Hauptmann und Architecte«

Hofbaumeister R. F. H. Fischer

Am 18. Juni 1746 isch en Stuegert der Reinhard Ferdinand Heinrich Fischer uff d'Welt komme. Als ledigs Kend vom Herzog Carl Eugen (* 1728), ois von dene viele, viele. Dr Professer Hansmartin Decker-Hauff selig, wo selber a Sprößleng vom Carl Herzich ond'me Degerlocher Bauremädle gwä isch, hat gmoint, es sei a »vierstellige Zahl in unbekannter Höhe«, ond dr öberste Verfassungsschützer Professer Peter Lahnstein hat gschriebe, dr Herzog »hat in ungezählten Stundenliebschaften sein Land mit Bastarden übersät.«

S'erste Kendle hat'r scho mit 16 von're Silbermagd ghet, ond s'letzte em Frühjahr 1794, da isch'r selber scho a halbs Jahr aus'm Verkehr zoge gwä. Uff jeden Fall, der August der Starke, den wo se sonst so als Weltmeister en dere Disziplin nastellet, isch, vergliche mit onserm Carl Eugen, a ausgesprochener Schwächling.

Dem R. F. H. F. sei Muetter, saget de oine, sei a Kammerzofe gwä, ond uffzoge hat'n der herzogliche Hofkammerrat Johann Friedrich Fischer (* 1695) ond sei Frau Barbara (a Mädle vome Hofmusikante), ond andre moinet, dui häb's mit'm Herzog ghet, nixgwießwoißmrnet.

Ond den Jonge, wief wie sei Vatter, hend se uffs Eberhard-Ludwigs-Gymnasium do, ond nach dr Konfirmation isch'r

zom Bildhauer Friedrich Wilhelm Beyer ond zom Hofmaler Nicolas Guibal en d'Lehr gschickt worde, ond wie sei Vatter anno 1761 dui »Académie des Arts« uffgmacht hat, isch'r dort nagange ond hat nebeher au no em Oberbaudirector Philippe de La Guêpière beim Schaffe zuegucke därfe ond'm helfe des Neue Schloß, Monrepos ond Solitude baue.
Ond scho mit 22 hat'n sei Vatter ganz alloi des Jagdschlößle am Bäresee nastelle lasse. Anno 1773 (mit 25 Jahr) isch'r no Hofarchitekt worde. »Fischer entledigte sich dieser Aufgabe mit großer Leichtigkeit der Erfindung, viel praktischem Geschick und einer staunenswerthen Arbeitskraft; seinen Stil bildete er sich freilich ganz nach dem mehr auf heitere Pracht als durchgebildete Schönheit gerichteten Geschmacke seines Herzogs«.

Ond 1773 hat'r au gheiratet, sei Juliana Charlotte Bilfinger aus dr Stuegerter Hottwollee, ond vier Kender hend se mitnander ghet, nach drei Mädle au no oin Buebe. Ond 1788 hat'r des Familieidyll male lasse vom Hofmaler Philipp Friedrich Hetsch. V.l. n. r.: R. F. H. F. (seim Vatter wie aus'm Gsicht gschnitte, gucket's selber a em Ludwigsburger Schloß, glei wo die – ausgezeichnete – Führunge afanget.), Madame Fischer-Bilfinger (* 1753), no dr Stammhalter Ferdinand (* 1784, Mitbegründer der heutigen Universität Stuttgart 1829), am Spinett Franziska (!) Wilhelmine Luise (* 1777), mit'm Handarbeitstäschle d'Henrike Franziska (!) Charlotte (* 1775) ond rechts mit'm Strickzeug d'Charlotte Juliana Franziska (!) (* 1778, ond 1800 für a Weile oglücklich mit dem 20 Jahr ältere Hofmaler Hetsch verheiratet).

Von älle isch d'Franziska von Hohenheim d'Dote gwä, ond en ihrem Tagebuch isch dr R. F. H. F.. oft erwähnt. So beispielsweis em April 1782: »der Herzog regulierden das ameblemang mit dem haubdt man Fischer u. Galerie Direkder Giebal.« Em Juni druff fährt dr Fischer nach Paris ond vier Woche später hat'r ihr »ser schene Kleider Stug« mit-

Familie Fischer gemalt vom Schwiegersohn Hetsch

bracht. Em September 1782 macht'r »die Elominacion auf die Groß fürstin auf der Solidite«. Des Lichterfest für em Carl Eugen sei Nichte Maria Feodorowna, verheiratet mit dr Katharina dr Große ihrm Kleine, Großfürst Paul, später Zar äller Reussen. En dere Lichternacht zom 23. September 1782 isch dr herzogliche Regimentsmedicus Schiller (unter Hinterlassung eines Jahresgehalts Schulden vom Druck seiner »Räuber«) aus Stuegert abghaue en die Kurpfalz, ond net nach Baden, wie solches ungebildete Altbadener emmer wieder behauptet.

So fleißig wie sei Vatter, dr Carl Eugen em Herzogskendlesmache gwä isch, so fleißig isch sei Jonger em Häuslesbaue gwä. Ond wenn mr des älles uffzähle wöllt, was der Fischer – »einer der bedeutendsten Baumeister des 18. Jahrhunderts« – älles mit-, om-, aus- ond uffbaut hat en Stuegert ond em Ländle, dät dui ganz Seit net lange. Drom bloß a paar Sache:

Wie dr Carl Eugen 1775 sei Militärakademie von dr Solitude verlegt hat uff Stuegert, hat dr Fischer die Legersche Kaserne am Neue Schloß ombaut ond erweitert zur »Hohe

Carlsschuel« (1782 Universität, 1794 uffglöst, 1944 schwer beschädigt, 1959 abbroche: Stuttgarts Beitrag zur Feier des 200. Geburtstag von Friedrich Schiller).

Des »Kleine Theater von 1779 uff'm Charlotteplatz. Dort hend se Afang Mai 1784 die »Räuber« gspielt, kaum daß dr Schiller richtig abghaue gwä isch – ond des »cum privilegio Serenissimi«... (1802 abbrennt wg. artifiziellen Theaterblitzes, 1996 Ampelstauzone).

Des Birkacher Kirchle mit integriertem Pfarrhaus (TEMPLVM A CAROLO STRVCTVM DIE CAROLI CONSECRATVM MDCCLXXX«); wo dr kadolische Carl Eugen seim effangelische Franzele hat nastelle lasse (schönes Beispiel frühneuzeitlicher Ökumene, einziges Kirchenbauwerk der Welt, das nach einer fürstlichen Mätresse benannt ist).

Ond no sei Hauptwerk, des Schloß en Hoheheim ond die scheene Gärte dromrom (an dieser Stelle namens R. F. H. F. und seines Vaters schärfster Tadel für die brutale Verschandelung der Hohenheimer Anlage im Zeitalter der Betonik sowie Allerhöchstes Lob für die stilgetreue Wiederherstellung des Schlosses).

Ond no des Schlößle en Scharnhause an dr Körsch. Des hat dr Carl Eugen als »Retraite«, als Wocheendhäusle baue lasse (»CAROLVS OTIO. ANNO DOMINI MDCCLXXXIV.«), ond dort isch'r selig gwä mit seim »herzallerliebste Engele« (»So rollet sanft die Zeit mit einer guten Freundin dahin«). Ond onter ons, wenn diese anonymem Arschlöcher, wo des frisch renovierte Tempele oberhalb vom Schlößle scho wieder mit Farbspray verschmiert hend, für jede versaute Säule oin Dag Tscheißerei kriege dätet, des wär recht.

Dr Herr Hofbaumeister Fischer hat aber net bloß für sein Vatter gschafft, Hochwohlgeborene, Hoflieferante ond sonstige Hottwollee hend grad so bei ehm baue lasse, aber die Prachtshäuser send fast älle em Krieg oder scho vorher zammegschmisse worde. Ois aber stoht no en Calw an dr Hauptstraß nach Hirsau, des »Vischersche Handelshaus« (»bezeichnend für die vornehm zurückhaltende, aber etwas kühle klassizistische Art des Baumeisters«). Sich selber hat'r a Haus an de Charlotteplatz nagstellt afangs von de achtzger Jahr, ond älle saget, des sei 's schönste Bürgerhaus von Stuegert

Reinhard Ferdinand Heinrich Fischer
(1746–1813)

gwä. Ond dr erste Blitzableiter em ganze Nesebachtal druff. Dr Herr Kollege Hofbaumeister Giovanni Salucci aber hat des Haus anno 1834 oineweg abgrisse, weil'r den Platz fürs Wilhelmspalais braucht hat.

Des hat dr R. F. H. F. aber scho nemme mitkriegt, denn er isch am 25. Juni 1813 gstorbe ond uff de Hoppelaufriedhof komme, »allwo sein Grabmal noch zu sehen«. An seim 250. Geburtstag hat'r grad oi Rösle uffm Grab ghet, a ganz seltes, a »Cathérine de Wurtemberg«.

Das arme Mädle Maria

Herzogin Maria von Braunschweig

Am 15. August 1496, morgnets zwische sechse ond siebne, isch uff dr Burg Hohenurach dui Gräfin Maria von Wirteberg uff d'Welt komme ond hat vom erste bis zom letzte Dag em Lebe nex anders wie bloß Jammer ond Elend ghet.

Ihr Vatter, der geisteskranke Heinrich »der Narr«, hat, wien'm sei ersts Weib bei dr Geburt vom (spätere) Herzog Ulrich en Reicheweiher em Elsaß weggstorbe gwä isch, nomol gheiratet em Juli 1488, dui bettelarme Gräfin Eva von Salm. Ond wie se den Heinrich en seire Gschucktheit em Sommer 1490 uff Hohenurach eigsperrt hend ond an a Kette glegt, weil sonst wär'r uff d'Leut losgange, da isch'm sei Eva freiwillig en d'Gfangeschaft gfolgt für 29 Jahr ond »war eine getreue Pflegerin ihres blöden Gemahls«. Acht Jahr nach dr Hochzich hat se 's erste Kend kriegt, dui Maria, ond anno 1498 no den Georg, ohne den wäret die Wirteberger ausgstorbe.

Ond en dem Elend mit dem »dippelichten Vater« send die zwoi Kender uffgwachse, ond mit 14 Jahr hat mr dui Maria, »ain schöne zuchtige Junckfraw« verkupplet mit dem Welfeherzog Heinrich dem Jüngeren von Braunschweig-Wolfenbüttel (1489–1568), a ganz schee vornehme Partie für so a arms Mädle, aber immerhin isch se ja d'Schwester gwä vom Herzog Ulrich, dem Prachtierer ond Verschwender.

Herzogin Maria von Braunschweig
(1496–1541)

Ond wie se mit 18 ½ afangs 1515 en Urach Hochzich gfeiret hat, isch der Denger so bankrott gwä, daß'r ihre net amol ihr Aussteuer ond Mitgift hat auszahle könne. Ond der Bräutigam (auch Welfen sind Schwaben) isch deswege von Afang a sauer ond narret gwä, hat're aber oineweg elf Kender uffghängt. Ond wie se no ausglaugt gwä isch, hat'r se (»desswegen dass sie nicht schön wehre«) sitzelasse ond sich a Hoffräulein von seim Weib aglacht, dui Eva von Trott. Ond wie dui anandernach drei Kender von'm ghet hat, mueß se astandshalber de Hof verlasse ond isch hoimgschickt worde nach Hessen.

Onterwegs aber, hat's ghoiße, sei se en Gandersheim an dr Pest gstorbe, ond se hend en Mordslebtag ghet mit ihrer Leich ond viele Jahr lang Seeelemesse für se glese. Tatsächlich aber isch en dem Sarg a Holzpupp drenglege, ond dui Eva isch quicklebendig ond quietschfidel uff dere Stauffenburg ghockt, ond dort hat se der Heinrich, so oft'r könne hat, hehlenge bsuecht, ond ihre, saget se, nomol siebe Kendle gmacht.

Irgendwie hat dui Maria des endlich au mitkriegt, ond se isch no bald druff, am 28. Dezember 1541, gstorbe »aus Chagrin, wie man meinet«. Ond »nachdem sie lange Zeit grosse Schmerzen und Plage vom Krebs erlitten« (frühester Nachweis dieser Krankheit im Hause Württemberg).

Ond en dem Kloster Steterburg bei ihrem Töchterle Maria († 1539) hat mr se vergrabe, die »Stamm-Mutter des Welfenhauses«, ond net en dr Welfegruft en Wolfebüttel. Aber net amol em Tod hat des Elend a End: Em August 1542 stürmet uffständische Braunschweiger des Kloster, holet die boide balsamierte Leiche aus'm Sarg ond zieget'n ihre Kloider aus ond stehlet'n de Schmuck. Vor lauter Wuet aber, daß des so wenig isch, hend se »beide fürstliche sehr bößlich entblößten Körper unter den blauen Himmel zu Boden geworfen, und da sie beide nicht allermaßen verwest geweßen, die freßig Säue haben leider dieselben freßen müßen«.

Ond en ihrer alte Hoimet isch dui arme Maria so vergesse, daß se sogar net amol dr Professer Decker-Hauff bei seine »Frauen im Hause Württemberg« hat.

»Fichte der Sohn«

Immanuel Hermann Fichte

Eigentlich dät i jetz viel lieber einer Rarität wie meim Patentöchterlein Alexandra H. in B. zom 16. Geburtstag gratuliere, dieser kurpfälzisch-württembergischen Koproduktion, gscheit ond schee, lieb ond goldig, sportlich ond musikalisch, ond dät au gern dr zueständige Stell Dankschee sage, daß se trotz zwoi so schwere Ofäll emmer no ond wieder so fröhlich romhopfe ka.

Aber die Pflicht ruft:

Am 18. Juli 1796, isch en Jena der Immanuel Hermann Fichte uff d'Welt komme, des oinzige Kend vom berühmte Johann Gottlieb Fichte (1762–1814) ond seim Weib Johanna Rahn aus Zürich, dr Nichte vom Klopstock, »einer ebenso tief frommen wie geistig hochbegabten und feingebildeten Frau«. Ond anders wie sei Vatter, wo als Bueb no als Gänshirt gschafft hat ond bloß durch »göttliche Fügung« (dem Baron von Miltitz isch an dr Kutsch a Rad broche ond hat so den gscheite Kerle troffe ond uff d'Schuel gschickt) ebbes worde isch, hat dr Fichte jun. glei uff des Werdersche Gymnasium en Berlin gange därfe, ond hat en Nullkommanix sei Philosophie-, Philologie- ond Theologiestudium an dr (Humboldt-)Universität absolv-, promov- ond sich habilitiert.

Aber weil dr Hegel selbichsmol en Berlin vornedra ghockt isch, ond dr jonge Fichte »die Hegelsche Speculation stets mit dem größten Widerwillen von sich stieß«, isch'r 1822 dort weg ond hat en Saarbrücke, wo grad erst frisch an die Preuße komme gwä isch, als Gymnasialoberlehrer gschafft. Hat sich dort au verheiratet mit seire Wilhelmine, a Professerstöchterle aus Zweibrücke, ond isch vierzig Jahr lang selig gwä mit're, ond drei Buebe hend se ghet, ond zwoi drvo send vorem Vatter gstorbe.

Anno 1826 isch'r für zehn glückliche ond fruchtbare Jahr nach Düsseldorf zoge, ond dort hat'r au sei neue Philosophie erfonde ond se 1835 den »speculativen Theismus« ghoiße: »Der suchte der spätromantischen Richtung, die sich nach einem festen Glauben an den persönlichen Gott und die persönliche Unsterblichkeit sehnte, die philosophische Grundlage zu geben, indem er die christliche Glaubenslehre gewissermaßen auf ihre philosophische Allgemeinform zurückführte.«

Anno 1836 isch'r Professer an dr Universität Bonn am Rhein worde, ond 1842 isch'r uff Dibenge komme ond zwanzig Jahr lang hat'r jetz am Necker romphilosophiert ond isch dr Freund vom Justinus Kerner, Gustav Schwab ond Ludwig Uhland worde. Ond obwohl manche Studente mit'm Schiller gmoint hend: »Nehmet Holz vom Fichtenstamme, doch recht trocken laßt es sein«, hat'r doch »als anerkannter Führer der maßgebenden philosophischen Richtung, als Herausgeber der angesehensten philosophischen Zeitschrift« die ganze deutsche Philosophieprofesser 1847 en Gotha versammlet, ond 1848 dr Paulskirch en »Entwurf der künftigen deutschen Reichsverfassung« abgliefert.

Anno 1863, sei Weib isch'm gstorbe gwä ond er hat a Augeleide ghet, hat'r sich en Dibenge pensioniere lasse, ond hat no vom alte Keenich Wilhelm I. de Adel kriegt, ond isch nach Stuegert zoge zu seim Jonge, dem Generalarzt Carl Eduard von Fichte (1826–1905). Ond da hat'r's richtig schee ghet ond hat sich jetz wissenschaftlich mit Parapsychologie ond Spiritismus beschäftigt. Ond hat grad sei letztes Werk, die »Spiritualistischen Memorabilien«, fertig ghet, da hat'n em April 1879 dr Schlag troffe, ond am 8. August 1879 isch'r en Stuegert gstorbe, ond seither isch'r no viel gscheiter. Uff'm Fangelsbachfriedhof hat mr'n vergrabe, »allwo sein Grabmal noch zu sehen«, a Obelisk aus rotem Granit.

Dr alte Fichte aber liegt en Berlin direkt nebem Hegel, ond die zwoi vertraget sich wunderbar.

Immanuel Hermann Fichte (1796–1879)

Zwoites Weib vom zwoite Wilhelm

Königin Charlotte

Am 16. Juli 1946 isch en Bebehause em Schloß als letzte deutsche Keenigin dui Keenigin Charlotte von Wirteberg gstorbe, dui vom Keenigin-Charlotte-Gymnasium, geborene Schaumburg-Lippe, onserm Keenich Wilhelm II. sei zwoits Weib.

Der isch ja scho amol gheirat gwä mit dere liebe Prinzessin Marie, dui vom Marieplatz, geborene Waldeck-Pyrmont, ond dui isch no koine 25 Jahr alt gwä, wie se anno 1882 omkomme isch em Wochebett. Ond er hat so gheult om des Mädle, daß'r nie meh gheiratet hätt, wenn's d'Leut net partuh wölle hättet, daß'r en Stammhalter kriegt. No anno 85 hat'r gschriebe: »Ich habe nie aus den Augen verloren, was ich meiner Stellung als Prinz und meinem Lande schuldig bin; aber ich bin mit meiner ersten Gemahlin zu glücklich gewesen, als daß ich mich durch eine Konvenienzheirat für den Rest meines Lebens unglücklich machen möchte; soviel kann selbst einem Prinzen nicht zugemutet werden. Ich will meinem Lande nicht das Beispiel einer kalten, liebeleeren Ehe geben!«

Aber no hend se'm dui Charlotte adreht, dui isch 16 Jahr jönger ond aus Böhmen gwä, aus Nachod an dr Grenz nach Schlesien, aus dem Schloß Ratiboritz, wo früher amol dem Octavio Piccolomini ghairt hat, wo den Wallenstein helfe ombracht ond dr Schiller so schee drüber gschriebe hat.

Ond dere Charlotte ihr Vatter isch a Brueder gwä von dr Muetter vom Herzog Eugen von Wirteberg, dem vom Eugensplatz, der wo dr Keenigin Olga vom Olgaeck ihr Adoptivtöchterle Wera vom Weraheim hat heirate müeße, dui wo so ganz arg sozial gwä isch.

Am 8. April 1886 isch Hochzich gwä en Bückeburg en dem Minifürstentum Schaumburg-Lippe, wo grad soviel Eiwohner ghet hat wie jetz die Vereinigten Staaten von Degerloch, Mairenge ond Pleanenge mitnander. Ond wie se no mit dr Eisebah uff hie komme send, isch ganz Stuegert oi Kuehfliegetse gwä, ond überall an de Häuser hend se die Buechstabe »WC« nagmacht ghet, ond koi Mensch hat da ebbes Schlechts denkt drbei, weil se da no de Abtritt mit dr Schlauchartillerie gleert hend.

Nomen est omen, sait dr Latriner, ond mit dr Zeit hend d'Leut ond dr Wilhelm gmerkt, daß'r bschisse worde isch, ond dui Charlotte halt doch koi Marie isch. »Die zweite Ehe Wilhelms II. war nicht so harmonisch wie die erste. Es gab Spannungen und Verstimmungen, zumal Königin Charlotte oft überempfindlich reagierte, zur Eifersucht neigte und wegen ihrer Gehemmtheit nicht ganz leicht zu behandeln war«, moint dr Professer Paul Sauer en seim bodeguete Buech »Württembergs letzter König« (Stuttgart 1994). Ond scho a Vierteljahr nach dr Hochzich isch em Blättle gstande, se dät am liebste wieder hoim, des Haus, wo se gwohnt hend en Ludwigsburg, dui Marienwahl sei a Charlottenqual.

Ond Kender send no au koine komme, ond bloß deswege hat dr Wilhelm doch nomol gheiratet ghet. Ond da hat der königl. württ. Leibarzt Dr. Felix von Gußmann gsait, jede Hebammeschüelere, wo richtig naguckt, hätt des merke könne, daß dui überhaupt koine Kender kriege ka. Ond ganz onter ons, wenn des dr Wilhelm Wibele vo Waldebuech ond sei Charlotte geb. Scheifele vo Schwieberdenge gwä wär, hättet se sich jedefall au schoide lasse, aber so hend se beinander bleibe müeße ond Staatstheater spiele (»Das Königspaar zeigte in der Öffentlichkeit immer das Bild großer Harmonie«).

Anno 1911 isch sogar Silberhochzich gwä. Ond über sui hend se gschriebe seinerzeit: »Königin Charlotte ist eine stattliche, sympathische Frauenerscheinung von festem, energischem Charakter und von klugem Verständnis für die Pflichten und Aufgaben einer Landesmutter. Sie blickt meist recht ernst, wenn sie aber einmal mit ihrem sonnigen Lächeln die Schranken der Etikette durchbricht, so erwärmt sie den Beglückten das Herz, denn man weiß dann, daß ihre Güte und ihre Heiterkeit echt sind.« Heut dät mr sage a Ripp.

Aber drfür isch ja dr Wilhelm so a Prachtskerle gwä, daß'n sogar die Sozialdemokrate verehrt hend (ond dr Thaddäus Troll hat mr ufftrage, wenn i je ebbes Bös über »den Demokraten auf dem Königsthron« hör oder les, no soll i demjenige oine an Backe naschlage mit'me scheene Grueß vom Thaddäus Troll). Ond oineweg hat so a halblebiger Haufe hergloffene ond hiesige Hurgler am 9. November 1918 den König Wilhelm II. mit'm Kaiser Wilhelm II. verwechslet ond vo Stuegert drvogjagt, »Diese Schande wäscht kein Neckar, keine Donau und keine Echaz von den Württembergern ab«, hat dr Ludwig Finckh gmoint.

Ond se send mitnander uff Bebehause zoge, dort isch dr Keenich anno 21 gstorbe. Ond dort em Scheebuech isch dui Charlotte vom hohe Roß ragstiege ond hat's uff oimol viel besser könne mit de Leut. Ond se hat seinerzeit viel drfür do, daß dem Landesbischof Wurm ond andere so standhafte Kerle vo dr Kirch vo dene kackfarbige Koge net dr Krage romdreht worde isch. Ond wie no Stuegert zur Straf a Stoihaufe ond älles heh gwä isch, da hat se so a obers Naziweib bei sich uffgnomme, se könnt doch net a Muetter mit ihre Kender drvojage, wenn die hongrig vor dr Haustür standet ond bettlet. So isch's no au wieder.

Dui Keenigin Charlotte liegt jetz scho a halbs Jahrhondert friedlich nebe ihrem Ma uff'm Alte Friedhof en Ludwigsburg, ond wenn mr nauskommt, isch da a Sträußle druff. Ihre Gemächer aber samt archaischem Bad ond antikem WC-WC ka mr en Bebehause emmer no oversehrt agucke, ond die Schloßführer dort machet des prima, saget'n en scheene Grueß, ond gebet au a fürstlichs Trenkgeld.

Hoim!

Die Bonlandener Abendmahlskanne

Em Sommer 1796 isch wieder amol wie so oft der französische Kriegerverei über de Rhei ond über de Schwarzwald komme ond über des Schwabeland hergfalle, ond am 18. Juli 1796 send se vom Haseberg ra en Stuegert eimarschiert:

»Einige Sympathisanten des revolutionären Frankreichs erlitten, als sie den die Stadt in ihre Gewalt bringenden Franzosen ihren ›Willkomm‹ entbieten wollten, eine üble Abfuhr; sie wurden ihrer Schuhe beraubt. Bürger, die den Soldaten auf deren Verlangen gutwillig Wein und Brot reichten, büßten Uhren, Börsen, Schnallen usw. ein. Insgesamt allerdings sahen die Franzosen auf Manneszucht. Im Gegensatz zu den umliegenden Dörfern kam es in Stuttgart kaum zu Plünderungen und sonstigen Übergriffen« (Paul Sauer, Stuttgart III,39).

Uff de Filder aber send die Franzose net so friedlich gwä: »So wurden in Plieningen zwei angesehene Bürger beim Durchmarsch erschossen und viel geplündert. In Ruit wurden zurückgebliebene Männer ihrer Kleider und Schuhe beraubt und schnöde mißhandelt, selbst ältere Frauen vergewaltigt, Fenster, Türen und Möbel zertrümmert, Betten aufgeschlitzt, die Federn herausgeschüttet, das Getreide den Pferden gefüttert oder in den Kot getreten« (Friedrich Keidel, Degerloch I,48).

En Bolande aber fehlt seit dem Dag dui scheene zinnerne Abendmahlskann mit der Inschrift: »Es stiftet H. Schultheis Adam Adam und seine ehliche Hausfrau Anna Barbara, eine geborne Schmidin, dise Kant zum Angedincken auf den heiligen Altar in Bonlanden, 2. Juni 1768«.

Der Adam Adam (koin Druckfehler) isch a Enkele gwä vo dem Nicolaus Adam, wo anno 1654 aus dr Schweiz uff Bolande komme isch als neunjähriger Bettelbueb ond d'Säu ond Gäns ghüetet hat ond so fleißig ond guet gwä isch, daß'r em Schultes sei Töchterle hat heirate därfe, »und Er so gesegnet worden, daß nun die Reichste im Dorf seine Kinder, Tochtermänner und Enkel sind, auch seine 2 Söhne nacheinander Schultheißen allhie worden. Zeugte 6 Kinder, erlebt 38 Enkel u. 21 Urenkel. Starb Anno 1731 den 20. Sept. alt 86 Jahr.«

Der Adam Adam aber hat koine Kender ghet, ond hat drom dr Gmeinde ond dr Kirch viel Sach vermacht, a neue Orgel beispielsweis. Ond dui Abendmahlskann. Ond kaum isch der guete Ma gstorbe gwä, da hat se anno 1796 irgend so a Monsieur Grenadier Dupont em Tournister mitlaufe lasse als Souvenir ond drhoim als Weikrug verwendet. Ond jedefall uff de Napoleon agstoße, ond seine Urenkele hend den Zinnkrug no ame scheene Dag uff de Flohmarkt gebe. Ond em (hoffentlich!) letzte Krieg hat'n a schwäbischer Landsmann en Paris eme Antiquitätelade gsehe ond für a paar Francs ond a Vesper kauft ond wieder hoimbracht ens Ländle.

Bis jetz isch des a Gschichtle wie aus'm Schatzkästlein vom Johann Peter Hebel. Aber leider hat der Ma dui Abendmahlskann net nach Bolande en dui St. Georgskirch gebe, sondern nach Ludwigsburg ens Heimatmuseum. Ond wie anno 1969 die Boländer zu ihrer 700-Jahrfeier dui Abendmahlskann gern zrückkriegt hättet, hend se en Ludwigsburg gsait: »Noi eta!«. (Boris J. läßt grüßen).

Jetz anno 1996 aber, wo die so en sympathische Schultes ond so a gscheite Frau Stadtmuseumsdirekter hend mit soviel Kultur em Ranze ond Verstand em Hirn ond Freundlichkeit uff dr Seel, da dürft des doch koi Problem meh sei mit der Rückgabe zom 200jährige Räuberjubiläum.

Onter ons, der Verf. hat vor etliche Jahr bereits dene Gableberger wieder ihre zwoi barocke Abendmahlskanne verschafft, wo au so a »Heilandsstehler« gräubert ghet hat. Drom also mein Vorschlag: Die Ludwigsburger saget, wieviel se für dui Kann (wo ihne sowieso bloß em Keller romstoht ond verstaubt) wöllet, ond des Geld hend mr en Bolande en oim Dag beinander. Ond als Bombole kriegt des Stadtmuseum vo mir no en wonderscheene wertvolle Lithographiestoi von dr Zichoriekaffeefabrik F. (keine Schleichwerbung!) ond en antike eiserne Bierkaste (mit Inschrift »Ludwigsburger Genossenschaftsbier«) gschenkt.

Ond mir werdet zeitlebens die Ludwigsburger für ihr Aständigkeit lobe ond wärmstens des sehr schöne ond pfiffige Stadtmuseum empfehle. Des Stadtmodell da dren wär scho alloi zehn Mark Eitritt wert, aber dr Eitritt isch omsonst, mittwochs bis sonntichs vor- ond nachmittags, direkt henterm Rathaus.

So ond jetz braucht bloß dr Boländer Pfarrer (wo bis jetz vo seim Glück no nex woiß) em Ludwigsburger Schultes (wo sich freut, wenn a Geld en d'Stadtkass kommt) telefoniere, ond no wird des scho klappe. Was wette mr?

Nachtrag: Die Abendmahlskanne durfte dankenswerterweise sogleich auf die Filder zurückkehren. Nach gründlichem Aktenstudium aber stellte sich heraus, daß die schöne Geschichte aus dem Bonlandener Heimatbuch so nicht stimmt. Die Zinnkanne wurde einstens nicht geklaut, sondern von den Bonländern selbst verscherbelt.

Des Bäckers General

Michael Wolf von Möhringen

Ach isch des schee, daß mr jetz wieder nach Frankreich fahre därf ond seine Freund bsueche en dr Bretagne, en dr Provence ond en Burgund, ond daß mir trotz dem Chirac ond seim Scheißatombombeglomp ein Herz ond eine Seele send: Wief l'amitjee francoallemande! Äs läbö die doitsch-fransösischee Froindschaaft! Merci Monsieur le Ministre Robert Schuman!

Onsere Altvordere aber, wenn die gfragt worde send, was send Franzose, no hend die gsait: A) Eine Geschlechtskrankheit B) Ein räuberisches Kriegervolk im Westen Europas. Ond tatsächlich isch der französische Kriegerverei jahrhondertelang mit der Devise »Cavallerie, Artillerie, Infanterie!« über des Heilige Römische Reich Deutscher Nation mit seim Flecketeppich vo geistliche ond weltliche Herrschäftle, Duodezfürstentümle ond Reichsstädtle regelmäßig hergfalle, ond hat sich dadrfür sogar zeitweis mit de Türke uffm Balkan ond de Bayre ebendaselbst verbündet.

Ond kaum a Franzos woiß des, daß ihr Sonnekeenig Ludwig XIV., dieses Nachtschattegwächs, de ganz Pfalz, dreiviertels Bade ond halb Wirteberg azönde lasse hat ond oschuldige Leut absteche. Ond sogar ganz gscheite Professer von dr Sorbonne moinet, die Ruine vo Heidelberg ond Hirsau, des wär Pfusch am Bau. Ond bei dene kennt koiner den Mélac, dui

Spitalhof in Möhringen

sadistisch Drexau, ond bei dem »Lackel« krieget mir ja en Wirteberg heut no a Gänsehaut.

Andrerseits aber isch nie a deutscher Soldat feindselig gege Frankreich zoge. Erst wie dr Napoleon ganz Europa en Krieg gjagt ond sich en Moskau d'Fenger verbrennt ond verfrore hat, erst no isch dr Blücher en dr Neujahrsnacht 1813 / 14 über de Rhein nüber ond hat de Engländer helfe die Franzose verschlage. Des hat'r därfe, ond no isch a Weile a Rueh gwä.

Bis es no dene Preuße en Berlin z'wohl worde isch, ond dr Bismarck ond dr Moltke anno 1870 den Krieg nach Frankreich neitrage hend. Ond anno 14 dr Kaiser Wilhelm II. mit'm Hindeburg neigschlittert isch. Ond anno 40, trotz Briand ond Stresemann, der böhmische Gefreite ond Gröwafaz eimarschiert isch. Ond des Völkergemetzel bei Sedan, vor Verdun ond en Oradour, des isch doch so gottsmillionischriegelsdomm ond onaidich gwä, wo mir doch amol oi Familie gwä send beim Charlemagne, beim Karl dem Große, scheene Brüeder. Ond bloß guet, daß sich dr Konrad Adenauer ond dr Charles de Gaulle en Reims en Arm gnomme ond sich verkußt hend.

Vor 200 Jahr aber, em Juli 1796, send die Franzose wieder amol uff hie zoge, ond wie se bei Rohr aus'm Scheebuech rauskommet, hend'n die Mairenger ond Vaihenger (boide no reichsstädtisch-esslingisch ond no net wirtebergisch) a Delegation entgegegschickt mit'm Spitalmeister Johannes Wolf ond'm Becke Michael Wolf (Wolf isch für Mairenge, was Raff für Degerloch) vornedra. Ond der Beck hat so guet französisch könne wie schwäbisch ond hat a Red an die Franzose naglao ond so rausgschwätzt, als könntet's die Mairenger kaum verwarte mit dere »Liberté, Egalité, Fraternité«.

Ond der Revolutionsgeneral La Roche, der fragt den Becke, woher er so schee französisch schwätze ka. Ond der sait, er sei früher Schiffsbeck gwä uff dem Kriegsschiff »Formidable«. Ond no hopft der General vom Gaul ra, nemmt den Mairenger en Arm ond verdruckt'n schier ond fragt: »Ja, kennsch Du mi denn nemme, mon cher ami?« Ond no hat'r verzählt, daß er Kadett gwä isch uff dem Schiff, ond daß dr Wolf ihm emmer Guetsle ond Bombole neigschobe häb, wenn er wege Lausbublereie emmer wieder amol em Schiffskarzer eigsperrt gwä isch.

Ond die zwoi hend ganz nasse Auge ghet bei dem »Unverhoffte Wiedersehen«, aber Krieg isch Krieg ond die Soldate hend Honger. Ond dr Beck hat zom General gsait: »Alter Freund ond Kriegskamerad La Roche, verschon mr doch bitte mei Mairenge. Aber guck, dahomme liegt Degerloch, der Höhenluftkurort. Da ganget'r na, die hend en guete Most, den »Degerlocher Champagner.«

Ond der Monsieur Général isch uff hie zoge ond hat em »Gasthof zum Ritter St. Jörg« (ältestes Wirtshaus en Wirteberg, urk. 1317, jetz Pizzeria) sei Hauptquartier uffgschlage, ond mir Degerlocher send die Domme gwä, hend wochelang für die Franzose travailler därfe ond de ganz Gemeindekass gleert kriegt. En dem schlemme Jahr 1796.

En dem schlemme Jahr 1945 aber isch em gleiche »Ritter« en Degerloch, am 22. April morgnets am elfe, dui Stadt Stuegert an d'Franzose, dem General Schwartz übergebe worde. Isch dr Krieg endlich aus gwä. Ond seither hend mr, Gott sei Dank, Friede.

Graf Ulrich der Stifter geht stiften

Die Schlacht von Frankfurt 1246

Wenn onsere schwäbische Staufer wenigstens bloß drei, vier Kaiser lang länger vornedra gwä wäret, garantiert hättet mir scho ewig a Vereintes Europa samt Kehrwoche vom Atlantik bis zom Ural ond vom Nordkap bis Syrakus. Aber dr Vatikan, eiklemmt zwische dem Heilige Römisch-Deutsche Reich Schwäbischer Nation ond dem staufisch-schwäbische Königreich Sizilien samt Onteritalien, hat deswege koine Schwabe net leide könne, ond der Papst Innozenz IV., dieser Lomp ond Lombarde, hat anno 1245 uff dem Konzil von Lyon onsern geniale ond mondial bestaunte Kaiser Friedrich II. (Enkel vom Kaiser Friedrich I. Barbarossa) oifach abgsetzt.

Ond hat seine deutsche Erzbischöf ond Bischöf em »Osservatore Romano« agwiese, daß se sich en frische Keenich raussuchet. Ond die hend no gfolgt ond hend am 22. Mai 1246 en Veitshöchheim den Heinrich Raspe Landgraf von Thüringen (den böse Schwager von dr liebe heilige Elisabeth) zom Gegekeenich gwählt, zom »Pfaffenkönig«. Ond wie der en Reichstag en Frankfurt am Main abhalte will, hat dr rechtmäßige Keenich Konrad IV. (dr Jonge vom Friedrich II. ond dr Vatter vom Konradin) sich a paar Ritter gschnappt ond isch'm entgegezoge. Ond am 5. August 1246 wär's zu dere berühmte ond blutige Schlacht von Frankfurt komme, wenn, ja wenn der Wirteberger Graf Ulrich der Stifter net stifte gange wär.

Aber des soll ons dr Professer Decker-Hauff selber verzähle: »Ulrich verließ mit seinen Truppen das Heer des jungen staufischen Königs Konrad IV. und rückte – als Bannerträger des Staufers! – mit eingerollten Fahnen über den Fluß in das Lager des vorher verständigten Gegenkönigs Heinrich Raspe. Der vom Verrat überraschte Stauferkönig erreichte – ohne Heer – in wilder Flucht das rettende Süddeutschland. Franken aber und der Mittelrhein waren von da an für die staufische Sache verloren. Frankfurt bedeutete einen Wendepunkt im Geschick des staufischen Hauses in Deutschland. Ulrich von Wirtemberg aber hatte sich damit zum Führer der antistaufischen Großen in Schwaben und Franken aufgeschwungen. Er erhielt die unvorstellbar hohen Summen, die ihm der Papst insgeheim für diesen Verrat versprochen hatte.« (Überweisung vom 6.8.1246 von der Banca di San Spirito, Roma, an die L-Bank, Stoccarda, und mit diesem Gerstle konnte er aus der staufischen Konkursmasse seine Grafschaft Württemberg günstig zusammenkaufen).

Ond die Badener, staufertreu bis zletzt (ihr Friedrich von Baden isch anno 1268 en Neapel mit'm Konradin uffs Schaffott gstiege), hend ons Wirteberger älles ghoiße: »Totengräber und Erbschleicher der Hohenstaufen«. Ond behauptet stolz: »Der Verrat des württembergischen Stammvaters trug wesentlich zum Untergang der Hohenstaufen bei.«

Aber zu was hend mir so ein Genie wie den Professer Decker-Hauff: »Es hat manch guten Wirtemberger unangenehm berührt, ja betroffen, daß das Herrscherhaus einst durch einen Verrat, ja mehr noch, durch einen Treubruch aufgestiegen ist. Einer, der tief am Lande, seiner Geschichte, seinem letzten König hing, sagte über Ulrichs Haltung in der Schlacht von Frankfurt ›Das tut weh und wird immer wehtun‹. Nicht um die Dinge zu beschönigen, sondern in dem

Bemühen um Gerechtigkeit darf man fragen: Haben nicht auch die Staufer selbst, samt ihren glücklichen Schützlingen Mitschuld an der Abkehr der Wirtemberger?«

Ond tatsächlich hat der Professer Decker-Hauff schließlich rausgfonde, daß em Ulrich seiner Muetter ihr Vatter, der Graf Ulrich von Ulten und Eppan, vom Kaiser Friedrich II. ond seine Handlanger, dene Grafe von Tirol, om sei ganz reichs Sach bschisse worde isch ond bettelarm gstorbe. Ond dr Ulrich, em Ultental uffgwachse, hat da als jonger Kerle ohmächtig zuegucke müeße, ond hat sich jedefall gschwore, ame scheene Dag zahl i des dene Staufer hoim. So isch no au wieder. Ond so Prachts- ond Hauptkerle wie seine Nachfahre Eberhard em Bart, Christoph, Carl Eugen oder Wilhelm I & II müeßet die Badener erst no uff d'Welt brenge.

Grabmal Graf Ulrichs I. und seiner Gemahlin Agnes

Plattenhardt in Arkansas

Georg Adam Bürkle

Zunächst einmal – uff purschtem Hochdeitsch – ein ganz herzliches Dankeschön und wohlverdienten Lobpreis für die Herren Teufel, Spöri sel. & Rommel jun. für ihren erneuten Beitrag zur Deyhlefizierung unseres Bundeslandes und seiner Hauptstadt. Also ehrlich, dui Spielbank en Mairenge, die hat ons Wirteberger grad no gfehlt zu onserm Glück. Dankschee ond machet no weiter so!

Vor langer, langer Zeit isch onser Stuegert amol so schee gwä, daß es gar net gnueg drvo hat gebe könne. Ond drom hend mir a Stuegert en Wirteberg, a Neustuttgart en dr Ukraine, a Stuegert em Staate Kansas ond a Stuegert em Staate Arkansas ghet.

Ond dort en Stuegert /Arkansas isch am 13. August 1896 onser Landsmann Georg Adam Bürkle gstorbe. Der isch aus Plattehardt vo de Filder gwä, dr Jong vom Dorfschmied ond bettelarm uffgwachse. Aber »anstatt die ortsübliche Berufslaufbahn des Wilderers und Messerstechers einzuschlagen«, isch'r uffs Lehrerseminar gange ond hat sogar a Weile als »Proviser«, als Onterlehrer en seire Plattehardter Hoimet gschafft.

Ond des ka mr sich denke, daß des Gschäft zom Drvolaufe gwä isch, wie wemmr'me Stall voll Ochse s'Klavierspiele bei-

Georg Adam Bürkle (1825–1896)

brenge soll, ond er isch tatsächlich drvogloffe. Em Plattehardter Familieregister stoht dren: »Ist 1852 nach Amerika entwichen«.

Ond dort drübe bei de Ami hat'r mit seiner stammesspezifischen Intelligenz Karriere gmacht ond hat's zom lutherische Pfarrer en deutsche Dörfer en Pennsylvanien, Michigan ond Ohio bracht.

»Seiner Gesundheit wegen rieten dann die Ärzte zu einem Ortswechsel in ein milderes Klima, und so machte sich im Frühling 1878 Pfarrer Bürkle auf die Suche nach einer neuen Heimat im Süden. In der Grand Prairie von Arkansas, 90 Kilometer südöstlich der Hauptstadt Little Rock und ebensoweit vom Mississippi entfernt, erwarb er 11 000 Morgen unbewohntes Land. Im Herbst des gleichen Jahres folgten ihm 65 Glieder seiner Gemeinde in Woodville / Ohio, und er gründete mit ihnen die Siedlung am ›Gum Pound‹. Als im Jahre 1880 die Einrichtung eines Postamts nötig wurde, nannte Bürkle die neue Ortschaft in einem Anflug von

Johann Martin Bürkle (1832–1916)

Heimweh ›Stuttgart‹ – der Ruf des Namens Plattenhardt schien sich wohl bis Arkansas herumgesprochen zu haben. Gleich der Residenzstadt des Königreichs Württemberg wuchs auch das neue Stuttgart unaufhörlich. 1883 erhielt die Siedlung eine eigene Bahnstation und 1887 mit der Bezeichnung ›town‹ das Stadtrecht.«

Seit 1852 isch dr Georg Adam Bürkle mit dr Barbara Roth, zwoi Jahr älter wie er ond au vo Plattehardt, gheirat gwä. 1848 hend se scho a ledigs Kend ghet ond hend anander so möge, daß en Amerika nomol elf Kender komme send. Ond en seim Stuegert hat'r a evangelisch-lutherische Kirch nagstellt, Ond an dere hat'r predigt ond daift, verheiratet ond s'Abendmahl austoilt, bis'r's nemme könne hat. Ond no hat'n sei Brueder Johann Martin Bürkle (1832–1916) vergrabe.

Der isch erst Soldat gwä en Ludwigsburg ond hat em Graf Zeppelin s'Schieße beibracht, ond an Keenichs Geburtstag 1859 »nahm ich Abschied von der lieben alten Heimat Stuttgart im Schwabenlande«. Isch no au Pfarrer worde, aber au Schriftsteller ond Journalist. Hat die deutsch Wochezeidong »Stuttgart Germania« rausgebe ond die Halbmonatsschrift »Vetter aus Schwaben«. Ond mit seiner »Buerkle Brothers Brass Band« (a Mischung aus Posaunechor ond Jazzkapell) »ist er in die Geschichte des Jazz eingegangen«.

Des Stuttgart hoißt sich heut »Rice and Duck Capital of the World« (Reis- und Entenhauptstadt der Welt). Ond tatsächlich wird dort die »größte Reismühle der Welt« von're Gnosseschaft vo fast fenfdausend Reisfarmer betriebe, ond den Reis exportieret se en älle fenf Erdtoil, ond wird en dr Antarktis grad so verspeist wie en Kaltetal. Ond äll Jahr Ende November treffet sich en dene Sömpf om Stuegert rom fenfdausendstückweis Ami aus ganz Amerika mit ihre Schießprügel zu ihrem halbdackelige Hobby ond verschießet normalerweis hauptsächlich Ente, aber dronternei au amol ihresgleiche.

Mittlerweile sprenget scho en ganze Haufe Ururuenkele vo dene Buerkle Brothers rom, aber koi Mensch meh schwätzt schwäbisch en Stuttgart / Arkansas. Fast wie en Stuttgart / Württ.

Barbarossas böser Bub

Herzog Konrad von Schwaben

Zu älle Zeite isch des so gwä, ond au heut no, daß große, ganz wichtige Männer vergratene, wenig bedeutende Buebe hend. Aus Platz- und Pietätsgründen verzichten wir auf eine Aufzählung solcher Knaben zugunsten des Sohnes unseres Stauferkaisers Friedrich Barbarossa, Konrad Herzog von Schwaben, der am 15. August 1196 in Durlach / Baden ein wahrhaft bildzeitungsreifes Ende fand.

Aber erst amol mueß der Kerle ja uff d'Welt komme. Sei Vatter, dr Barbarossa hat sich em März 1153 nach rond siebe Jahr »ebenso unfriedlicher wie unfruchtbarer Ehe« von dr Adela von Vohburg (ond Giengen an dr Brenz) schoide lasse.

Ond anno 1156 hat'r dui Beatrix von Burgund gheiratet, er über dreißig, sui no net amol konfirmiert, aber a Mitgift bis na nach Arles en dr Provence. Ond jetz isch's uff oimol gloffe wie aus'm Brönnele, elf Kender, drei Mädle ond acht Buebe hend se mitnander ghet. Ond des Kend vom Frühleng 1172, des hend se Konrad daift nach dem erste Stauferkeenich Konrad III. († 1152), des isch der vo de Weiber vo Weinsberg, der wo net sein Buebe, sondern sein Neffe Barbarossa vornenaglao hat.

Ond scho bald hat dr Herr Kaiser seim Konradle en Haufe Sach überschriebe, des reiche Rothenburg ob dr Tauber oder

Eger beispielsweis. Ond mit sechzehn hat'r'n verlobt mit dere bluetjonge Berengaria, a Keenigstöchterle vo Kastilien, isch aber nex worde mit dene zwoi, obwohl ihm dui 42000 Goldstückle ond ihrm Vatter sei Keenigreich mitbracht hätt. Wg. zu naher Verwandtschaft, saget se, aber später isch se no viel inzüchtiger verkupplet worde. Jedefall aber hend die Spanier über ihn en dr Wirtebergische Geschichte vom jonge Stälin nachglese: »Tapferkeit und Kühnheit werden auch ihm, wie den andern Staufern nachgerühmt, allein wild, gewaltthätig und lüstern, war er ein Schrecken für nah und fern«.

Oineweg hat so oiner, wie anno 1191 sei Brueder Friedrich bei dr Belagerung von Akkon em Heilige Land omkomme isch, des Herzogtum Schwaben zom Regiere kriegt. So oin wie den Brueder, hat sich dr Kaiser Heinrich VI. sicherlich gsait, den kane bloß meine guetmüetige Schwabe zuemuete, an dem Schlurger könnet se trainiere für spätere Jahrhondert, ond so wie der sich uffführt, macht's der sowieso net lang. Ond tatsächlich hend mir scho bald den berühmte Philipp von Schwaben zom Herzog kriegt mit seiner bildscheene byzantinische Kaisertochter Irene-Maria.

Denn wie em Sommer 1196 dr Kaiser sein Konrad en Krieg schickt gege den letzte Zähringerherzog Berthold V. († 1218), isch der Kerle folgende Tode gestorben:

Im 20. Jahrhundert:

Geschichtslexikon: »fiel einem Mordanschlag zum Opfer«.

Biographie: »wurde bei dem Versuch, ein Mädchen zu vergewaltigen, erschlagen«.

Stauferkatalog: »als Ehebrecher von einem beleidigten Ehemann – Variante: der Ehefrau – erschlagen?«

Im 19. Jahrhundert:

Stälin jun.: »fand bei einem Versuch gegen die Ehre einer Frau einen gewaltsamen Tod«.

Stälin sen.: »bei einem Versuch gegen die Ehre einer Frau erschlagen«.

Mittelalterliche Quellen:

Burchard von Ursperg: »umgebracht von jemandem, dessen Ehefrau er gewaltsam nahm, oder aber von der vergewaltigten Frau selbst«.

Konrad von Scheyern: »bei der Umarmung eines Mädchens, das er mit Gewalt zu entjungfern versuchte, von diesem in die linke Brustwarze gebissen, an dem dadurch entstandenen schwarzen Geschwür drei Tage später verstorben«.

Chronist von Admont: »An ›Magda‹ (Magen-Darm-erkrankung, Durchfall) verstorben. Andere sagen, er sei, weil er zügellos und ganz saumäßig lebte, beim Ehebruch von einem Schwert durchbohrt worden«.

So, jetz ka sich's jeder raussueche, ond bei entsprechendem Lebenswandel die Konsequenzen ziehen ond aständig werde, auf daß es ihm nicht so ergehe wie Barbarossas bösem Buben em Badischen.

»Sepultus est in monasterio Loricensi«. Em Kloster Lorch em Remstal hat mr'n vergrabe, ond 12 Jahr später sei Schwägerin Irene-Maria von Byzanz. Dui isch am 27. August 1208 uffm Hohenstaufe em Kendbett gstorbe, grad zwoi Monat ond oi Woch nachdem mr en Bamberg ihren Ma, onsern Philipp von Schwaben ermordet hat.

Wer grad nach Lorch kommt, lege ihr ein Bleamle uff des Staufergrab, a »Rose ohne Dornen«, wie dr Walther von dr Vogelweide von ihr gschwärmt hat. Dem Konrad aber höchstens en Löwenzahn, schwäbisch Bettscheißer alias Bettsoicher.

Christaller, Kolonie Kamerun

Theodor Christaller

Daß mir Wirteberger mit onsrer demokratische ond avantgardistische Bildunxpolitick von Afang a, ond bis zur Einsetzung badischer Kultminister, Weltspitze gwä send, des hat sich mittlerweile romgsproche. Ond drom isch des koi Wonder, daß die Preuße en Berlin für ihre Kolonie hauptsächlich Schuelmoister aus Wirteberg gnomme hend. »Und Fürst Bismarck hatte es wahrlich nicht zu bereuen gehabt, Schwaben zu den ersten Pionieren auf dem Gebiete des Schulwesens in Afrika ausgewählt zu haben«.

Dank Gustav Nachtigal (1834–1885, »Nachtigal, ick hör dir trapsen!«) isch seit Juli 1884 Togo ond Kamerun a deutsche Kolonie gwä. Ond dr ällererste Schuelmoister en Kamerun isch onser Landsmann Theodor Christaller gwä, der wo am 13. August 1896 – also am gleiche Dag wie dr Stadtgründer von Stuttgart/Arkansas, dr Georg Adam Bürkle – gstorbe isch.

Sein Vatter isch der Missionar Johann Gottlieb Christaller (1827–1895) gwä, ein Sprachgenie, wo außer schwäbisch au no rond hondert afrikanische Sprache ond Dialekt gschwätzt hat. Ond typisch, en Frankreich hat'r oi Goldmedaille om de ander vom »Institut de France« verliehe kriegt, ond wien'r en Dibenge hätt solle en Ehredokter kriege, da hat's so a Halbdackel vo Professer verhendert, der Christaller häb ja net amol a Abitur...

Theodor Christaller (1863–1896) mit Familie

Sei Jonger aber, der Theodor, der isch grad so gscheit gwä, ond dr Geist hätt zwoimol fürs Maturum ond Studiere glangt, aber net s'Geld. Ond drom isch'r halt uffs Lehrerseminar gange, ond am 1. Januar 1882, oin Dag vor seim 19. Geburtstag, hat'r als Lehrer für Missionarskender en Basel agfange. Ond sein pädagogischer Ruhm hat sich so schnell verbroitet, daß'r scho mit 23 Jahr vom Auswärtige Amt en Berlin onter viele Bewerber als »erster Reichsschullehrer für Kamerun« rausgsuecht worde isch.

Der erste Gouverneur von dere Kolonie, der Freiherr Julius von Soden, der hat als alter Wirteberger partuh a Schuel für seine neue Ontertane han wölle, ond hat's fertigkriegt, daß dr alte Kaiser Wilhelm a bißle Geld schickt. Ond jetz kommt der jonge Christaller am 10. Januar 1887 ond kriegt als Schuelhaus a alte Eingeborenehütte en Bonamandone mittle em Sumpfland, daß'r am liebste wieder omdreht wär. »Alles in allem ist es ein miserables Leben, und es ist eigentlich zum Lachen, wie ich mich hier durch die Welt schlage.« Der Gouverneur aber verspricht, er dät en Wirteberg für a neus Schuelhaus sammle ond schickt en Bettelbrief an den »Schwäbische Merkur« en Stuegert, ond die drucket den net amol ab.

Jeder andre hätt den Bettel nagschmisse, aber net onser Theodor. Ond em April 1888 kriegt'r tatsächlich a Fertigbauschuelhaus aus Altona en lauter Einzeltoil gliefert, ond isch selig, bis'r's zammebaue will, ond no isch des ein Pfusch made in Germany: Balke fehlet ond Nägel, d'Fenster kromm gsägt, die Dachrenne z'kurz, ond koi gscheits Werkzeug. »Ihr macht Euch in Europa keinen Begriff, wie man hier baut. Aber ich habe doch ein Haus, einen wahren Palast für Afrika«. Ond erst die Arbeitsmoral: »Es ist eine Schande, wie die Männer den ganzen Tag unter den Bäumen liegen und die Weiber arbeiten lassen«.

Onser Landsmann aber schuftet sich schier z'tot. Schreinert die Schuelmöbel, lernt en Nullkommanix dui Eingeborenesprach, schreibt se uff, was saumäßig schwierig isch, verfaßt a Fibel ond a Wörterbuch, mueß de Dolmetscher mache für Gouvernement, Kaufleut ond Expeditione. Ondondond.

Em Früehleng 1889 mueß'r zur Erholung nach Deutschland. Ond hält oin Vortrag om de ander für sei Schuel ond schreibt en de Zeidonge. Sogar zom Bismarck därf'r zom Kaffeetrenke, ond der isch ganz begeistert ond läßt glei nomol a Schuel en Kamerun baue ond oine en Togo, ond nemmt bloß Wirteberger als Lehrer. Ond sogar dr jonge Kaiser Wilhelm hat'n globt.

Anno 1892 hat'r gheiratet, a Dekanstöchterle aus Künzelsau, dui isch aber en dem Klima bald krank worde ond mit ihrem Kend wieder hoim nach Wirteberg. Ond no isch au a andrer Gouverneur nakomme, a Preuß, wo für dui Schuel nex übrig ghet hat (»Unsere Schule ist das Militär!«). Ond der Dackel isch direkt froh gwä, daß die schwäbische Lehrer anandernach am »Schwarzwasserfieber« weggstorbe send, so als letzter au onser Theodor mit 33 Jahr. Ond no an seim Todestag, am 13. August 1896, hat mr'n vergrabe en Bonamandone bei seiner Schuel. Ond dui hat no d'Basler Mission übernomme.

Vierzig Jahr später isch no dr Johannes Stöckle aus'm älteste Stuegerter Uradel nach Kamerun gange, ond seit mr wisset, was der Ma für Afrika, seine Sprache ond Kultur ond für die Leut dahonne do hat, versuechet mr dem Ma en Ehredokter zom verschaffe. Aber diese staatlich überversorgte Professorepenner en ihre vollklimatisierte Stubene, die gebet net amol a Antwort.

Fenfezwanzich

Soeben heimgekehrt von einer Radtour zu unseren schwäbischen Landsleuten Leo IX. († 1054), Konradin von Schwaben (erm. 1268) und Wilhelm Waiblinger († 1830), möchte sich der Verf. zunächst für so viele Hunderte von (noch ungeöffneten) Glückwunsch- resp. Beileidsschreiben zu seinem Senilitätsgedenktag bedanken. Zählt man den zuvor schon auf 57 cm angeschwollenen Berg unerledigter Korrespondenz hinzu, so wäre er bis ins neue Jahrtausend hinein mit der individuellen Beantwortung ausgelastet. Schlechten Gewissens bittet er um Verzeihung für diese pauschale Danksagung mit der Versicherung an jeden Gratulanten: »Ihr Schreiben hat mich von allen am meisten erfreut.«

Liebe Leserin, geneigter Leser! Heute halten Sie bereits die 25. »Rarität« in Händen, und mangels eines geeigneten Gedenktages wollen wir eine kurze Rückschau halten.

Sämtliche Geschichten sind zwangsläufig zu nachtschlafener Zeit entstanden, so zwischen elf (wenn die letzten Telefonanrufer müde geworden sind oder sich unserem Landsmann Harald Schmidt zuwenden) und halb sieben Uhr (wenn die ersten Frühaufsteher wieder nach dem Telefon greifen). Dem Verf. fehlen demnach im letzten halben Jahr ganze 25 Nächte Schlaf. Rechnet man noch seine so beliebten Benefizvorträge (bis zu sechs Stück pro Woche) hinzu, so darf's niemanden wundern, wenn nicht jede »Rarität« jene Qualität erreicht hat, die man in Württemberg naturgemäß erwarten könnte. Der Verf. tröstet in solchen Fällen seine Leserschaft und sich mit dem Hinweis, daß auf dieser Erde ohnehin nicht alles, was in Nachtarbeit entstanden ist, wohlgelungen ist, man sehe sich doch nur einmal diese Menschheit an.

Wenn es dem Verf. in über 23 Jahren schwäbischer Schreiberei nicht gelungen ist, auch nur einen Quadratmeter schwäbischen Bodens vor der Betonierung zu bewahren, so hat sein Geschriebsel neuerdings anscheinend wenigstens ein bißle en Wert:

Das von einer kommunalpolitischen Camorra vom Abriß bedrohte Geburtshaus des Kilimandscharo-Entdeckers Johannes Rebmann in Gerlingen scheint gerettet. Ein Förderkreis zur Erhaltung hat sich mit dem Schriftsteller Immanuel Stutzmann (»Trocken Brot macht Wangen rot«) an der Spitze gebildet und wird die geplante Kulturschande hoffentlich verhindern.

Das von der Stadt Stuttgart beseitigte Grabmal des weltberühmten Gelehrten August von Pauly wird, von badischen und württembergischen Altphilologen finanziert, in alter, kostspieliger Schönheit auf dem Fangelsbachfriedhof wiedererstehen.

Die Grabinschrift von Mörikes Freund Ludwig Amandus Bauer ist wieder lesbar.

Die Bonlandener Abendmahlskanne ist nach langer Abwesenheit wieder auf die Filder heimgekehrt. Die um die deutsch-französische Freundschaft wie keine zweite verdiente Stadt Ludwigsburg wird sie wohl auch (bis zum nächsten Krieg) dort belassen.

Eine wunderschöne Ergänzung zum Mairenger Bäcker Wolf von 1796: Anno 1945 ist der Bäckermeister Jakob Gottlob Keuerleber (1883–1960), der sieben Jahre als Wandergeselle in Nizza, Cannes und Monte Carlo und sieben Jahre als Schiffsbäcker auf der Yacht des New Yorker Zeitungsverlegers Gordon Bennett an der Côte d'Azur geschafft hatte, den heranrückenden Franzosen mutig entgegengegangen und hat so seine Heimatstadt Großsachsenheim vor der Zerstörung bewahrt.

Vereinzelte Kritik gab es für »dieses dumme Schwäbisch« (»so schwer lesbar«). Also liebe Leut, in Zeiten, in denen vom schwäbischen Sozialprodukt ausgehaltene dackelhafte Deutschlehrer die Muttersprache von Friedrich Barbarossa, Schiller & Hölderlin mit aller Gewalt ausrotten wollen und selbst Kinder urschwäbischer Eltern ein Hochdoitsch schwätzen, als wären sie vom andern Ufer (des Mains), wollen wir grad mit Fleiß an der neben Griechisch und Latein wichtixten Kultursprache des Abendlandes festhalten. Und die »Raritäten« werden ja ohnehin nur für die intellektülle Elite geschrieben, ond die kapiert's.

P. S.: Wenn ein(e) Rosen- & Literaturfreund(in) je grad nach Rom fahren sollte, so möge er (sie) doch den vertrockneten Rosenstock auf dem Grab von Wilhelm Waiblinger (Prot. Friedhof bei der Caestiuspyramide, Grab neben »Goethe filius«) durch einen frischen ersetzen. Dankschee!

Anm.: Ist sofort geschehen. Mille grazie!

Schiller sen.

Johann Kaspar Schiller

Dr jonge Hermann Hesse hat amol gsait, für oi Gedicht vom Hölderlin dät er de ganze Schiller dreigebe. Aber a ganz gewichtiger Germanist der Gegenwart aus Göppenge hat gmoint: Schiller Goldmedallje, Hölderlin Silbermedallje, Goethe Bronzemedallje.

Ond der Ma, dem wo mir den größten Dichter des Schwabenlandes ond damit der Menschheit verdanket, der Johann Kaspar Schiller, der isch am 7. September 1796 uff dr Solitude gstorbe.

Mit 73 Jahr, denn am 27. Oktober 1723 isch'r en Bittefeld uff d'Welt komme, ond seine Vorfahre ka mr bis ens 14. Jahrhondert em Remstal zrückverfolge, lauter Wengerter. Sei Vatter aber isch Bauer, Beck ond Schultes gwä. Ond der hätt gern ghet, daß sei Jonger studiert, ond hat'n sogar Lateinisch lerne lasse. Aber no isch der Ma so jong vo seine acht Kender weggstorbe, ond der Johann Kaspar mit seine neun Jährle hat dr Muetter bei dr Landwirtschaft helfe müeße, daß se net verhongret send.

Mit fuffzehn hat'r därfe a Lehr mache beim Klosterbarbier Fröschlin en Denkedorf ond dui Wundarzneikunst lerne. Ond mit achtzehn hat'r ausglernt ghet: Perückemache, Rasiere, ond a bißle Dokterlesspiele mit Aderlaß ond so. Ond isch uff Wanderschaft gange, nach Backnang ond Lindau em

Johann Kaspar Schiller (1723–1796)

Bodesee. Ond en Nördlenge isch'r no zu de Soldate, ond en dem Östreichische Erbfolgekrieg wege dr Maria Theresia hat'r amol für die Kaiserliche ond no für d'Franzose kämpft ond no wieder gege se, ond hat als Regimentsfeldscher gschafft. Ond wie se endlich Friede gmacht hend, isch'r wieder hoim mit'me Säckle voll Geld.

Ond isch nach Marbach, da isch a Schwester von'm gheirat gwä, hat aber net bei dere gwohnt, sonderm em »Gasthof zom Goldne Löwe«, »dem ersten Haus am Platze«. Ond der Wirt, a glernter Beck ond Holzinspekter beim herzogliche Flößereiwese, hat oi Mädle ghet, sei Elisabetha Dorothea Kodweiß. Ond mit 17 Jahr hat se den Logisherre Schiller gheiratet am 22. Juli 1749.

Ond der hat no als Wondarzt gschafft ond hat gmoint, mit dem reiche Schwiegervatter da häb'r ausgsorgt ond hat dem

Schiller jun. (1759–1805)

Ma sei ganz Geld gebe. Aber der alte Kodweiß hat sich verspekuliert mit Immobilie ond isch bankrott gange ond bettelarm worde.

Dr Schiller aber isch aus lauter »Schande des Zerfalls eines so beträchtlich geschienenen Vermögens« aus Marbach abghaue ond wieder zu de Soldate gange, desmol zu de wirtebergische, ond dr Herzog Carl Eugen, der hat'n mit dr Zeit sogar zom Hauptmann gmacht. Ond so hat'r den schändliche Siebejährige Krieg mitgmacht.

Für sei Weib aber hat'r en Marbach en dr Märktgaß (recte: Niklastorstraße!) a kleine Erdgschoßwohnong gmietet ond dort isch acht Jahr nach dr Hochzich au s'erste Kend, dui Christophine, uff d'Welt komme, ond am 10. November 1759 au dr oinzige Bueb, dr Johann Christoph Friedrich Schiller.

Meh hätt'r em Lebe eigentlich gar nemme do brauche, denn wer so a Genie en d'Welt setzt, der hat sein Ehreplatz em Lexikon scho verdient. Aber des hat'r ja no net wisse könne, ond drom hat'r nebe seim Soldäterlesgschäft her a Schrift verfaßt: »Betrachtungen über landwirtschaftliche Dinge in dem Herzogtum Württemberg, aufgesetzt von einem herzoglichen Offizier« ond beim Cotta en Stuegert anonym drucke lasse. Aber dr Carl Eugen, wo seinerzeit no a arger Saukerle gwä isch, der hat sich überhaupt net intressiert für die gscheite Vorschläg, der isch lieber mit (ond uff) seine Menscher ond Mätresse romghopft.

Erst wien'r dank dr Franziska vo Hoheheim allmählich a Prachtskerle worde isch, hat'r dadrfür en Senn kriegt, ond hat em Dezember 1775 den Hauptmann Schiller zom »Leiter der herzoglichen Gärtnerei auf Schloß Solitude« befördert. Ond jetz endlich hat der au a gscheits Gschäft ghet, an dem'r a Freud ghet hat. Ond hat von dr Solitude aus ganz Wirteberg mit Obstbäum versorgt, mit Gwürzluike ond Goißhirtle, ond wenn Wirteberg »das klassische Land des Obstbaus« worde isch, no verdanket mir des dem Vatter Schiller.

Ond die ganze Obstbäum vo dene »ökologisch so wichtigen Streuobstwiesen« (wo mr en dr Dommheit wie die Alleebäum au hondertdausendfach abgsägt hat) send eigentlich lauter grüne Denkmäler für den alte Schiller. Ond so erheben mir onser Glas Most (»Mosttrinker sind Naturschützer!«) auf Schiller sen. ond wissen jetz au, warom Schiller jun. emmer a paar faulige Äpfel zur Inspiration en dr Schreibtischschublad braucht hat: Heimatluft.

Den Johann Kaspar Schiller hat mr nebe seim »Nanele«, seim jüngste Mädle (gebore 1777 uff dr Solitude ond a halbs Jahr vor ihm am a Seuchefieber gstorbe), vergrabe uff dem Kirchhof an dr Gerlenger Kirch. Des Grab kennt mr nemme, sonst könnt mr ja en Birnbaum druffpflanze. Wie em Havelland.

Der schwäbische Tiepolo

Franz Anton Maulbertsch

Heut kommet mr drher wie de alt Fasnet. Aber en dr erste Augusthälfte hend mr soviel Jubiläum ghet, daß gar koi Dradenke gwä isch an den »bedeutendsten Barockmaler Österreichs«, den Franz Anton Maulbertsch, den »schwäbischen Tiepolo«.

Grad wie onserm Herr Jesus sei Vatter ond sei Muetter, so hat au der Maulbertsch so richtig stockkadolische Vorname, ond da sieht mr glei, daß'r net vo hie, vo Wirteberg gwä isch.

En dr alte Grafschaft Montfort isch'r uff d'Welt komme, en Langenargen am Bodesee ond nachweislich am 7. Juni 1724 daift worde. Die meiste Lexiköner aber saget, er sei am 8. Juni gebore, isch also demnach als oinzigs Kend von dr ganze Welt scho em Mutterleib daift worde.

Sei Großvatter hat no mit Hammer ond Amboß als Schmied en Schramberg em Schwarzwald gschafft, sei Vatter aber als Maler ond Vergolder mit Pinsel ond Palette bei dene kunstsinnige Grafe von Montfort (jüngere Linie der Pfalzgrafen von Tübingen, deswege au des gleiche Wappe). Ond sicher hat der kleine Franz Anton seim Vatter beim Schaffe zueguckt. Denn mit 15 Jahr schickt'n der Graf Ernst von Montfort (man gucke sich gelegentlich sein scheenes Bild em Schloß Tettnang a) nach Wien uff dui Kunstakademie. Ond bei dem Maler Peter van Roy aus Antwerpe hat'r gwohnt ond glernt, was die Niederländer, die Rembrandt ond Rubens, so druff ghet hend.

Ond mit 21 hat'r scheint's scho soviel verdeant, daß'r hat heirate könne, sei Barbara Maria Anna Schmidt, a Baderstöchterle aus Niederöstreich ond vier Jahr älter wie er, ond en 36 Jahr Ehestand hend se a Freud anander ghet, aber koine Kender mitnander. Mit 56 Witwer worde, hat'r nomol gheiratet, desmol s'Mädle vo seim alte Freund, dem Kupferstecher ond Akademiedirekter Jakob Matthias Schmutzer, d'Katharina, ond dui isch 32 Jahr jönger gwä, ond hat'm au zwoi Buebe gschenkt, die send aber scho »aas de jong« gstorbe.

Mit seim Malergschäft aber hat'r meh Glück ghet, isch mit dr Zeit Professer worde an dr Wiener Akademie ond »Hofkabinettmaler« bei dr »Resl«, der guete Kaiserin Maria Theresia (man lese gelegentlich das Gedicht »Auf den Tod der Kaiserin« vom Matthias Claudius).

Seine erste Bilder hat'r statt mit Maulbertsch no mit'me Distel signiert, vielleicht hat'r sich als Schwab für sein Name geniert. Ond sein erste große Ufftrag hat'r 1752 kriegt ond därfe dui Piaristekirch en Wien ausmale. Ond wie die geistliche ond weltliche Herre gmerkt hend, was der Kerle vom Schwäbische Meer für a Käpsele isch, hat'r oi Kirch ond oi Schloß oms ander freskiere därfe. So daß mr heut überall en ganz Kakanien, »in der ganzen Donaumonarchie die Spuren seines Schaffens findet«.

Kleine Abschweifung: Dr Vatter vom Professer Hansmartin Decker-Hauff (HDH) hat, wo mr kaum verreise därfe hat, sei Familie uff're Venedigreis dreizehn Dag lang von oiner Kirch en de ander gschloift. Am 14. ond letzte Dag hat die Muetter mit de Kender endlich au amol bade wölle ond selbiges erreicht mit dem unterdessen klassischen Satz: »No oin Tiepolo, ond i kotz!«

Franz Anton Maulbertsch (1724–1796)

Kleine Zwischenbemerkung: Der Giovanni Battista Tiepolo (* 1696) kriegt eine Sondermark, onser schwäbischer Tiepolo Maulbertsch († 1796) aber kriegt koine. I sag's ja, Heimatland die Hurgler.

Wo mr au nakomme send uff dene legendäre Exkursione, hat ons der Professer HDH die Meisterwerk vom Maulbertsch zeigt: En Sümeg en Ungarn dui Pfarrkirch, en Kremsier den Lehenssaal en dr erzbischöfliche Residenz, des Sach en Nikolsburg, en Stuhlweißenburg, en Steinamanger. Ondondond. O-Ton HDH: »Dieser hinreißende, zauberhafte Barock, zom Kadolischwerde schee!«

Am beste von ällem aber hat mir der Bibliothekssaal em Kloster Strahov en Prag gfalle. (HDH: »Diese ›Goldene Stadt‹ Prag wurde von schwäbischen Architekten aus dem Remstal, den Parlern aus Schwäbisch Gmünd erbaut. Ond jetz gucket na, was mir für Sempel von Architekte em Remstal beschäftiget!«). Des Referat zu Strahov hat die bildscheene, liebreizende ond blitzgscheite Studentin Jeri Alberta Jones aus Granada Hills / Calif. ghalte ond dui hat gmoint: »This is great! This is wonderful! This is Weltkunst!« Recht hat se.

Schad, daß'r des nemme verlebt hat. »Der wohledle Herr Anton Maulbertsch, k. k. Hofkabinets Mahler, Rath der k. k. dann der preussischen Akademie der bildenden Künste, Mitglied und Direktor der Künstlergesellschaft, verheirathet, gebürtig aus Schwaben, ist in sein Haus Nr. 11 in der neuen Schottengasse an der Wassersucht verschieden, alt 73 Jahr.« Am 7. August 1796. Drei Dutzed Jahr später hend se sei Grab uffm Neulerchenfelder Friedhof abgräumt.

Denk mal

Gotthold Friedrich Stäudlin

Am 17. September 1796 hat sich der Dichter Gotthold Friedrich Stäudlin en Straßburg en dr Ill versäuft. Für älle, wo den je net kennet, ganz kurz:

Stäudlin, gebore 1758, aus Stuegerter Honoratiorefamilie, Eberhard-Ludwigs-Gymnasium, 1776 hält ihn dr Schubart für »das beste dichterische Genie im Württembergischen«. Zwanzig Jahr später schreibt der Kerle sein Abschiedsbrief: »Wenn Sie dieses Blatt erhalten, so bin ich nicht mehr und habe meine vielen, verdienten und unverdienten Leiden im Rheinstrome begraben.«

Das »Intelligenzblatt der Jenaischen Allgemeinen Literatur-Zeitung« meldet: »Am 17. September ertrank im Rhein bei Straßburg Herr Gotthold Friedrich Stäudlin von Stuttgart, berühmt als Dichter, im 38. Jahre seines Alters.« Paradebeispiel der »Comparatio Suevica: gscheit, gscheiter, gscheitert.«

Der Dichter ond seine Vers send vergesse. Aber er hat den jonge Hölderlin em Schiller empfohle: »Hölderlin, der gewiß nicht wenig versprechende Hymnendichter, wünscht nichts so sehr, als über die enge Sphäre seines Vaterlands und eines Pfarrvikariats in demselben hinauszutreten. Da er nun zu Erreichung dieses Endzwecks nicht eigene Mittel genug hat, so will er sie auf dem Wege einer Hofmeisterstelle suchen. Von

Gotthold Friedrich Stäudlin (1758–1796)

seinem Freunde Magister Hegel hörte er, daß Sie gegenwärtig eine solche Stelle in der Gegend von Jena zu vergeben hätten … so bittet Sie Hölderlin mit mir recht dringend um ihr gütiges und vielwirkendes Vorwort bei jener Hofmeisterstelle. Für die Reinheit seines Herzens und seiner Sitten, und für die Gründlichkeit seiner Kenntnisse bürge ich.« Tatsächlich wird dr Hölderlin Hofmeister bei dr Charlotte von Kalb en Waltershausen.

Dem Stäudlin aber hat neamerts gholfe: »Ohne Vermögen, ohne Unterstützung, ohne Vorschuß sogar – auch ohne Seelenruhe, deren doch ein Schriftsteller, wenn er etwas Erträgliches leisten soll, so sehr bedarf, lebe ich nun in einem fremden Lande (Anm.: im badischen Lahr), wo es enorm teuer zu leben ist, und man von einem Fremden für alles prompte Bezahlung fordert. Von Nahrungssorgen unaufhörlich niedergedrückt, ist mein Geist keines Schwunges fähig…«

Soweit mr woiß, isch er dr erste ond für lange Zeit dr oinzige schwäbische Dichter, wo sich s'Lebe gnomme hat. En de letzte Jahr aber isch aus dem frühere »Wengerterstod« auffallend a »schwäbischer Dichtertod« worde: Thaddäus Troll, Michael Spohn, Hanns-Hermann Kersten, Otto F. Gmelin, o.a. Ond erst die, wo sich mit Messer ond Gabel ond Viertelesgläsle ombracht hend (Namen sind der Red. bekannt).

Wemmr's scho grad vom Tod hend: Heut mittag weiht dr Stuegerter Schultes Rommel zwische Degerloch ond Mairenge a Denkmal ei. Direkt an dere Stell send en dr Nacht zom 29. Juli 1944 acht Luftwaffehelfer (sechzehjährige Schuelerbuebe!) ond zehn jonge Flaksoldate beime Luftagriff uff dui Degerlocher Flak oms Lebe komme.

Wenn mr früher mit'm Kuehfuhrwerk an dene Äcker vorbeigfahre send, hat mir mei Muetter emmer wieder vo dem Elend, vo dene jonge Kerle verzählt (oft dr oinzige Bueb, von oim dr Vatter en Stalingrad gfalle), ond hat x-mol gsait, wie dankbar mir für den Friede sei müeßet, ond daß hoffentlich nie mai a Krieg kommt.

En koim Buech, en koiner Stadtchronik, nirgends isch ebbes über des Elend drengstande. »Dieses Ereignis war zu unbedeutend, als daß es im Wehrmachtsbericht erwähnt wurde«, hoißt's en dem Film »Die Brücke« vom Bernhard Wicki.

Anno 1988 hat der Herr Paul Treiber († 1996) vom wirtebergische »Verein für Familien- und Wappenkunde« em Vorwort von meiner Doktorarbeit vo dene jonge Kerle glese ond uffs Rathaus gschriebe, daß se a Denkmal nastelle sollet. Hätt'r sich sei Porto spare könne.

Anno 1995 bei dr Eiweihung vo dem Grenzstoi an dr Alte Weisteig (»Hie gut Wirtemberg allewege«) hend die hochherzige Stifter, die Architekte Kappes & Scholtz gmoint: »Also, wenn Sie amol wieder a Denkmal hend, saget's no!«

Anno 1996 zom 100jährige Jubiläum vom Wilhelms-Gymnasium hat der Bildhauer Markus Wolf von Plieningen aus Speyrer Domsandstoi a abbrochene Säule hergstellt. Die zufällig überlebende Schuelkamerade von 1944 hend des mitkriegt ond hend mitnander des Geld für des fertige Mahnmal zammeglegt. (Ond deswege ka mr jetz glei nomol a Denkmal mache lasse, für den vergessene Flugpionier Jacob Brodbeck von Plattehardt).

Gucket's Euch no amol a: Des Mahnmal gege dui Verbrecherbande, wo acht Schuelerbuebe ond 52 Millione Leut en Tod gschickt hat. Des Denkmal für die hoffnungsvolle Kerle, wo om ihr jongs Lebe bschisse worde send. Des Dankmal für a halbs Jahrhondert plus x Jahr Friede.

Was kann der Sigismund dafür?

Schlacht bei Nicopolis 1396

Anno 1396 hend die Türke dui Schlacht bei Nicopolis gwonne. Anno 1453 hend se Konstantinopel erobret. Anno 1683 send se vor Wien gstande. Heut hocket se en Heslich.

Mir Wirteberger verdanket de Türke, onsre alte Kriegskamerade ond Kampfgenosse aus'm Weltkrieg vierzeh-achtzeh, wie jeder woiß den Döner Kebabb ond die Kurdekrawalle, ond, was kaum ebber woiß: für fast 400 Jahr onser scheene Grafschaft Mömpelgard (Montbéliard) en dr Burgundische Pforte.

Aber fanget mr ganz vo vorne a: Anno 1389 hend die Türke die Serbe en dr Schlacht uff'm Amselfeld so brutal verschlage, daß die des heut no net vergesse hend.

Der spätere Kaiser Sigismund (dr Jonge vom Kaiser Karl IV.) isch selbichsmol Keenich von Ungarn gwä, ond aus halb Europa send Ritter, Engländer, Idaljener, Deutsche, uff de Balkan gströmt, aus Frankreich ond Burgund sogar a ganzes Heer, ond hend dem arme Kerle gege die agressive Mohammedaner helfe wölle. Ond hend sich vereint mit dene Madjare ond send viribus unitis loszoge.

Ond bei Nicopolis isch's no passiert: »Nicopolis, eine Stadt nebst einem Schlosse und Bischofthume in Bulgarien an der Donau der Mündung des Flusses Aluta oder Alt gleich gegen

Kaiser Sigismund (1368–1437)

über gelegen. Sie ist mit Mauern umgeben, die von Ziegelsteinen gemachet sind, groß aber nicht feste, mehrentheils mit Griechen bewohnet, und daher bekannt, weil der Kaiser Sigismund bey dieser Stadt den 28. September des 1396. Jahres von dem Türckischen Sultan Bajaseth aus dem Felde geschlagen worden, dabey 20 000 Christen ins Gras beissen müssen, und Sigismund bey nahe selbst mit unter solchen gewesen wäre, wenn er sich nicht noch auf einem Kahn über die Donau fortgemachet hätte. Sonst müssen sich die Frantzosen nachsagen lassen, die als Auxiliar-Trouppen bey der Kayserl. Armee waren, daß sie mit ihrer allzugrossen Hitze Schuld an diesem Unglücke gewesen sind.«

So stoht's eme uralte Lexikon dren. Eme nagelneue

Gschichtsbuech hoißt's: »Verhängnisvoll für den Westen war, daß Sigmunds Kommandogewalt nicht unbestritten blieb und die Ritter auf Drängen der Franzosen überstürzt den Angriff begannen. Dieser wurde im hügeligen Gelände abgewehrt, als plötzlich der Sultan hinter einer Bergkuppe verborgen, seine Reiterei heranführte. Es kam zu einer vernichtenden Niederlage des Kreuzfahrerheeres. Nur wenige Ritter wurden des Lösegeldes wegen verschont. Sigmund konnte auf einem venezianischen Boot flüchten. Bosnien wurde von den Türken unterworfen.«

Des älles hend mr jetz net verzählt wege dene Milosew-, Karadsch-, Silaitsch- ond Izetbegow-itsch ond dene Erbak- ond Ötschal-an aus dr Tagesschau, sondern oinzig ond alloi wege onsrer berühmte Henriette: »Aelteste Tochter und Erbin Heinrichs, des Letzten Gefürsteten Grafens zu Mömpelgardt und Montfaucon, welcher Anno 1396 im Treffen bey Nicopolis wider die Türcken umkommen, durch welche Mariage dann Mömpelgardt an Wirttemberg kommen«.

Manche Lexiköner lasset den arme Mömpelgarder Heinrich ond seine viele Mitstreiter scho drei Dag früher, am 25. September sterbe, ein noch lebender Herr Professer gar scho am 8. September. Bei 20 000 Gfallene send des em erste Fall fast 165 Jahr, beim Herr Professer schier 1100 Jahr, was da dene Ritter an Lebe wegbschisse wird, ond dabei send da die gfallene Türke no gar net mitgrechnet!

Uff jeden Fall woiß der Graf Stefan von Mömpelgard am 31. Oktober 1397, oin Dag bevor er als »Letzter des Mömpelgarder Mannesstammes« stirbt, no nex, was aus seim oinzige Buebe, dem Heinrich worde isch. Ond setzt als Administrator für sei Ländle den Graf Heinrich von La Roche ei.

Ond kaum wie mr den Stefan en dui Gruft von dr Schloßkirch St. Maimboeuf uff'm »Mons Pelicardi« neigstellt ghet hat, hockt der La Roche nach'm Leicheschmaus mit dem Graf Eberhard dem Milde († 1417), wo em Galopp direkt aus wirtebergisch Reicheweiher (Riquewihr) em Elsaß hergritte komme isch, zamme, ond se machet mitnander aus, daß dem Wirteberger sei Jonger, der am Dag von dr Schlacht von Döffingen (23. August 1388) geborene Drittklässler Graf Eberhard der Jüngere († 1419), die noch ens Kenderschüele gangende Erbtochter Henriette von Mömpelgard heirate soll oder därf.

Ond uff dui Habsburger Art kommet mir dank dem Sultan Bajaseth ganz gemüt- ond friedlich zu dem scheene Sach dahonne en Burgund. Ond deswege sind mir zu dene Türke au emmer so nett em Nesebachtal.

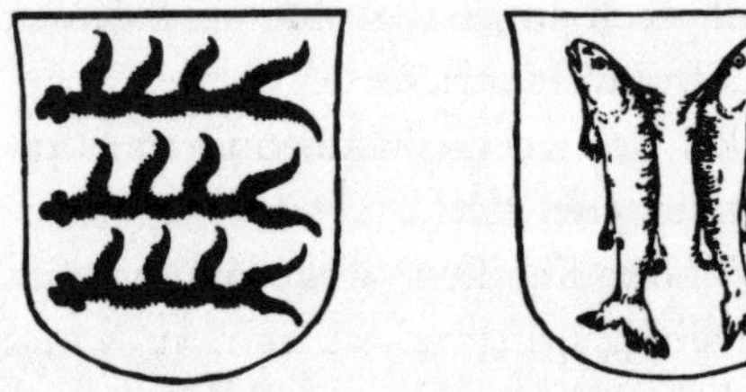

Wappen Württemberg und Mömpelgard

Der Keenich ist tot.
Es lebe der Keenich.

König Wilhelm II. von Württemberg

Am 2. Oktober 1921, mittags am viertel zwölfe, isch en Bebehause »onser Keenich« gstorbe, dr Wilhelm, dr Zwoite, dr Beste.

Weil sei Onkel, der Keenich Karl ond sei Olga aus Rußland koine Kender ghet hend (von nex kommt nex), isch anno 1891 dr Wilhelm Keenich worde, ond was für oiner, wie aus'm Bilderbuech, der »Demokrat auf dem Königsthron«.

Ond dr Thaddäus Troll hat'm »mit einem Kreis von Sozialisten« en Lorbeerkranz uffs Grab gstellt, ond uff dere schwarz-rote Schloif isch druffgstande: »Dem wahrhaft liberalen Landesvater. Seine getreuen Württemberger.«

Ond dr Herr Chefredaktör Josef Eberle hat den Keenich dene Sempel, wo seinerzeit hend wölle des Neue Schloß en Stuegert abreiße wölle, vom Hemmel ra sage lasse: »Kommet no rei! En meim Haus könnet'r no lerne, was Demokratie isch.«

Ond obwohl älle ond sogar die Sozialdemokrate gsait hend, s'gäb koin Bessere für des Gschäft, hat am 9. November 1918 a Horde vo herglaufene aber au hiesige Hurgler den Wilhelm II. en Stuegert mit dem en Berlin verwechslet, »ond hend behauptet, em Wilhelmspalais seiet Lebensmittel ond Gwehr versteckt. D'Palastwach hat nex do därfe, wege ihm därf koi Bluet vergosse werde, hat dr Keenich gsait. Die Kerle hend des Haus gstürmt ond älle Stubene vo dr Behne bis en Keller na durchgstiert ond koi gotziche Patron gfonde. Ond dr Wilhelm hat au koi Extrawurst ghet en dr Speiskammer. Ond no isch dr Keenich vo Stuegert weg ond uff Bebehause gange ond nie meh komme. Ond seither isch Stuegert koi Residenzstadt meh. Ond, onter ons, drnach sieht se jetz au aus...«

»The games must go on!« (Avery Brundage). Des Lebe goht weiter, ond die Wirteberger hend gsait: »Bis jetz hat bloß Wilhelm regiert, jetz regiert Wilhelm Blos«, der Staatspräsident aus Degerloch. Ond dr Keenich hat gmoint: »Die Baure, wo die Trög fülle müeßet, bleibet de gleiche. Bloß die Säu, wo draus fresse därfet, des send jetz andere.«

Am 22. September 1921 hat sich dr Keenich (eigentlich jetz bloß no Herzog) Wilhelm em Scheebuech verkältet, ond dr Dokter hat gmoint, des sei a normale Grippe. Aber dr Keenich hat gmerkt, daß aus goht. Ond em Fieber hat'r emmer wieder gsait: »Ich habe alles Böse nur mit Gutem vergelten wollen« ond nadierlich »Hie gut Wirtemberg allewege!«

Am 2. Oktober, ame Sonntich, »um 11.15 Uhr« isch dr Keenich gstorbe. »Seitmrkoinkeenichmaihenischsnexmai.«

Am 7. Oktober hat mr de Keenich eme Leicheauto vom Gottlieb Daimler vo Bebehause nach Ludwigsburg überführt. Aber net den direkte Weg über Degerloch (wo er emmer zerscht de Huet glupft ond dene Milchmädle »Grüß Gott!« gsait hat) ond Stuegert (des hat'r nemme sehe wölle), noi, auße rom über Böblenge, Vaihenge u.d.F., Botnang, Feuerbach, Zuffehause (älle vier send no net nach Stuegert eigmeindet gwä), ond sogar Kommuniste hend Kapp ra do.

Ond vor dr Mariewahl isch dr Sarg uff en Leichewage mit sechs Rappe omglade worde, ond a riesiger Trauerzug isch zom Alte Kirchhof zoge, wo mr de Keenich bei seire Prinzessin Marie vergrabe hat, seim erste Weib, wo so jong, no

König Wilhelm II. von Württemberg
(1848–1921)

koine 25 Jahr alt, em Wochebett hat sterbe müeße anno 1882. Ond weit über honderttausend Leut send bei strahlendem Herbstsonneschei ihrem Keenich zur Leich gange, »und kein Aug im Zug das tränenleer« (Theodor Fontane). Ond no nach 75 Jahr send emmer no Sträußle uff dem Grab.

Ond en dr Zeidong hend se gschriebe: »Ein guter König und Mensch ist von uns gegangen. Wir trauern um ihn, der Freund und Vater seines Volkes gewesen ist.«

Jubiläum der Jubiläumssäule

Anno 1746 hat dr Herzog Carl Eugen den Grondstoi glegt fürs Neue Schloß en Stuegert. Anno 1846 hend se em Keenich Wilhelm I. dui Jubiläumssäule uff de Schloßplatz nagstellt.

Anno 1841, dr Keenich isch grad sechzig Jahr alt ond 25 Jahr em Amt gwä, da hend'm die Wirteberger en wonderscheene Festzug gschenkt, »von dem noch die Enkel der Beteiligten ihren Kindern erzählten«: »Der ganze Zug bestand aus 10390 Personen, davon 9736 Fußgänger und 640 Reiter; an den 23 Wägen waren 76 Pferde und 8 Stück Vieh, im Ganzen 716 Thiere.«

Ond mittle uff de Schloßplatz hend se zur Feier des Tages a 25 Meter hohe Holzsäule zammegnaglet ghet mit älle Wappe vo dene 64 Oberamtsstädt ond're Victoria druff. Ond des hat de Leut so guet gfalle, daß se gmoint hend, da mueß ebbes Dauerhafts her. Erst hend se's aus Eise mache wölle, aber no hend se doch lieber Granit gnomme ond des Eise für Eisebahschiene bhalte.

Dr Herr Hofbaumeister Johann Michael von Knapp hat en Plan gmalt, ond an Keenichs Geburtstag, am 27. September 1842, hend se de Grondstoi glegt: »Möge diese Säule noch bis in die fernste Zukunft als Zeichen unserer dankbaren Anhänglichkeit und Liebe stehen; möge sie aber auch in

der spätesten Zeit noch Zeuge der Einigkeit und des Vertrauens zwischen Regent und Volk seyn.«

Ond no send se en Schwarzwald gfahre, ond bei Wildbad dahomme (recte: bei Alpirsbach dahonne!) hend se den bläulichgraue Granit broche. Dreißig Meter hoch soll dui Säule werde, aus 10 Blöck zu je 300 Zentner, ond die Mordsbröckel müeßet erst amol en Stuegert sei, ohne Eisebah oder Schwertransporter, älles mit Fuhrwerk ond Gäul. Da ka mr bloß d'Kapp raziege vor dene Stoibrecher ond Fuhrleut.

Ond en dr Zwischezeit hend se en Wasseralfenge ond beim Herr Pelargus en Stuegert die vier Bronzerelief gosse vo dem Bildhauer Theodor von Wagner. Die zeiget de Wilhelm mit dr Landesverfassung vor seim erste Landtag, ond ond uff dene drei andere Bilder sieht mr, wien'r anno 1814 en Frankreich helfe de Napoleon verschlage hat, bei Brienne, Sens ond so.

Ond die vier allergische Figure am Sockel (Kunst ond Wisseschaft, Handel ond Gewerbe, Landwirtschaft, Kommiß), die hend se beim Ferdinand von Miller en München mache lasse. Ond zom Schloß nüber hend se dui Inschrift nado: »Dem treuen Freund seines Volkes König Wilhelm dem Vielgeliebten, widmen die Stände Württembergs dieses Denkmal« ondsoweiter.

Ond am 27. September 1846 hend se dui Säule em Keenich zom 65. Geburtstag gschenkt. Obe druff hätt au no a Victoria nuffkomme solle, aber für dui hat Zeit ond 's Geld nemme glangt ghet. Ond d'Leut (vox populi) hend des Denkmal »Landeskerzenlicht« daift.

Ausgrechnet anno 1848 em Revolutionsjahr hend se wölle de Keenich Wilhelm en Bronze druffnuffdo (des Modell vom Hofmaler Franz Anton von Gegenbaur gibt's no). Aber dr Keenich hat's net han wölle, der isch doch koi Tschautschäßkuh gwä, ond die Stände hend no au lieber bis nach dr Revolutio warte wölle.

Erst anno 1863, oi Jahr ond zwoi Dag eb dr Keenich gstorbe isch, hend se dui Säule voll fertiggmacht ond dui fenf Meter hohe ond hondert Zentner schwere erzene Concordia vom Hofbildhauer Ludwig von Hofer nuffgstellt.

Am 25. Juni 1864 isch dr Keenich em Schloß Rosestoi gstorbe ond hat zletzt no gsait: »Es thut doch weh, von einem so schönen und guthen Lande scheiden zu müssen.« Da stirbt sich's heut doch bedeutend leichter.

Plattenhardt in Texas

Der Flugpionier Jacob Brodbeck

Stell Dir vor, da erfindet ein Schwabe das Flugzeug - und kein Mensch weiß es! Unvorstellbar? Und doch ist es so: Wer kennt schon Jacob Brodbeck, der nachweislich schon anno 1865 das »erste manntragende Propellerflugzeug der Welt« konstruiert und geflogen hat?

Am 13. Oktober 1821, kam er zur Welt, der »Vater der amerikanischen Luftfahrt«. Ausgerechnet in dem damals für den niedrigen Intelligenzquotienten seiner Bevölkerung sogar staatlicherseits gescholtenen Dorf Plattenhardt auf den Fildern, das dem landeskundigen Leser auch als Heimat von Mörikes Braut Luise Rau bekannt ist.

Anstatt nun wie in seinem Dorf üblich, dem Beruf des Wilderers und Messerstechers nachzugehen (»Warum liegen auf dem Plattenhardter Kirchhof keine Männer?« »Weil sie alle im Zuchthaus sterben.«), besucht der begabte Bauernknabe das Lehrerseminar in Esslingen und schafft danach sieben Jahre als württembergischer Schulmeister.

Dann ist er den Mißernten und der Armut seines Landes davongelaufen. Im Oktober 1846 landet er in Galveston in Texas, im März 1847 erhält er in der eben von dem hessischen Baron von Meusebach gegründeten Siedlung Fredericksburg, halbwegs zwischen Austin und San Antonio gelegen,

Jacob Brodbeck (1823–1910) im Kreise seiner Familie

eine Anstellung als Lehrer und findet dort seine neue Heimat.

Die Weiten Amerikas regen sein schwäbisches Tüftlerhirn an. Wie einst sein Landsmann Albrecht Berblinger, der Schneider von Ulm, will Jacob Brodbeck »das Fliegen probieren«: »Die genaue Beobachtung des Fluges der Vögel überzeugte mich, daß die nach dem Prinzip der vereinigten Wirkung des Papierdrachens und Fallschirms fliegen.«

Seit 1863 bastelt er an einem -mangels Motor durch Uhrfedern angetriebenen- Flugapparat herum. Am 7. August 1865 erläutert er im »Galveston Tri-Weekly« die Konstruktion seines »Airships«: ein Bootskörper zur Aufnahme des »Areonauten« und der Antriebsmaschine, feste und bewegliche Flügel, Höhen- und Seitenruder, zwei Propeller, Kompaß, Barometer und Geschwindigkeitsmesser. Er rechnet mit 30 bis 100 Meilen in der Stunde.

Zur Finanzierung seiner weltbewegenden Erfindung bietet er Anteilscheine (shares) zu fünf Dollar an. Mit Erfolg,

Jacob Brodbecks »Airship« nach der Bruchlandung 1865

denn bereits kurz danach kommt es zum Jungfernflug. Eine große Menschenmenge sieht zu, wie er sich von einer fast sieben Meter hohen Abschußrampe stoßen läßt, einige Zeit über die Baumwipfel segelt, um dann unsanft auf der texanischen Erde zu landen: Der Flugpionier hatte es nicht geschafft, die Federspulen flugs wieder aufzuziehen.

Trotz der Bruchlandung gibt Jacob Brodbeck mit seinem schwäbischen Dickschädel nicht auf. Er baut sich ein neues »Airship«, und wieder versucht er es mit dem Federnantrieb. Zwar bleibt er nach allen Augenzeugenberichten einige Minuten in der Luft, stürzt aber dann ebenso ab wie beim ersten Versuch. Ein Motor vom Gottlieb Daimler – und alles hätte geklappt. Aber der mußte ja erst noch dem genialen Waisenbuben Wilhelm Maybach über den Weg laufen.

Niemand ist mehr bereit, weitere Dollars in das gescheiterte Flugexperiment zu stecken, die finanzielle Not zwingt den kinderreichen Familienvater zum Aufgeben, obendrein werden ihm seine Konstruktionspläne gestohlen. Als alter

Mann von 72 Jahren will er's nochmal versuchen. Er läßt im armen Plattenhardt ohne Erfolg nach einem möglichen Erbe nachfragen.

Am 8. Januar 1910 ist Jacob Brodbeck auf seiner Farm bei Fredericksburg gestorben in der nicht beweisbaren Annahme, daß die 1903 mit ihrem Motorflug erfolgreichen Gebrüder Orville und Wilbur Wright seine Pläne eingesehen und verwendet haben.

An seinem 175. Geburtstag wird vor Mörikes Pfarrhaus bei der Plattenhardter Kirche ein von dem Bildhauer Markus Wolf von Plieningen geschaffenes, von dem Degerlocher Architektengespann Kappes & Scholtz gestiftetes Denkmal eingeweiht. Es trägt die Inschrift:

JACOB BRODBECK
FLUGPIONIER
»FATHER OF U.S. AVIATION«
* 1821 PLATTENHARDT
† 1910 FREDERICKSBURG TEXAS
ER WANDERTE 1846 IN DIE U.S.A. AUS UND
KONSTRUIERTE 1865 ALS ERSTER EIN
MANNTRAGENDES PROPELLERFLUGZEUG.
13.10.1996.

Es wird die fluglärmgeplagten Filderbewohner ewig daran erinnern, daß es einer der ihren war, der ihnen und dem Rest der Welt den Luftverkehr beschert hat. Noch ohne Krach und Gestank.

Von Erpfingen nach Jerusalem

Johann Ludwig Schneller

Am 18. Oktober 1896 isch en Jerusalem onser schwäbischer Landsmann Johann Ludwig Schneller gstorbe.

Des isch a Baurebue gwä vo dr Alb ra, vo Erpfenge bei dr Bärehöhle, ond bei dene stoinige Äcker ond stachelige Wacholderhoide, nach dene lange Kriegszeite ond dene Hongerjahr isch des a armseligs Lebe gwä, won'm seine Leut am 15. Januar 1820 gschenkt hend.

Aber se hend'm soviel Hirn, Verstand ond Gscheitheit mitgebe, daß des für zehn Gmeinderät ond fenf Minister glangt hätt, ond en dr Schuel isch'r emmer uff'm erste Platz ghockt. Ond nach dr Konfirmatio wär'r gern Lehrer worde, aber seine Leut hend doch koin Pfennich ghet, daß se'n hättet könne uffs Lehrerseminar schicke.

En Wirteberg hat mr aber au ohne des Lehrer werde könne, mr hat halt müeße em Lehrerexame durchkomme. Ond dem gscheite ond fleißige Kerle, wo so arm gwä isch, daß'r sich seine Lehrbüecher hat ausleihe müeße ond abschreibe, dem hat dr Erpfenger Pfarrer ond dr Lehrer gern ond omesonst Stonde gebe ond mit'm uff dui staatliche Dienstprüfung glernt, ond nach drei Jahr hat'r dui au mit Glanz ond Gloria ond Ia bestande. Ond no hat'r a Weile en a paar wirtebergische Dörfer als Proviser gschafft, zletzt en

Johann Ludwig Schneller (1820–1896)

Ganslose beim Goisetäle, ond dort hat'r sich uffs zwoite Staatsexame vorbereitet ond des wieder mit Auszeichnung bestande. Ond aus lauter Dankbarkeit hat'r drei arme Kerle bei sich uffgnomme ond mit seim bißle Gehalt durchgfuettret ond au Lehrer lerne ond werde lasse. Ond en Ganslose hat dr ganze Flecke gheult, wien'r wieder versetzt worde isch.

Scho als Kend uff dr rauhe Alb hat der Johann Ludwig Schneller drvo träumt, daß'r amol als Missionar »an Heiden, Juden und Mohammedanern« schaffe därf. Ond nach vielerlei Omweg, für die mir gar koin Platz hend, isch'r vo Basel aus über Marseille ond Jaffa am 28. November 1854 en Jerusalem akomme, frisch verheiratet mit dr Magdalene Böhringer, Gastwirtstöchterle aus Eschebach bei Göppenge, ond dui hat a bißle a Gerstle mitkriegt.

Ond mit dem hat'r sich fast a halbe Stond außerhalb vo Jerusalem a Stückle Land kauft, wo seit ewige Zeite koin Karsch ond koi Gießkann meh gseh ghet hat, ond da hat'r sich sei Häusle neibaut, die Dorne ond Distel rauszoge ond Rebstöck ond Feigebäum ond Ölbäum neigsetzt.

Aber es kann der Frömmste nicht in Frieden leben, Räuber send komme, ausgrechnet en dere Nacht, wo sei Weib a Kend kriegt hat, ond hend älles mitgnomme, ond die Schneller hend ihr Haus Hals über Kopf verlasse ond send nach Jerusalem gange ond hend net gwißt, ob se je wieder zrückdärfet. Aber no hend die europäische Konsul druff drängt, daß dui türkische Polizei besser uff die Räuber uffpaßt, ond nach oim Jahr hat'r en seim Häusle wieder vo vorne afange därfe.

Grad zur rechte Zeit, denn em Mai 1860 isch wieder amol a Christeverfolgung em Libanon gwä, ond elftausend Leut hend se ombracht, ond hättet voll älle abgmurkst, wenn d'Franzose net eimarschiert wäret ond dem Bluetbad a End gmacht hättet. Ond dr Johann Ludwig Schneller hat jetz gwißt, warom er des ganze Heidegschäft uff sich gnomme hat, statt en Wirteberg Karriere mache mit Pensionsanspruch.

Er hat die Flüchtlengskender en sei Haus gholt, ond weil de meiste aus der türkische Provinz Syrien gwä send, hat'r's jetz »Syrisches Waisenhaus« ghoiße. Ond etliche dausend jonge Kerle hend dort en dene 38 Jahr, wo ihm no bliebe send, ebbes Gscheits lerne därfe. »Auf 'Waisenvater Schneller' geht im Nahen Osten das Konzept zurück, Schulen und Berufsausbildung miteinander zu verbinden und junge bedürftige Menschen gemäß ihren Begabungen zu fördern«. Aber was wär er gwä ohne sei liebe Magdalene?

Ond wie so a schwäbischer Fabrikant hat'r emmer no ond no a Werkstatt abaut: für Mechaniker, Schlosser, Schreiner, a Druckerei, Schuhmacherei, Schneiderei, Ziegelei, Töpferei, ond nadierlich a Lehrerseminar, ond sogar a Blindeheim, s'ällererste dahonne. Ond des älles hat'r mache könne, weil ihm seine guete Wirteberger trotz ihrer Armut emmer wieder Geld gschickt hend.

Em Tagebuch vom Ibrahim Michel Ata hoißt's: »Am Sonntag, dem 18. Oktober 1896, um drei Uhr nachmittags, ist der 'Vater in Christus' Johann Ludwig Schneller in die ewige Heimat abberufen worden«. Ond uff'm Evangelische Friedhof en Jerusalem hat mr ihn (ond sei Magdalena) vergrabe.

Seine Jonge ond seine Enkel hend des Waisehaus weitergführt. Anno 1948 aber send se enteignet ond aus Jerusalem vertriebe worde ond hend em Libanon, en Khirbet Kanafar weitergmacht, ond anno 1959 hat sogar dr Keenich Hussein de Grondstoi glegt für dui Schneller-Schuel en Amman. Ond bis heut werdet dort die Jonge zom Friede ond zu aständige Leut erzoge, Mohammedaner ond Christe mitnander.

Ond wenn dr Arafat den Friedensnobelpreis kriegt hat, no hätt'n onser schwäbischer Schneller posthum scho zehnmol verdient.

P.S.: Johann-Ludwig-Schneller-Schule Konto 90 54 321 bei der Bank für Kirche und Diakonie Duisburg (BLZ 35060190).

Biblische Geschichte

Wenn mr au beim beste Wille koi gscheits Jubiläum gfonde hat, isch mr so froh, wenn oin die treue Leserschaft mit're Notreserve versorgt hat. Om so schäbiger kommt sich daher der Verfasser vor, wenn'r etliche Berge von derzeit über dreiehalbdausend offene und zuene Brief bei sich romfahre hat, ond die sicherlich bis ans Ende seiner Tage nicht mehr beantworten kann.
Von seinem Decker-Hauff-Kommilitonen Dr. Bernd Klagholz, seines Zeichens Stadtarchivar von Leifelde-Echterdenge-Ober-ond-Onteraiche-Muesberg samt der Vereinigten Staaten von Stette, Hof ond Weidich, informiert, daß es en Echterdenge a Bibel gibt, wo ebbes über den Franzosekrieg vo 1796 drenstoht, fährt der Verfasser nach Musberg ens Archiv ond kriegt des Sach.

Ond weil des so a scheener Herbsttag à la Rilke gwä isch, fährt'r au no an die Muesberger Kirch na ond parkt direkt vorem Pfarrhaus. Wo von anno 1563 bis 1566 sein Zehnmalurehne, der Herr »Magister Christopherus Raphius, Nagoltensis«, gwohnt hat, eb'r nach Degerloch gange isch ond dort bis zu seim Tod anno 1591 uff dr Kanzel grad so segensreich gschafft hat wie em Ehebett, ond so der »Ahnherr von (Degerlocher) Bauern, (deutschen) Bundespräsidenten und (dänischen) Königen« ond Rundfunkintendante ond Antibabypillenmiterfender, Kenderbuchschreiber(inne) ond weiland weltberühmte Komponiste worde isch.

Dapp also oimal oms Dreieck rom. Krieg ogfragt vome Ureinwohner den Bronzebronne mit dene »Muesberger Besebender« erklärt. Guck dui schee Kirch, weil effangelisch, bloß von auße a. (Achtung: Des Loch en dem Balke von dem Fachwerkkirchtürmle könnt doch dui Freiwillige Feuerwehr auskratze ond mit Holzkitt ausfülle, daß net weiterfault. Sie kriegt drfür ein Faß Freibier aus Degerloch gschenkt. Ehrlich wahr!)

Steig no schließlich dui scheußlich Betotrepp am Pfarrhaus na, will wieder ens Auto neisteige ond hoimfahre. No liegt da direkt vor meim Karre a alter Ma uff'm Bode, kreideweiß ond totebloich, dr ganz Kopf ond s'halb Trottwar oi Bluetlach.

Gottlob hend scho sechs Samariter gholfe: A jonger Bolezist, wo sein Anorak auszoge ond uff den Ma naglegt hat (St. Martin läßt grüßen), sei Kollegin (hend die amol scheene Mädle bei dr Bolezei), a Ma aus Stuegert, wo no sein Autoteppich bracht hat, a jonge Frau ond a jongs Mädle ond a jonger Kerle mit seim Autoarzneikaste.

I aber ben wie dr Pharisäer uff de ander Straßeseit nübergange. Wär doch sonst au omkippt, kann doch koi Bluet sehe, seit i als Kend zueguckt han, wie mr Henne ond Säu metzget. (Wenn i Bluet sehe könnt, dät i doch net schwäbisch schreibe, sondern en Lambarene schaffe).

Ond dui jong Frau isch de ganz Zeit uff'm Randstoi knielt ond hat den Ma gstreichelt, gwärmt ond tröstet. Ond wie nach über zwanzich Minute dr Notarzt komme isch, hane zu dem jonge Kerle »Grüß Gott« gsait, seit fast sechs Jahr hane den nemme gsehe ghet, den Bausinger-Schüler ond Journaliste Uwe J. Reinhardt (Magister Artium) aus Leifelde u.d.F.

Ond jetz woiße, daß er ond des jonge Mädle (aus Nirdenge) grad a Ausstellung uffbaut hend mit Bilder von dere jonge Frau, ond se hend älles liege ond stande lasse, wie der Ma zammebroche isch.

Sibylle Schwarz hoißt dui samariterliche Künstlerin ond isch aus Weissach ond New York, ond des isch ihr erste Ausstellung en Wirteberg. Ond hat's verdient, daß en Haufe Leut zur Vernissasch kommet ens alte Muesberger Rathaus vis-à-vis von dr Kirch. Isch sicher schee.

Ond jetz aber (ond bloß deswege bene ja nach Muesberg komme), was der Echterdenger Bauer Steckroth en sei Bibel vorneneigschriebe hat: »Anno 1796, den 16. augusti [recte: Juli] ist der Franzhoß ins Land gekommen. Woh Er hin gekommen ist hat Er viel schaden gedan. In Ruith ist eine schlacht gewesen und [so] geraupt [worden,] daß keine Henn und keine gantz in Ruith mer gewesen ist. Dem Vieh und Schwein [wurde] der Kopff am strick herabgehauen. Auch den Weibern keinen Frieden gelassen daß sie sich haben missgebrauchen lassen [müssen, selbst] die 50jarigen Weiber und 60jarige«.

Ond die liebe Leserfamilie Frech aus Degerlocher Uradel, jetz en Aldenge am Necker, hat mr gschriebe, was en dr Bibel von ihrem Urururarehne Friedrich Johann Adam Frech (1743 – 1800) vorne drenstoht:

»Degerloch, 16ten Julius anno 1796

Leider ist der Franzos hiergewesen mit 4500 Mann stark nur in Degerloch ohne Stuttgart. In der (Stadt) dafür 60 000 Mann.

Auf unserem Boden, ins Traubenwirths-Garten bei der Zeit der Heuernten, innerhalb des Waldes auf denen Lautzrei Hocken genannt (Flurname). Nichts als Lager im Gäu. Alles voll.

Sie haben gestohlen und geraubt. Aller Wald abgehauen und verbrannt. Geld, Haber, Heu, Stroh Schuh, Leinenwanden, alles zum Erdenken ist, hat man Ihnen geben müssen.

Im Stuttgarter Weinberg, in den Atzen-Berg Kaiserliche und Franzosen bis nachts bis 10 Uhr im Feuer gestanden gleich 2 Tag. Bei Cannstatt schröklich kanonisiert. Viel Leut verloren an 2 Tag.

Bei Esslingen Ruith und dergleichen Orten. Ein gantzen Tag im Feuer gelegen. Viele Leut verloren Franzosen und Kaiserliche.

Den Wein und Most im Boden läuft rum. Leider alles verderbt und verloren.

Gott der Herr bewahre uns vor Franzosen.

Geschrieben zum 2ten Advent-Sonntag.

F. Johann Adam Frech 1796

Ferner leider zur Herbstzeit ist dieser leidiger Viehseuchen zu unser retour kommen. In Degerloch sind 4 Ställ ganz tot. In Möhringen viel gefallen und alles im Wald begraben worden.«

Mir wisset gar net, wie guet's ons goht.
Äs läbö die doitsch-fransösischee Froindschaaft! Wief l'Örop!

Württemberg-Rußland

Karl ⚭ Olga 1846

Heut wär ja eigentlich dr Johann Conrad Weiser, der Ami aus Affstätt, drakomme, aber der kriegt a ganze farbiche Seit zom 300. Geburtstag. Hat'r au verdeant.

Machet mr also (mangels Masse) wieder amol en Monarchie:

»Es war einmal…« vor 150 Jahr, da hend se den Kronprinz Karl von Wirteberg mit dere Zaretochter Olga aus Rußland verheiratet. Vetterle ond Bäsle, denn ehm sei Großvatter (dr »dicke Friedrich«) isch ehre ihrer Großmuetter (dr Maria Feodorowna) ihr Brueder gwä.

Des hätt könne oineweg guetgange. Aber der Karle isch a »Lohle« (Zitat: Hansmartin Decker-Hauff) gwä, »ein erbärmlicher Tropf« (Statement: Hildegard von Spitzemberg, geb. Varnbüler) ond hat sich wie sei dicker Ehne statts für Mägdelein meh für Männlein intressiert ond sich Stallsknecht, Handwerksburscht ond so »Balletthupfer als Betthupferle« (Copyright: Thaddäus Troll) herdo.

Jetz dui Olga aber aus Sankt Petersburg, dui hat sich au für Männer intressiert ond zwar so, daß se scho zwoi ledige Kender ghet hat vor dr Hochzich. Ond se hätt halt so gern den Fürste Alexander Barjatinski gheiratet, en richtig nette Kerle. Aber ihr Vatter (dr Zar Nikolaus I.) ond ihr preußische Muetter (d'Schwester vom »Kartätscheprinz«, vom Kaiser Wilhelm I.), die hend's net glitte. Der isch'n scheint's net guet gnueg gwä, ond drom hend se'n mirnexdirnex en Kaukasus verbannt. Ond der soll om a paar Ecker rom a Verwandter sei vom (Fürst) Eduard Schewardnadse, der wo mit'm Zar Michail S. Gorbatschow zamme zueglasse hat, daß die Leut en Leipzig mit ihre Kerze en dr Hand den halbdacklige Hurgler Honecker mitsamt dem grasdacklige Kotzbrocke Krenz drvogjagt ond dui ganz Gwaltigelsherrschaft de Abtritt nagspült hend.

Obwohl se dui Olga »für das schönste Weib der Erde« ghalte hend, hat dui nadierlich koi so a höchstwohlgeborener Herr meh heirate wölle, ond no hend se gmoint, probieret mr's amol mit dem (w)arme Wirteberger, der isch vielleicht froh dra. Ond tatsächlich send die zwoi defekte Keenichskender zammekomme, hend sich en Italien troffe, em Januar 1846 en Palermo verlobt, em Juli en St. Petersburg gheiratet ond send Ende September uff Stuegert komme ond hend nomol richtig Hochzich gfeiret en dr Wilhelma.

Ond für des frisch vermählte Kronprinzepaar hat der jonge Christian Friedrich Leins (a Stoibrechers- ond Wengertersbueb aus'm Bohneviertel) dui »Villa Berg« en den riesige Park neigstellt, italienische Spätrenaissanze en Reinkultur, daß se die erste Zeit en Palermo net vergesset. Ond em Märchen dät's jetz hoiße »und die beiden lebten glücklich und vergnügt noch viele Jahre, und wenn sie nicht gestorben sind...«

Ja Pfeifedeckel, jeder Soifesieder, jeder Beckegsell em Bohneviertel mit seim Mariele oder Berthäle isch seliger gwä wie die zwoi mit ihre Säckle voll Goldstückle en ihrer wonderscheene Villa. Sui, mit ihrem glasklare Verstand, hat nadierlich bald gmerkt, was se sich da ado hat. Aber aus lauter Vaterlandsliebe, Christepflicht ond au Mitleid (ihr Muetter isch a Mädle gwä von dr Keenigin Luise von Preußen!) hat se äll

Kronprinzessin Olga (1822–1892) und
Kronprinz Karl (1823–1891) als Brautpaar

die Jahr mit dem Langweiler (Trieler därf mr ja zome Keenich net sage) durchghalte, au no wie der emmer overschämter so jonge Kerle nachgstiege isch ond mit dene en Haufe Geld verputzt hat. Ond sich die wirtebergische Demokrate ällen Ernstes überlegt hend, ob se den Karle net au wie sein bayrische Kollege Keenich Ludwig absetze ond en a Sanatorium stecke sollet.

Ond wie gern hätt dui Olga nomol Kender ghet, aber von nex kommt nex, ond no hat se anno 1863 ihrem Brueder Konstantin sei neunjährigs Mädle bei sich uffgnomme, a verzoges, onartiges ond »unausstehliches« Menschle, dui Wera, wo später aber doch no so aständig, gscheit ond so a große Wohltäterin vo Wirteberg, vo Stuegert worde isch.

Die Wohltate von dr Olga aber (ihrem Vatter sei Schwester isch ja onser herzensguete Keenigin Katharina gwä!), beim Olgäle agfange übers Olgastift bis zur (Zar-)Nikolaus-Pflege ond zom Karl-Olga-Spital ondsoweiter, send so zahlreich, daß mr die gar net älle uffzähle ka.

Oi Wohltat aber mueß mr doch no sage, ganz wichtig ond ofreiwillig: Weil se vom Keenich Karl koine Kender kriegt ghet hat, isch anno 1891 onser innig, heiß- ond vielgeliebter Keenich Wilhelm II., »der Demokrat auf dem Königsthron« vornenakomme.

Am 30. Oktober 1892 isch dui Olga em Schloß Friedrichshafe gstorbe ond am »Die Caroli« (Karlstag 4. November) nebe ihren Karl en dui Gruft em Stuegerter Alte Schloß nagstellt worde.

Bei dem seim Tod 1891 hat die »Neue Zürcher Zeitung« gschriebe: »Von allen deutschen Ländern genießt kaum eines so vollkommenen Friedens und ruhigen Glückes, als Württemberg. Während anderwärts die Parlamente vom leidenschaftlichen Kampfe der Parteien widerhallen und die Presse Tag für Tag papierne Schlachten schlägt, beraten die württembergischen Kammern seit Jahrzehnten mit der wenig aufregenden Gründlichkeit fachmännischer Kommissionen die Vorlagen, welche eine stetige, fast nur durch Eingriffe des Todes zu verändernde Regierung ihnen unterbreitet. Und dabei gedeiht das Land; sein Wohlstand blüht; seine Schulen sind weit über die Grenzen Württembergs hinaus als Muster anerkannt; die Volksbildung steht auf einer hohen Stufe.«
»Es war einmal…«

Schwäbischer Schott

Friedrich August Schott

Obwohl der Herr Dokter Martinus Luther doch so a gottsmillionisch gscheiter Ma gwä isch, hat er's mitsamt seim geniale Freund Melanchthon aus Brette doch net gschafft, daß älle Schwabe effangelisch worde send.

Ond diese onsre kadolische Schwestre ond Brüeder wisset hoffentlich älle, was »dr Schott« isch. Aber die wenigste werdet wisse, ond scho gar net mir Effangelische, wer »dr Schott« isch:

»Friedrich August Schott (1843–1896) hat das römische Meßbuch, bei jedem katholischen Meßgottesdienst offizielles liturgisches Buch, in die deutsche Sprache übersetzt, erläutert und sein Werk in wenigen Jahrzehnten zu einem Bestseller mit einer Auflage von mehr als zehn Millionen Exemplaren gemacht«.

Ond drbei stammt dieser kadolische Kerle aus dere altwirtebergische, stockprotestantische Familie Schott (dui von dr »Schottstraß«), Juriste, Offizier, Theologe, älle mit Abitur em Abonnement. Aber sei Vatter hat beim Poussiere net uffs Gsangbuech guckt, ond dui Maria Antonia Weyland gheiratet, a höhers Töchterle vome Landrichter em hessische Wimpfen am Necker, ond dui hat ihre siebe Kender kadolisch uffzoge.

Der Vatter hat dui Degenfeldsche Domäne Staufeneck bei Salach em Oberamt Göppenge mit ihre 200 Hektar pachtet ghet, ond dort isch am 5. September 1843 der Friedrich August Schott uff d'Welt komme.

Ond statt Landwirtschaft hat der Theologie studiert en Dibenge (beim Carl Joseph Hefele ond andre) ond München, ond mit 24 Jahr isch'r zom Priester gweiht worde ond Vikar en Biberach worde. Des Gschäft isch aber scheint's nex gwä für den Kerle, ond sei Pfarrer hat gmoint, »daß Schott ganz gut ins Kloster paßt, in die Welt fast gar nicht«.

Ond mit 25 Jahr isch'r Novize en Beuron worde, des Kloster hat grad fenf Jahr vorher dui Fürstinwitwe Katharina von Hohenzollern de Benediktiner vermacht ghet (die Hohenzollern hend's vom Napoleon gschenkt kriegt ghet). Ond grad wie dr Bismarck ond dr Moltke ge Sedan ond Paris zoge send, hat der Friedrich August Schott sei Ordensgelübde abglegt ond jetz Pater Anselm ghoiße.

Ond kaum send die Franzose gschlage gwä, hat der »Kulturkampf« agfange, ond anno 1875 hat dr Bismarck des Kloster Beuron zuegnaglet für 12 lange Jahr ond die Mönch älle uff Wanderschaft ens Ausland gschickt. Ond onser Landsmann P. Anselm Schott OSB isch en Belgien glandet, en Maredsous, da hend die Beuroner a Benelux-Filiale uffgmacht.

Ond dort hend se'n mit der »Wiederherausgabe des großen lateinischen Meßbuches der Benediktiner« beschäftigt. Ond no isch'r 1881 nach Prag versetzt worde en des Emauskloster, ond anno 1883 en des Kloster Seckau bei Graz.

En Belgien aber hat'r scho dui Idee ghet, daß mr des Meßbuech ens Deutsche übersetzt, was die Päpst ja emmer verbotte hend, bis der Leo XIII. endlich eiverstande gwä isch. Ond eme Brief aus Prag hat'r beim Herder en Freiburg gfragt, ob die so ebbes drucke dätet. Ond 1884 isch der Bestseller erschiene: »Das Meßbuch der hl. Kirche (Missale Ro-

Friedrich August Schott (1843–1896)

manum) lateinisch und deutsch mit liturgischen Erklärungen. Für die Laien bearbeitet von P.Anselm Schott aus der Beuroner Benedictiner-Congregation mit Approbation des hochw.Herrn Erzbischofs von Freiburg und Erlaubniß der Ordensobern«.

Anno 1891 isch'r aus dr Steiermark wieder ens obere Donautal hoimkomme für a Weile. Ond 1892 hend die Beuroner Benediktiner des Kloster Maria Laach en dr Eifel vom Jahr 1093 (bis 1802) wieder uffgmacht ond den P. Anselm au dort nuffgschickt. Ond dort isch'r mit 52 Jahr an uffbrochene Magegschwür gstorbe am 23. April 1896 ond als erster Mönch seit dr Säkularisation en dr Klostergruft vergrabe worde.

Der Chronist von Maria Laach schreibt: »Alle, die im und außer dem Kloster mit ihm in Berührung standen, hatten Gelegenheit, seine große Liebe und Menschenfreundlichkeit kennen zu lernen. P. Anselm besaß eine reiche Begabung und eine feine klassische Bildung. Er verstand und liebte es, zu dem gemeinen Mann sich herabzulassen, wußte aber auch in höheren Gesellschaftskreisen mit ungezwungener Höflichkeit sich zu bewegen. Alle, die ihm näher traten, bewahren ihm ein freundliches Andenken; den Mitbrüdern wird er unvergeßlich bleiben«.

Nobel, nobel, Hermann Hesse

Nobelpreis 1946

Em November 1946 hend se onserm Landsmann Hermann Hesse den Nobelpreis für Literatur verliehe.

Scho lang vorem Krieg, anno 1937 zom 60. Geburtstag, hat sein Lübecker Kollege Thomas Mann en dr »Neue Zürcher Zeidong« gschriebe ghet: »Auch wünschen wir – indem wir uns über seinen eigenen Mangel an Ehrgeiz billig hinwegsetzen – daß sein Ansehen immer tiefer in die Welt hineinwachsen, sich immer weiter darin verbreiten und ihm die Ehrung erwirken möge, die längst fällig gewesen wäre: die Krönung mit dem schwedischen Weltpreis für Literatur.«

Anno 1946 isch's endlich soweit gwä: »Heut ist in Stockholm der Klimbim, erst Nobel-Gedenkfeier in großer Gala, dann Bankett, wobei auch ein Spruch von mir verlesen werden soll.«

Arg gfreut hat'r sich über dui Ehre scheint's net: »Die Welt hat sich in den Kopf gesetzt, mich mit Preisen, Gratulationen und (7000) Briefen vollends zu Tode zu steinigen. Dagegen ist nichts zu machen, aber die, die es tun, sollten vom Opfer nicht auch noch Dankbarkeit erwarten.«

Aber seim Verleger zlieb, »meinem Freund (Peter) Suhrkamp (1891–1959), der, zum Teil meinetwegen, Gefängnis, Konzentrationslager (Sachsenhausen), Mißhandlung und

Verurteilung zum Strang erlebt hat«, hat'r den Nobelpreis doch agnomme, hat aber gmoint: »Haben Sie das mit dem Preis wirklich ernstgenommen? Ich nicht. Ich hätte Ihnen zur Zeit, als vor Jahrzehnten die Betrachtungen und der Steppenwolf erschienen und teils ausgelacht, teils giftig abgelehnt wurden, voraussagen können, daß im Augenblick der

umgekehrten Konjunktur, im Moment der nächsten deutschen Niederlage, es Preise, Feiern und Auflagen für mich regnen würde – Dinge, die zu solcher Zeit genau so wenig Wert haben als etwa der Geldbetrag des jetzigen Preises, für den ich, wenn ich ihn nicht verschenken würde, auch nicht ein Stückchen Brot oder ein Glas Wein bekäme.«

Dr Hermann Hesse isch dr erste, ond wenn dr guete, große Albrecht Goes (* 1908) net endlich oin kriegt, sicher au dr letzte schwäbische Literaturnobelpreisträger. Denn wo soll denn des no naführe, wenn se sogar hierzuland statt Hölderlin bloß no Mickimaus leset, statt Schiller bloß no

Schwarzenegger agucket ond statt Mozart bloß no die kakaphone Krachmacher ahorchet.

Ond (fast) überall so Elleboge vornedra, diese Immobiliemaklermentalität wie Mehltau überm Land, dui Hottwollee mit ihre Schleyer-Halle-Hirnle, wo vor lauter Tennisgegucke ganz läpprich worde send, Tiriac statt Theodor, Deyhle statt Bleyle.

Sag mir, wo die Schwaben sind, die Schwaben, wie se dr Hermann Hesse no kennt hat: »Zu diesem schwäbischen Geist gehört, wie mir scheint, ein Stück Poesie, ein gutes Stück Phantasie und Warmblütigkeit, dazu eine Freude am Einfachen und Stillen, ein gewisser heimlicher, dauernder Protest gegen Berlin, es gehört weiter dazu Humor und Kunstsinn und das Wissen um den Reiz und Reichtum der heimatlichen Mundart.« (Bitte dreimal lesen!)

Älle saget se, wie gern dr Hermann Hesse (ond erst recht dr Albert Einstein) schwäbisch ghört ond gschwätzt hat. Ond oineweg gibt's grad gnueg so Dackel vo Deutschlehrer (ond i han au so en Sempel ghet), wo mit äller Gwalt des Schwäbische ausrotte wöllet, wie wenn des a Rachekrankheit wär.

Ond jetz grad mit Fleiß. Denn: »Gegen die Infamitäten des Lebens sind die besten Waffen: Tapferkeit, Eigensinn und Geduld. Die Tapferkeit stärkt, der Eigensinn macht Spass und die Geduld gibt Ruhe.«

Am 9. August 1962, morgnets bald, isch dr Hermann Hesse eigschlafe en Montagnola em Tessin ond dort vergrabe worde, ond hat's gar nemme verlebt, wie er »plötzlich in aller Welt zu einer Identifikationsfigur der jungen Generation« worde isch.

En Wirteberg, en Calw, ond em Badische, en Gaienhofen, hat'r a wunderschees Museum kriegt. Ond sogar en Hiroshima. En dr Schweiz aber, won'r seit 1912 glebt hat, erinnert außerm Grab ond'me billige Stoile en Montagnola nex an dieses schwäbische Genie aus'm Schwarzwald. Gar nex.

Dui »Casa Camuzzi«, des zauberhafte Schlößle en Montagnola,en dem'r vo 1919 bis 1931 gwohnt hat (ond en Haufe andere berühmte Leut vom Thomas Mann über de Romain Rolland bis zom René Schickele ond Stefan Zweig) ond durch »Klingsors letzter Sommer« weltberühmt worde isch, des hätt mr ganz günstig kriege könne ond als Gedenkstätte herrichte. Wenn mr hätt wölle. Aber jetz hat's so a Immobiliedenger uffkauft ond als lauter Eigetumswohnonge an »Besserverdienende« verscherbelt.

Warom bloß, bitte schön, warom hat des der (aus Ulm in Schwaben stammende) Verleger, wo mit seine schwäbische Schreiber Hesse ond Brecht Zig-, Aber- ond Multimillione verdient hat, des net kauft?

Dr Thaddäus Troll selig hat amol gmoint: »Alle Verleger sind Verbrecher, aber es gibt Leicht- und Schwerverbrecher.« Des mit der »Casa Camuzzi« des isch no schlemmer wie a Verbreche. Des isch a Schand.

P.S.: En scheene Grueß an die Buebe Bruno Hesse (* 1905) en Oschwand ond Heiner Hesse (* 1909) en Arcegno. Ond bleibet xond.

»In der Jugend habe ich mir je und je vorgestellt, was ich mir wünschen würde, wenn mir irgendein Zauberwunsch freigestellt wäre, und ich dachte dann meistens an ein Gespräch etwa mit Goethe, oder Plato, oder auch mit Mozart oder Mörike. Heut wär mir der hinterste vergessene Schulkamerad aus Calw oder Göppingen wichtiger.«

Hermann Hesse 1945

Nachtrag: Am 2. Juli 1997 wurde im »Torre Camuzzi« ein »kleines, aber bemerkenswertes Museum« eröffnet. Auch gibt es in Montagnola mittlerweile einen Spazierweg »auf den Spuren Hermann Hesses«.

Irrtum vorgehalten

Der unvergessene literarische Lehrmeister Thaddäus Troll (1914–1980) weist am Ende seines Welterfolges »Deutschland deine Schwaben« darauf hin, daß mancher Landsmann beim Entdecken von fremden Fehlern eine gewisse Wollust empfindet, und er deshalb auf Anraten eines archäologischen Freundes bewußt einige Fehler versteckt habe, um derlei Naturtriebe zu befriedigen.

Der in seinem wissenschaftlichen Werkeln seit jeher um württembergische Präzision und Perfektion bemühte Verfasser der vorliegenden »Raritäten« jedoch kann nicht umhin zu offenbaren, daß es seiner schwäbischen Seele weniger tiefe Lust denn Schmerzen bereitet, wenn er sogar in historischen Standardwerken hochangesehener, hochdotierter und schwer hofierter Autoren derart hanebüchene Fehler entdecken muß, daß einem dramatisch deutlich vor Augen geführt wird, daß es selbst in der »Gelehrtenrepublik Schwaben« leider »au nemme dees isch« mit der Qualität »Made in Wirttemberg«.

Umso schmerzlicher für ihn, wenn er, selbst auf solche professorale Pfuscherei hereingefallen, aktiefe Mithilfe bei der weiteren Verbreitung von Irrtümern und Dackelhaftigkeiten leistet. So zu seiner ewigen Schande geschehen in Rarität »Schiller sen.« und »Jubiläumssäule«:

Der Herr Bürgermeister der altehrwirtembergischen Stadt Marbach am Neckar, Heinz Georg Keppler (verwandt mit Johannes K.), zeigt sich völlig zu Recht »irritiert, daß Sie das Geburtshaus von Friedrich Schiller in die 'Märktgaß' verlegt haben, wo doch seit 1812 alle Welt weiß, daß der Dichter in der Niklastorstraße zur Welt kam«. Der Verfasser hat die »Marktgasse« einem Schiller-Essay des renommierten Herrn Professor M. (Name der Red. bekannt) entnommen und jenem blind vertraut, anstatt sinnvollerweise bei der üblichen Abfassung des Textes in der telefonstreßlosen Zeit zwischen Mitternacht und Morgengrauen einen Stadtplan von Marbach einzusehen.

Der freundliche Schultes hat übrigens unweit des Schiller-Nationalmuseums einen »Johann-Caspar-Schiller-Obstbaumgarten« anlegen lassen: »Dort sind mehrere Dutzend Bäume mit Apfel- und Birnensorten, die auf Schiller sen. zurückgehen, angepflanzt. Wenn sie groß genug geworden sind, wird das Baumgrundstück der Öffentlichkeit als Schaugarten zugänglich gemacht. Es war kein leichtes Stück Arbeit, die Sorten aufzutreiben. Wir haben mit halb Europa darüber korrespondiert«.

Frau Gisela Krammer aus Gerlingen teilt dankenswerterweise mit, daß (entgegen den Angaben von Prof. M.) das Grab von Schiller sen. samt Tochter »Nanele« »sich ziemlich genau da befinden muß, wo seit 1900 die Grabplatte angebracht ist, unmittelbar an der Sakristeiwand der Gerlinger Kirche«. Und zitiert den unvergessenen und stets neu zu entdeckenden Landsmann Christian Wagner von Warmbronn: »Vater und Schwester des Dichters im Schatten des ländlichen Kirchleins - Ruhn sie, ihnen schon seliges Ende genug. Aber der Sohn, der Bruder, nahm nach den Sternen den Flug«.

Ein herzliches Dankschee all jenen unbekannten Schillerfreundinnen und -freunden, die das Grab zur Feier des Tages mit so vielen Sträußle geschmückt haben. Bei soviel gscheite Leut, kann mr doch dui Frech- ond Dommheit net durchlasse ond des Geburtshaus vom Johannes Rebmann nebedra abreiße! Ha no! Ha no! Ha noi!

Und jetzt zur »Jubiläumssäule« auf dem Schloßplatz. Entgegen den vom Verfasser zu spätfrüher Stunde unreflektiert übernommenen schriftlichen Ausführungen des renommierten Herrn Professor W. (Name der Red. bekannt) – wo steht denn im Nordschwarzwald Granit rum? – stammen selbige Säulentrommeln nicht aus einem »Steinbruch bei Wildbad«, sondern »aus einem Steinbruch in der Teufelsküche zwischen Alpirsbach und Schenkenzell nahe der badischen Grenze«. Wie dies Walter Traub in »Heimat Alpirsbach. Geschichte und Geschichten« (Nr. 3–4, 1996) nachgewiesen und uns die rührige Frau Dokter Erika Kimmerle aus Alpirsbach zugeschickt hat.

Eindrucksvoll zu lesen, wie die teilweise über 1100 Zentner schweren Säulenteile mit einem eigens in der Ludwigsburger Artillerieschmiede hergestellten eisernen Blockwagen von acht Pferden gezogen und mit 32 Pferden Vor(und abwärts Rück-)spann unter vielfacher Lebensgefahr über Stock und Stein und verstrebte Brücken nach Stuttgart gebracht wurden. A Saugschäft, ond mir dappet bloß dra vorbei.

P.S.: Der Verf. verspricht hiermit hoch und heilig, auch inskünftig sauber zu schaffen. Dennoch gilt aus obgenannten Gründen wie bei den Lottozahlen: »Diese Angaben erfolgen wie immer ohne Gewähr«.

»Der zweite Liszt«

Dionys Pruckner

Am 1. Dezember 1896 isch der »erstclassige Pianist« und »hochgeschätzte Lehrer am Stuttgarter Konservatorium« Dionys Pruckner gstorbe. »Angesichts der Verdienste Pruckners um das schwäbische Musikleben besteht die Verpflichtung, dem großen Künstler und vortrefflichen Lehrer dankbare Erinnerung zu bewahren«.

Des Dionysle isch, wie mr deutlich sieht, net hie, sondern en München uff d'Welt komme, am 17. Mai 1834 »als Sohn einfacher, aber wohlhabender Bürgersleute«. Dr Vatter hat a Bürste- ond Pinselfabrikle ghet ond mit de Maler sei Geld verdient, en dr Freizeit aber hat'r Flöte gspielt ond älles drfür do, daß sei Jonger amol a Musikus wird.

Ond kaum en dr Schuel, hat der Klavierspiele glernt beime Organiste ond X-molurenkele vom Orlando di Lasso. Ond mit zehn isch'r scho öffentlich ufftrete beim Münchner Philharmonische Verei mit'm Vatter zamme, ond seither ond seiner Lebtag lang hat er ein mordsmäßiges Lampefieber ghet vor jedem Konzert.

Ond kaum aus dr Schuel, hat'n der Vatter gschnappt ond isch durch halb Deutschland gfahre ond hat sein begabte Knabe viele berühmte Musiker, Kapellmeister ond Kritiker vorgführt.

Ond so send se au nach Weimar komme zom Franz Liszt. Der hat grad seine Koffer packt ond am nächste Dag zu seiner Freundin, der Fürstin Sayn-Wittgenstein fahre wölle. Aber dui Zeit hat'r sich doch no gnomme ond dem jonge Kerle zueghorcht. Ond isch so begeistert gwä von dem seim Geklimper, daß'r versproche hat, daß'r den als Schuelerbue bei sich uffnemmt, sobald'r von dere Reis wieder drhoim isch.

Ond em November 1851 isch der Dionys für vier Jahr nach Weimar zom Liszt en d'Lehr gange. »Pruckner lernte nicht nur den Werth von Liszt's unübertrefflicher pianistischer Ausbildung kennen, sondern gab sich dankbar dem Einfluß des als Künstler, Denker und Mensch gleichermaßen bewunderten Meisters hin, ohne etwa in den Fehler eitler Nachahmung der fascinirenden Eigenschaften Liszt's zu verfallen«.

Ond vom Charakter her isch der bayrische Pruckner scho a halber Schwab gwä: »Sein maßvolles, schlichtes Wesen als Künstler, seine gewissenhafte, peinlich genaue Vortragsart, überhaupt sein bürgerlich bedächtiges und bescheidenes Auftreten stand zu Liszt's genialer Größe von vorneherein scheinbar in einem gewissen Gegensatz. Liszt aber liebte die solide Tüchtigkeit Pruckner's, zählte ihn bald unter seine Lieblingsschüler und sorgte auf jede Art für seine musikalische Fortbildung, indem er ihn, wo nur möglich, in seiner Umgebung festhielt und ihm Gelegenheit gab, sein an großen Aufgaben und auch an Kämpfen so reiches Leben zu theilen«.

Ond hat'n überall mitnagnomme uff seine Konzertreise ond oimol sogar nach Basel zom Richard Wagner. Ond den Hektor Berlioz hat'r au no troffe. Ond em November 1855 hat dr Liszt gmoint, dieser »erstclassige Pianist«, »dieses hervorragende Talent, auf dessen Zukunft ich große Hoffnungen setze«, häb jetz ausglernt, ond dr Pruckner isch wieder hoim

Dionys Pruckner (1834–1896)

nach München. Ond seine Konzert, sogar vorem Keenich, send so wunderschee gwä, »so daß ihn die Presse in auffallender Uebereinstimmung für einen ›zweiten Liszt‹ erklärte«.

Ond no isch'r nach Wien, Wiesbade ond Budapest ond überall hat ihm des vornehme Volk so laut zuegjublet, daß's'm fast zviel worde isch: »Pruckner entzog sich bald diesen lärmenden Triumphen«. Ond drom isch'r direkt froh gwä, daß mr ihn ausgangs 1858 en des ruhige Stuegert gholt hat.

Dort hend se em Jahr drvor dui Musikhochschuel uffgmacht ghet, ond »in dieser rasch emporblühenden Anstalt« hat'r von Ostre 1859 bis an sei traurigs End anno 1896 »als deren hervorragendster Pianist und Lehrer der Meisterclasse« gschafft. Ond hat so mitgholfe, »Stuttgarts guten Ruf als Musikstadt zu begründen«. Ond dr Keenich Karl ond sei Olga send so zfriede gwä mit ihm, daß'r sogar Hofpianist ond Professer worde isch ond se ihm dui Goldmedallje für »Kunst und Wissenschaft« gschenkt hend.

Ond jetz mit seim Gehalt hat'r endlich au sei seit siebe Jahr, scho en Weimar verlobte Lilly Kämpfer (recte: Silly) heirate könne, ond fenf Kender hend se ghet mitnander, ond drei Mädle send groß worde, ond vielleicht lebt da no ebber drvo.

»Jn Stuttgart war man sich allezeit des werthvollen Besitzes dieser vornehmen künstlerischen Kraft mit Stolz bewußt«. Ond deswege isch'r jedefall au net gange, wie se'n anno 1869 nach St.Petersburg ans Konservatorium hend hole wölle. Welche Ehr, ond der Dionys bleibt tatsächlich am Nesebach.

Em Wenter 1871 uff 72 aber isch'r wenigstens für a paar Woche nach Amerika ond hat en New York Konzert gebe, isch aber vor dr Zeit wieder hoim ond hat lieber en Friedrichshafe, Heilbronn ond Dibenge gastiert.

Afangs 1896 hat'r a Mageleide kriegt, so daß'r nix meh schaffe könne hat em Konservatorium. Ond a Operation en Heidelberg hat au nemme gholfe, dort isch'r am 1. Dezember 1896 gstorbe an Herzschwäche ond am 4. Dezember hend se'n em Heidelberger Krematorium verbrennt. (Nach der berühmte »Allgemeinen Deutschen Biographie« Band 53 S. 135 hat dr Dionys sensationellerweise seine Einäscherung om oin Dag überlebt ond stirbt erst am 5. Dezember!).

Ond des dät oin gar net wondere, wenn die städtische Bachel, wo en letzter Zeit so viele scheene alte Grabmäler uff'm Pragfriedhof zammegschlage hend, au dem Dionys Pruckner sein Stoi mit dem Relief vom Bildhauer Karl Donndorf druff hehgmacht hättet. Aber gottlob se hend's übersehe.

Musikalisches Mädle

Emilie Zumsteeg

Der seit dem Untergang der Hohenstaufen der Lächerlichkeit seiner Bundesbrüder und -schwestern preisgegebene Stamm der Schwaben (=Alemannen) mit seinen heute unter badischer, bayrischer, französischer, liechtensteinischer, oesterreichischer, schweizerischer und württembergischer Verwaltung stehenden Teilprovinzen hat der Menschheit einen schier unüberschaubaren Haufen dichterischer Genies geschenkt.

Die theuerwerte Frau Musica hingegen soll sich, wie allerorten zu lesen, unseresgleichen gegenüber mehr als spröde verhalten haben. Der gebildete Leser kann als heimische Komponisten gerade mal den Konradin Kreutzer aus Meßkirch und den Friedrich Silcher aus Schnait im Remstal aufzählen (Anm.: Tausche keine 500 volksdümmliche Hitparaden gegen ein einziges Silcherlied!). Fragt man sich aber, etwa bei Leopold Mozart aus Augsburg, was höher zu werten ist, a) unsterbliche Musik, oder b) einen unsterbliche Musik schaffenden Sohn in die Welt zu setzen, so sieht es in der schwäbischen Walhalla, Abteilung Tonkunst, schon nicht mehr ganz so öd und leer aus.

Rechnet man dann noch die von ihren Zeitgenossen groß gefeierten, von der Nachwelt aber schnell vergessenen Landsleute hinzu, kommt doch noch ein die musikalische

Ehre rettendes ansehnliches schwäbisches Häuflein zusammen.

Ein schönes Beispiel dafür ist das am 9. Dezember 1796 in Stuttgart geborene Multitalent Emilie Zumsteeg (»Komponistin, Sängerin, Pianistin und Musikpädagogin«). Enkelin von Herzog Carl Eugens Leibgardist und Kammerdiener, Rudolf Zum Steeg. Tochter des Carlsschülers, Schillerkameraden, herzoglich württembergischen Hofkapellmeisters und (leider grad so vergessenen) Komponisten Johann Rudolf Zumsteeg (1760–1802).

»Die Persönlichkeit, die das Stuttgarter Musikleben auf eine damals ungeahnte Höhe brachte, auf welcher es sich später weiterentwickeln konnte, war Emilie Zumsteeg. Es ist ein seltener Fall in der Musikgeschichte, daß eine Frau auf dem Gebiet der Komposition schöpferisch tätig ist, als Sängerin und Pianistin Vorzügliches leistet und sogar selbst den Dirigentenstab führt, um Chorwerke zum Erklingen zu bringen, sowie als Musikpädagogin ihren Schülern ihr Können und Wissen zu vermitteln versteht.«

Mit fünf Jahren verliert sie den Vater. Ihre Mutter, aus der altehrwirtembergischen Familie Andreae stammend, schreibt: »Dieses Mädchen ist meine größte Freude, schon darum, weil sie dem teuren Vater so sehr gleicht! Wäre sie ein Knabe, so würde sicher unser guter Zumsteeg durch sie ersetzt. Sie ist der tröstende Engel, der mir's zur Pflicht macht, ein sonst freudenloses Leben zu tragen.«

Als Künsterin und als Mensch gleichermaßen hochgeschätzt, wird sie später mit den großen Geistern ihrer Zeit in Verbindung treten. In ihrem Briefwechsel, in ihrem Gästebuch finden sich Namen wie Carl Maria von Weber, Franz Liszt, Anton Rubinstein, Konradin Kreutzer, Nikolaus Lenau, Eduard Mörike, Gustav Schwab, Justinus Kerner. Graf Alexander von Württemberg, Ludwig Richter.

»Obgleich Emilie Zumsteeg in solch regem Verkehr mit

Emilie Zumsteeg (1796–1857)

den Kreisen der Kunst stand, teilte sie doch das Schicksal so vieler bedeutender Frauen, denen es bestimmt war, ihren Weg durchs Leben allein gehen zu müssen. Es war ihr nicht vergönnt, einen Genossen fürs Leben zu finden, der sie glücklich ergänzte und zu dem sie Neigung hatte. Ihre Liebe mag einzig und allein ihrer Mutter, der sie eine vorbildliche und besorgte Tochter war, sowie der Musik gegolten haben. Im Reiche der Töne war sie glücklich, dieses Wunderland vermochte ihr Leben ganz auszufüllen.«

»Mit ungewöhnlicher Tatkraft und erstaunlicher Organisationsgabe förderte sie das Musikleben der Residenz Stuttgart. In späteren Jahren war Emilie Zumsteeg am Katharinenstift als Musiklehrerin tätig.«

Als die rastlos Tätige schwer erkrankt, erhält sie Post aus Weinsberg: »Ich schreibe aus dem Bett mit erblindeten Augen nur ein Paar Worte. Ich hörte von ihrem Kranksein, und ich liebe und verehre Sie von ganzem Herzen und wer sollte das nicht. Ihre Krankheit liegt mir schwer auf dem Herzen und ich denke oft mit Leid daran. Auch ich bin elend, elend. Doch verläßt mich nicht der Liebe Trost. Möchten Sie ihn auch in beigelegten Versen finden. Ich vermag nicht weiter zu schreiben. Sie sind bei mir! Ihr Sie herzlichst liebender Justinus Kerner.«

Am 1. August 1857 erliegt Emilie Zumsteeg ihrer Krankheit und wird zwei Tage danach auf dem Hoppenlaufriedhof beigesetzt, »allwo ihr Grabmal noch zu sehen« direkt beim Wilhelm Hauff.

Die einst so hochverehrte und gefeierte Künstlerin »ist heute fast vergessen. In den bekannten Musikgeschichten wird nicht einmal ihr Name erwähnt.«

Degerloch ond Dänemark

Beim beste Wille, aber mir hend au heut wieder koi gscheits Jubiläum. Ond des ausgrechnet direkt vorem Christtag.

Aber wenn Ihr nex drgege hend, no konstruieret mr halt ois:

Erstens: Vor 200 Jahr, am 16. November 1796 isch (wie ausführlich im Feuilleton der StZ berichtet) der Louis Hallberger, der Gründer von dr Deutsche Verlags-Astalt, en Plochenge uff d'Welt komme.

Zwoitens: Vor 25 Jahr, am 14. Januar 1972 isch der Keenich Frederik IX. von Dänemark gstorbe ond no am gleiche Dag sei Mädle Margarethe als Keenigin nakomme.

Drittens: Vor 30 Jahr, am 10. Juni 1967 hat dui Margarethe den franzeesische Diplomate Henri de Laborde de Monpézat gheiratet.
Ond dem Henri seim Vatter sei Muetter isch au a Hallbergere gwä aus Wirteberg. Ond wenn mr genau naguckt, no stammt der Henri sogar aus Degerloch ond isch a leibhaftigs Vetterle. Ehrlich wahr!

Fanget mr jetz vo vorne a: Der Louis Hallberger (1796–1879) von dr DVA hat en Cousin ghet (ihre Vätter send Brüeder gwä), den Pfarrer Dr. phil. Christian Friedrich Immanuel Hallberger (1800–1872). Der isch anno 1838 Pfarrer en

Stammheim (henter Zuffehause) worde, ond sei Weib, Johanna Wilhelmine, geb. Kößler (1799–1857), a Muetter von acht Kender, vo dene no vier glebt hend, hat'r ens Kurbad gschickt.

Ond für dui Zeit hat'r sich ebber herdo für de Haushalt ond als Kendsmagd, a Verwandte, »die 19jährige sehr hübsche und gescheite« Marie Schoder (1818–1840), ihr Vatter hat en Ludwigsburg uffm Finanzamt gschafft als Kanzleirat.

Ond des scheene Jüngferle isch halt ame scheene Dag kois meh gwä, ond eb sich d'Leut richtig s'Maul verrisse hend, hat dr Herr Hallberger, kaum daß'r a paar Woche en Stammheim gwä isch, am 18. August 1838 a Studienreise nach Hessen ond an Rhein beantragt ond isch am 26. August Hals über Kopf auf ond drvo. Direkt nach Paris, ond dort hat'r a Weile für sein Vetter Verleger gschafft.

Des scheene Mariele aber hat am 25. März 1839 em badische Sickingen a Büeble, en Eugen Ludwig Heinrich, uff d'Welt bracht, dort homme hat se Verwandtschaft ghet, die hend nach're guckt. Am 6. Juni 1840 aber isch se en Ludwigsburg am Schleimfieber gstorbe. No so jong.

Den Eugen aber hat sei Tante großzoge, dui Karoline Schoder, seire Muetter ihr jöngste Schwester. Ond dui hat des Kend mit nach Frankreich gnomme ond hat anno 1854 den drvogloffene Herr Hallberger, wo jetz als Deutschlehrer gschafft hat ond seit 1840 gschiede gwä isch, sogar no gheiratet.

Der Eugen aber hat sich später Louis-Eugène Halberg ghoiße ond isch kadolisch ond Professer für deutsche Literatur an dr Universität Toulouse worde für über 30 Jahr.

Ond dem sei Mädle Henriette hat anno 1904 den Henri de Laborde de Monpézat gheiratet, den Großvatter von dr Margret ihrem Prinz Henrik von Dänemark. Der isch anno 1934 en Talence en dr Gironde uff d'Welt komme. Ond sei Graoßer, der Kronprinz Frederik, goht au bald uff die

Marie Schoder (1818–1840)
Dr. C. F. I. Hallberger (1800–1872)

Dreißich zue, ond isch emmer no net gheirat. (Hat ja au no Zeit, siehe Urururgroßvatter Hallberger).

Des älles stemmt so, ond hat der Landeschefgenealoge Prof. Dr. Gerd Wunder aus Schwäbisch Hall († 1988) mitsamt dem Professer Decker-Hauff († 1992) älles rauskriegt. Die dänische Hofberichterstatter aber schreibet einen overschämten Lohkäs zamme: »Hallberger hielt Frankreich für das Land, das die besten Voraussetzungen für seine neuen liberalen Gedanken bot, und deswegen wanderte er 1840 aus und wurde französischer Staatsbürger.« Scheißele, Herr Eisele! Siehe oben.

Ond bscheißet dem Henrik en Haufe adlige Vorfahre uff sei Ahnetafel, daß's scho nemme schee isch. Tatsächlich send dem Henrik vo seine 32 Urururgroßeltern 31 bürgerlich (was gar koin Nachteil isch), ond er hat grad amol oin Adlige druff, nämlich den Laborde de Monpézat. Ond von dem saget manche Genealoge, die L(')aborde seiet grad so a bschissener Adel wie dr Schisscard d'Estaing.

Königin Margarethe und Prinz Henrik

Sei's drom, über Degerloch hat der Henrik doch no seine hochfürstliche Vorfahre: Sein (ond onser) Zehnmolurgroßvatter, der Magister Christoph Raff († 1591, Pfarrherr zu Degerloch ond »Ahnherr von Bauern, Bundespräsidenten und Königen« ond vom scheene, arme Mariele Schoder) isch nämlich mit'me ledige Sprößleng vom Graf Ulrich dem Vielgeliebten vo Wirteberg gheirat gwä.

Ond so wöllen wir die Gelegenheit nutzen, onserm Vetter Henrik seiner guten ond gscheiten, aber nikotinsüchtigen Margarethe (au onser Bäsle, da vielfache Nachfahrin vom Grafen Ulrich) herzlich zom baldigen silbernen Regierungsjubiläum zu gratulieren ond ihr ond ons ällen einen scheenen Christtag zu wünschen. Ond daß se nemme so arg raucht.

Stuttgart – Partner von Europa

Spanische Besatzung 1546
Taizé-Treffen 1996

Seid omschlongen ond willkommen, Ihr jonge Leut ond Christenmenschen, die wo Ihr extra nach Stuegert kommet zom Senge, Bete, Nachdenke ond Fröhlichsei, Gottseidank jetz aus ganz Europa. »Jauchzt ihm, Ihr Frommen, ein heilig Willkommen! Herz, jauchze Du mit!« (Eduard Mörike, Neujahrsnacht 1833).

Vor 450 Jahr hend mir scho amol so en internationale Bsuech en Stuegert ghet. Aber uff den hätt mr gern verzichte könne. Fanget mr vo vorne a:

Anno 1534 hat der Herzog Ulrich nach 15 Jahr Exil sei Wirteberg en dr Schlacht bei Lauffe vo dene Habsburger zrückerobert ond effangelisch gmacht, daß'r mit dem Geld von dr kadolische Kirch seine franzeesische, schweizerische ond hessische Helfershelfer hat zahle könne.

Anno 1546 isch der Habsburger Kaiser Karl V. zur allgemeinen Ansicht gelangt, daß em »Heilige Römische Reich Deutscher Nation« am beste wieder älles kadolisch wird ond hat deswege den berühmte »Schmalkaldische Krieg« agfange.

Ond wie no die kaiserliche Truppe ond Landsknecht, lauter spanische ond italienische Gastarbeiter, uff des wehrlose Wirteberg losmarschieret, isch dr Herzog Ulrich Mitte Dezember mit Sack ond Pack aus Stuegert abghaue ond uff sein Hohentwiel gflüchtet. Da isch'r sicher gwä, der isch nie, au später em Dreißigjährige Krieg net erobert worde. (Erst 1800 hend mir dui Feste kampflos de Franzose übergebe, ond onterm Filbinger isch der wirtebergische Hohentwiel anno 1969 an die Badener komme).

Ond der Fernando Alvarez Toledo y Pimentel, der berüchtigte Herzog Alba, hat an Silvester 1546 seine Krieger uff Stuegert neigschickt, daß se dort 50 Leut ombrenget ond 30 Häuser en Schutt ond Asche leget. Ond am Neujahrstag hat dui Bürgerschaft dem Kaiser huldige müeße.

Mit'm Herzog send au älle effangelische Pfarrer abghaue, die hättet se ja als Ketzer jedefall glei uffghenkt. Bloß der jonge Vikar Jakob Andreä, Schmiedssohn aus Waiblenge ond grad amol 19 Jahr alt, isch uff seim Poste bliebe ond hat en dr Stiftskirch weiter effangelisch predigt, ond wenn die Spanier no so martialisch do hend ond mit ihre Gwehr en dr Kirch romgspronge send.

A paar kaiserliche Offezier hend's guet mit'm gmoint ond'm grate, er soll doch vernünftig sei ond sei Gosch halte, daß'm nex passiere dät. Er aber isch nagstande, uffrichtig ond gradaus, furchtlos ond trew, ond hat sich überhaupt net irritiliere lao.

Des hat die Spanier naseweis gmacht, ond während dr Andreä predigt hat, isch so en Haufe en d'Stiftskirch neidappt, ond hend die ein Go-in em Gottesdienst verastaltet.

Ond während dui Gmeinde gmoint hat, jetz gibt's Mord ond Totschlag, hat dr Andreä sei Predigt onterbroche ond isch mit dene iberische Invasore en Chor gange ond hat mit'n lateinisch gschwätzt ond diskutiert. Ond so a spanischer Oberer, a gscheiter ond gelehrter alter Herr, hat ganz oifach wisse wölle, warom die Wirteberger effangelisch send ond nemme kadolisch ond warom se koin Papst meh wöllet.

Der jonge Spond hat dem alte Spanier des älles ganz offe erkläre därfe, ond am Schluß hat der ganz freundlich Dankschee gsait für dui Katechismusstond, ond daß'r des mit dr

Jakob Andreä (1528–1590)

Reformation jetz ganz anders sehe dät. »Darauf verließ er, höflich grüßend, mit seinen Begleitern die Kirche.«

A andersmol hat der tapfere Jakob Andreä (dr Großvatter von dem leider bloß no bei gscheite Leut bekannte Universalgenie Johann Valentin Andreä) sogar den kaiserliche Herold en Stuegert als Döte bei're effangelische Kendstauf eigsetzt ond hat'm zeigt, daß gar koin Onterschied isch, ob mr ois kadolisch oder effangelisch daift. Ond des hat leider no so arg, arg lang dauert, bis des (fast) älle kapiert hend.

Der Kaiser Karl aber hat Geld braucht für seine Haufe Soldate. Ond deswege hat'r dem Herzog Ulrich abiete lasse, er dät sei Ländle a) für en Kniefall vorem Kaiser ond b) für en gedeckte Euroscheck über 300 000 Gulde (für damols ein Heidegeld) wieder zrückkriege. Der alte, gichtkranke Ulrich zahlt ond knielt na, ond am 17./18. Januar 1547 zieget die Spanier aus Stuegert ab, mit're Karawane vo Heuwäge »schwer mit den Schätzen des Schwabenlands beladen«.

Ond die Stuegerter hend jetz wieder ihrem Herzog Ulrich huldige därfe, ond dui Staatskass uffülle.

Ond mir freuet ons jetz älle, daß mir so ganz andere, so liebe ond friedliche Gäste aus ganz Europa krieget. Ond hoffet, daß die »ein jegliches in seine Stadt« en ganze Heuwage voll scheene Erinnerunge an Stuegert mit hoimnemmet.

Fenftkürzester Herzog

Herzog Wilhelm Ludwig

Liebe landsmannschaftliche Leserschaft, wer von Euch heut no den Herzog Wilhelm Ludwig von Wirteberg kennt, der hat wahrlich en Oiser em Zeugnis verdient.

Von älle wirtebergische Regente vom Graf Ulrich dem Stifter (†1265) bis zom Keenich Wilhelm II. (†1921) hat er die fenftkürzeste Regierungszeit ond isch scho deswege »versunken ond vergessen« (Ludwig Uhland 1814).

Der Wilhelm Ludwig isch anno 1647 am 7. Januar (Effangelisch-Julianischer Kalender) bzw. am 17. Januar (Kadolisch-Gregorianischer Kalender) kurz vor Mitternacht en Stuegert em Alte Schloß uff d'Welt komme en dere elend schlechte Zeit am End vom Dreißichjährige Krieg.

Ond isch des neunte vo dene fenfezwanzich Kender vom Herzog Eberhard III. gwä ond dr fenfte vo seine achtzeh Buebe. Ond sei Muetter isch dui Wild- ond Rheingräfin Anna-Catharina von Salm-Kyrburg gwä. Mit acht Jahr hat'r sei Muetter verlore ond a Stiefmuetter kriegt, dui Gräfin Maria Dorothea Sophia von Oettingen-Oettingen, dui isch aber emmer lieb zuen'm gwä.

Mit neunzehn isch'r uff Dibenge komme en des Collegium illustre (heute Wilhelmstift), dui Akademie für die hochgeborene Herrschäftle, wo se a bißle des Regiererles

Herzog Wilhelm Ludwig (1647–1677)

glernt kriegt hend samt Tanze, Fechte ond Jage. Drnach hat'r a Weile en Genf ond Frankreich studiert, ond als Hofmeister ond Uffpasser hat'r den Herr Geheimrat von Bülow (aus dem Hause derer von Loriot) mitgschickt kriegt. Ond mit dem isch'r no au uff sei »Kavalierstour« (a Art Abitursfahrt oder Bildungsreise incl. Brautschau) gange durch ganz Frankreich, nach England nüber, en die spanische ond die holländische Niederlande, bis nuff nach Dänemark ond Schweden. Mir hend's ja zahlt. (An dieser Stelle wollen wir den theuerwerten Piloten der Bonner Flugbereitschaft ein geruhsameres Neues Jahr wünschen).

Ond dort en Stockholm hat'r sich unsterblich verguckt en dui Landgräfin Magdalena Sibylla von Hessen-Darmstadt, a Prachtsmädle. Wie ihr Muetter gstorbe gwä isch, hat se ihr Tante, dui Keenigin Hedwig Eleonore von Schweden, bei sich dahobe uffzoge.

Ond em November 1673 hend se gheiratet, a richtig scheene barocke Hochzich. Ond send so richtig selig gwä mitnander, weil se sich hend selber raussueche därfe ond net wie üblich zwangsweis verkupplet worde send.

Ond wie scho sei Vatter hat au der Wilhelm Ludwig seine Kender em Orgelpfeifesystem en d'Welt gsetzt: drei blitzgscheite Mädle ond oin Buebe, ausgrechnet den Herzog Eberhard Ludwig, der wo für des berühmte Eberhard-Ludwigs-Gymnasium selber sicher viel z'bleed gwä wär.

Net amol drei ganze Jahr lang hat der Wilhelm Ludwig regiere därfe (oder müeße), vom 2. Juli 1674 bis zom 23. Juni 1677 (Julianischer Kalender). Da isch'r scho gstorbe, em Hirsauer Schloß em Kloster ame Schlagafall.

Ond sei Magdalena Sibylla ond des ganze Land hend om'n trauret. Ond uff sein Zinnsarg en dr Stiftskirch en Stuegert hend se neigraviert:

»Ach Gott! / Was grosses Leyd und Noth / Trift Würtemberg schon wieder? / Muß dann sein werthes Haupt / Der theure Fürst Herr Wilhelm Ludwig schon / Die schöne Blum, des hohen Hauses Cron / Durch überschnellen Todt, / Zu seiner Väter Grab darnieder? / O schwerer Fall! / O harter Knall! / Bedenk es, Vaterland, / Jn was vor Jammerstand, / Du seyst hierdurch gerathen.«

Ond tatsächlich hat, kaum daß jetz a bißle Friede gwä wär, der Ludwig XIV. von Frankreich, dieses Nachtschattegwächs vo Sonnekeenig, sein abartige Agressivtrieb nemme verhebe könne ond hat seine Kriegsverbrecher au uff des friedliche ond fleißige Wirteberg losglasse.

Für den neun Monat alte Erbprinze Eberhard Ludwig hat no sein Onkel, der Herzog Friedrich Carl von Wirteberg-Winnenthal, dr Großvatter vom Carl Eugen, als Administrator regiert. Ond erst wie der von de Franzose gschnappt ond nach Paris verfrachtet ond für a Weile eigsperrt worde isch, hat der Eberhard Ludwig als jonger Spond mit sechzehn Jahr nadärfe. Ond hat seim arme Land ond seiner guete Muetter (»Deren Lands-Mütterliche Treu und Sorgfalt dieses Herzogthum in gröster Gefahr öffters erfahren«) soviel Kommer gmacht.

Ond mr hat oft an sein Vatter Wilhelm Ludwig denke müeße: »Ubrigens leuchtete aus allem Thun dieses Fürsten herfür ein recht teutsch-gesinntes Gemüth, welches allen schädlichen Neuerungen und Hof-intriguen feind war, ein sonderbarer Eifer zur Gerechtigkeit, der doch mit Fürstl. Clemenz (Milde) und Gütigkeit temperirt war, nicht weniger eine recht Fürstliche Gutthätigkeit gegen die Arme und Exulierende, deren Er keinen jemahls Trost- oder Hülff-loß von sich gelassen. Dahero auch dieser leutseelige Fürst sich eine allgemeine Gegen-Liebe nicht nur seiner gesamten Unterthanen, sondern auch aller benachbarten Stände erworben, und sein frühzeitiger und schneller Todfall umso schmertzlicher betrauret worden.«

Straßebahner Schöttle

Georg Schöttle

An dr Franziska von Hohenheim ihrm 149. Geburtstag, am 10. Januar 1897 isch der Straßebahner Georg Schöttle gstorbe, der von dr Schöttlestraß.

Der isch anno 1823 en Stuegert, em Bohneviertel uff d'Welt komme, von oifache ond ehrliche Leut, dr Vatter hat a Mehlhandlong ond a Weiwirtschäftle ghet en dr Esslenger Straß Nommer 10. Ond sein Jonge hat'r zome Stoihauer en d'Lehr do (dr Vatter vom Hofbaumeister Christian Friedrich von Leins isch ja au a Stoibrecher aus'm Bohneviertel gwä).

Ond nach dr Lehrzeit isch der fleißige Schwabe Schöttle wie üblich erst amol uff d'Walz gange. Ond en seim Wanderbuech ka mr's nachlese, was'r die Jahr über so triebe hat: Als Maurergsell hat'r helfe Kirche baut en München, als Polier des Königliche Bad en Wildbad, als Bauführer herrschaftliche Häuser en Dibenge ond Eisebahnlinie bei Friedrichshafe ond Laupheim.

Morgnets dr Erste ond abnets dr Letzte uff dr Baustell ond aständig zu seine Arbeiter, ond weil'n die so möge hend für sei offene, grade ond gerechte Art, hat'r – no koine dreißig Jahr alt – mit seim Versparte a oigene Baufirma uffgmacht.

Ond hat no sogar em Ausland Eisebahne baue därfe, em Keenigreich Bayern ond en dr Schweiz, dort dui Linie

Rheineck-Rorschach-St.Gallen. Dieses Käpsele aus'm Bohneviertel, von dem sein Schwiegersohn Professer Gießler schreibt:

»Jn Ausnützung der lokalen Verhältnisse zeichnete ihn eine Findigkeit aus, wie man sie bei uns vorher nicht gekannt hatte. Wo Schöttle baute, da war er bald der Bestorientierte über die vorhandenen Naturerzeugnisse und die lokalen Erwerbsbedingungen. Da taten sich Bausteinlager und Steinbrüche auf, von denen vorher niemand eine Ahnung hatte;

Georg Schöttle (1823–1897)

neue Materialien, die vorher ungekannt und wertlos dalagen, wurden herangezogen und brachten reichen Verdienst in die Gegenden, ad hoc errichtete Ziegeleien und Kalkbrennereien begründeten bleibende Jndustrien, und was weiter an technisch neuen Hilfsmitteln zur Förderung herangezogen werden konnte, das wußte Schöttle beizuschaffen und wenn es weit vom Auslande herbeigeholt werden mußte.«

Ond des Gerstle, was'r hoimbracht hat, isch en Stuegert investiert worde, hier a Ziegelei am Botnanger Weg, da a Stoibruch am Staffleberg ond an dr Mönchhalde, oder a Parkett- ond Möbelfabrik em Stöckach. Ond. Ond. Ond.

Des meiste Geld aber hat'r en sei »Baufabrik« en dr Olgastraß bei dr Bopserstraß neigsteckt, da hat'r Häuser dutzedweis ond »schlüsselfertig« fabriziert. Aber anno 1861 isch'm des ganze scheene Awese abbrennt, ond sogar dr alte Keenich Wilhelm I. isch an de Brandplatz gritte komme ond hat au nemme helfe könne. Ond von dem Feuer hend die Stuegerter no ihre Kendeskender verzählt.

No hat'r halt wieder Eisebahne baut: Cannstatt-Waiblenge, Calw-Teinach, Darmstadt-Weinheim, Elberfeld-Odenkirchen. Ond für Stuegert a Pferdebahn de Nesebach na nach Berg. Anno 1862 hat'r vom Keenich dui Konzession kriegt, des Geld drfür hat'r beim Verleger Hallberger zammebettlet ond beim Bankhaus Doertenbach ond Rothschild abghebt, ond den Schwiegersohn vom Keenich, den Prinze Hermann zu Sachsen-Weimar hat'r zom Frühstücksdirekter gwonne, ond älle mitnander hend se dui Firma »Stuttgarter Pferde-Eisenbahn-Gesellschaft« uffgmacht. Ond am 28. Juli 1868 hend se dui Strecke vom Charlotteplatz zom Neue Bad Berg eigweiht. Ond so hat dui Stuegerter Straßebah agfange.

Em Alter hat'r no seine Buebe (acht) ond seine Schwiegersöhn (drei) des Gschäft überlasse. Ond hat bloß no seine 20 Morge Wengert en dr Mönchhalde gschafft ond a staatliche Versuchsanstalt für Weinbau draus gmacht.

Kurz nach Neujahr 1897 hat'n dr Schlag troffe ond am 10. Januar isch'r dra gstorbe ond über sei Leich isch kaum ebbes em Blättle gstande.

Mir Straßebahfahrer aber »werden ihm ein ehrenvolles Andenken bewahren«.

Hab mein Herz in Hessenland verloren

Landgräfin Hedwig von Hessen-Marburg

Am 15. Januar 1547, morgnets om viertel siebene rom, hat en Basel em Herzog Christoph von Wirteberg sei Weib, dui Anna Maria von Brandenburg-Ansbach, ihrem älteste Mädle, dr Hedwig 's Lebe gschenkt.

Oi Kend hat'r scho von're ghet, sein Erbprinz Eberhard, grad zwoi Jahr ond oi Woch alt. Der hat'm später bloß Kommer gmacht ond sein Vatter vorzeitig onter de Bode bracht, dieses versoffene Loch, ond isch scho mit dreiezwanzich an dr Syphilis gstorbe.

Zehn Kender send drnach no komme, siebe Mädle ond drei Buebe, ond an älle dene Mädle hat er ond hend später ihre Männer a Freud ghet.

Nach ihrer Muetter ihrer Muetter, der Herzogin Hedwig von Münsterberg-Oels, hat mr des Mädle Hedwig daift. (Ond genau 100 Jahr später, anno 1647 heiratet der Herzog Sylvius Nimrod von Wirteberg-Weiltingen dui Erbtochter Münsterberg-Oels ond kriegt so des ganze scheene Sach en Schlesien).

Der Herzog Christoph isch a Genie gwä, ond der Graf von Zimmern schreibt en seiner berühmte Chronik: »Von dieses Fürsten Tugenden und hohem Verstand soll lieber nichts denn zu wenig geredet werden«. Ond so wie der Christoph älle seine Bauremädle ond Baurebüeble als Ällererster

Landgräfin Hedwigs Grabmal in Marburg

von dr Welt en d'Volksschuel gschickt hat, daß se 's Schreibe, Rechne ond Lese lerne sollet, so hat'r nadierlich au seine oigene Kender uff a gscheite Schuel do.

Ond des »geistig wohlgebildete« Hedwigle – wie älle ihre Gschwister hat se sogar Lateinisch lerne müeße – isch a guete Partie gwä. Ond mit sechzehn isch se scho verheiratet worde, am 10. Mai 1563 en Stuegert mit dem Landgrafe Ludwig III. von Hessen-Marburg (1537–1604).

Des isch a Jonger gwä von dem Philipp »dem Großmütigen« (oder »dem Bigamisten« mit seine zwoi Eheweiber gleichzeitig), der wo anno 1534 em Christoph seim Vatter, em Herzog Ulrich en dr Schlacht bei Lauffen gholfe hat, daß der nach 15 Jahr Exil sei Wirteberg wiederkriegt.

Anno 1555 hat der Philipp scho sei grad neunzehn Jahr alts Mädle Barbara (1536–1597) zwonge, daß se em Herzog Ulrich sein uralte Brueder Georg (1498–1558) heiratet. Ond wenn die zwoi net no kurz vor Torschluß a Büeble, den Herzog Friedrich (1557–1608) en d'Welt gsetzt hättet, wäret die Wirteberger ausgstorbe.

Jetz aber wieder zur Hedwig: Weil der Ludwig mit seiner »zart gebaueten, zärtlich geliebten Gemahlin« aus Wirteberg so glücklich worde isch, hat dr Vatter Philipp für sein Älteste, den Landgraf Wilhelm IV. von Hessen-Kassel (1532–1592) anno 1566 glei nomol a Mädle vom Herzog Christoph rausgsuecht: Dui Sabina (1549–1581) mit ihrer »holdseligen Gestalt« hat den »sinnlich veranlagten heranwachsenden Sohn« (wo scho en Haufe ledige Kender von Bürgerstöchterle ghet hat) so en Stiefel neikriegt, daß der »bei ihrem frühen Tod das (treulich gehaltene) Gelübde gethan, sich nicht zum zweitenmal zu vermählen«. Elf Kender hend die mitnander ghet, zehn Mädle ond oin Buebe, den berühmte Moritz »den Gelehrten« (1572–1632, »ein seltenes Beispiel von einem gelehrten und schriftstellerischen Fürsten« – woher der wohl sei Gscheitheit ghet hat?).

Onser Hedwig aber hat en »einer siebenundzwanzigjährigen ungestörten Ehe (in der sie noch die Täuschung einer ihr von dem Leibarzt des Landgrafen vorgespiegelten Schwangerschaft verschmerzen mußte)« leider koine Kender ghet ond hat statt desse no die Kender von ihrer verstorbene Schwester Sabina uffzoge.

Von dr Hedwig saget die hessische Historiker, sie sei »etwas karg«, »nicht allzu freigebig« gwä ond häb »an allerlei Finanzerei Gefallen gehabt«. Ond sie »unterlag einer langwierigen Krankheit (der Wassersucht)« ond isch am 4. März 1590 (Julianischer Kalender = 14. März Gregorianischer Kalender) morgnets zwische zwoi ond drei en Marburg em

Schloß gstorbe ond dort au en dr Lutherische Kirch »Unserer lieben Frau« vergrabe worde.

Ihr Brueder, dr Herzog Ludwig von Wirteberg (1554–1593), hat drei Wäge voll Herreberger Alabaster aus Kayh nach Marburg gschickt, ond da hat der Bildhauer Gerhard Wolff a wonderschees Renaissancegrabmal draus gmacht. Des stoht no da, ond wer a Mädle, en Buebe hat, wo grad dahobe studiert, der soll doch a Sträußle nalege lasse.
Übrigens dem Philipp sei Jöngster, der Landgraf Georg I. »der Schöne« von Hessen-Darmstadt (1547–1596) hat als Witwer anno 1589 au no a Mädle vom Christoph zom Weib gnomme, au a Witwe dui Eleonora (1552–1618).

Ond wie dr Hedwig ihr Ma (wo nomol gheiratet ghet hat, »die schöne und lebenslustige Gräfin Maria von Mansfeld«) anno 1604 oineweg kenderlos gstorbe isch, hat'r sei Sach em Testament ganz gerecht je zur Hälfte de Darmstädter ond de Kasseler vermacht.

Dene Darmstädter Sempel aber (wo koin Christoph als Ehne hend) hat des scheint's net glangt, ond die hend für fast fuffzich Jahr den »Marburger Erbfolgestreit« agfange »mit grauenhaften Folgen für das gesamte Land«.

Hoffmänner aus dem heilige Korntal

Gottlieb Wilhelm Hoffmann

Weil mr wieder amol koi ronds Jubiläum hend, hopfet mr halt a Jahr zrück: Am 29. Januar 1846 isch en seim heilige Korntal der Gottlieb Wilhelm Hoffmann gstorbe aus dere berühmte Gelehrtedynastie, wo soviel Obergscheitle vorbracht hat, obwohl se eigentlich doch gar koine Schwabe gwä send.

Der erste vo dene Hoffmänner, der Georg isch anno 1659 aus Schlesien komme, dort hend so Sauhond sein Vatter ombracht ghet em Krieg, ond der Bueb hat no en Stuegert uff'm Oberkircherat als Sekretär schaffe därfe. Seine Kender ond Kendeskender aber send en dem guete geistige Klima von Wirteberg lauter Professer worde für Theologie, Medizin, Philologie, Staatsrecht, oiner gscheiter wie dr ander.

Onserm Korntäler Hoffmann sei Vatter aber isch Pfarrer gwä en Ostelsheim am Schwarzwald. Dort isch'r am 19. Dezember 1771 uff d'Welt komme, ond en Calw isch'r en d' Lehr gange ond hat dort Amtsschreiber glernt. Ond grad no eb dr Napoleon des Heilige Römische Reich Deutscher Nation de Bach naglao hat, isch'r no Kaiserlicher Notarius ond Amtsbürgermoister en Leonberg worde. Ond isch em Landtag gsesse ond für des »alte, gute Recht« nagstande ond hat helfe an dere wirtebergische Verfassung mitgschriebe.

Der Gottlieb Wilhelm Hoffmann isch aber net bloß a

gscheiter sondern au a frommer Kerle gwä ond hat mit viele guete Leut konversiert: Onter anderem mit dem legendäre Pfarrer Johann Friedrich Flattich (da hat'r sogar neigheiratet), mit'm Michael Hahn en Sindlenge, mit'm Herr Dr. Johann Heinrich Jung-Stilling en Karlsruhe ond mit'm Herr Johann Kaspar Lavater en Zürich. Ond de oifache Leut hend'n grad so möge wie dr Keenich Wilhelm I.

Ond die zwoi hend sich mitsamt'm Friedrich List überlegt, warom so viele fromme Wirteberger so massehaft nach Amerika ond Rußland auswanderet. Ond anno 1819 hend se für die »innere Emigration« des heilige Korntal besiedelt ond vorne dra dr Hoffmann als »Schultes, Notar, Gemeindewirt, Kaufmann, Katechet, Stondehalter, Faktotum«.

»So stand er trotz seiner pietistischen Einseitigkeit doch mit einer großartigen Weitherzigkeit als ein Mann von ungeheuchelter Gottesfurcht und ungewöhnlicher Gebetskraft, ohne Menschenfurcht, aber voll aufopfernder Menschenliebe, als ein Vater und Patriarch inmitten seines Hauses und seiner Gemeinde da und lebt als ›Vater Hoffmann‹ noch heute fort im Gedächtniß seiner näheren Anhänger nicht nur, sondern des ganzen evangelischen Volkes von Altwürttemberg.«

Sein oiner Jonger isch der Christoph Hoffmann (1815–1885), erst bei de Achtevierzger en dr Paulskirch en Frankfurt ond no nach Palästina ausgwandert mit seine »Templer« ond en Rephaim bei Jerusalem gstorbe.

Dr ander isch der Wilhelm Hoffmann (1806–1873), Professer ond Stiftsephorus en Dibenge. Den hat dr Preußekeenich Friedrich Wilhelm IV. anno 1852 trotz sprachlicher Behinderung (Schwabe) als Hof- ond Domprediger nach Berlin gholt (»Sein Einfluß auf Wilhelm I. wurde von Bismarck ungern gesehen«). Ond isch viermal gheirat gwä: Erst mit'me Dibenger Bäckerstöchterle namens Wilhelmine Beck. Drnach mit'me russische Diplomatetöchterle namens

Gottlieb Wilhelm Hoffmann (1771–1846)

Sofie von Stoffregen. Drittens mit'me preußische Generals- ond Kriegsministerstöchterle namens Clara Gräfin von Kanitz. Viertens mit'me wirtebergische Hofstallmeisters-töchterle namens Pauline Gräfin von Görlitz. Ond no hat dr (spätere) Kaiser Wilhelm I. gmoint: »Das nächste Mal aber bitte nicht meine Tochter!«.

Von dere Pauline (ihr Muetter isch a Zeppeline gwä), hat'r den Konrad ghet (1867–1959), dr letzte wirtebergische Oberhofprediger, der wo onsern Keenich Wilhelm II. anno 1921 en Ludwigsburg vergrabe hat.

Ond von dem dr Jonge isch der Professer Wilhelm Hoffmann (1901 – 1986), der hat en Degerloch »uff dr Villa« drusse gwohnt ond isch dr Direkter von dr Wirtebergische Landesbibliothek gwä ond Freund vom Thomas Mann ond Hermann Hesse ond vo no meh so.

Ond dem sei oiner Jonger isch der Professer Peter Hoffmann en Canada (mit dene historische Standardwerk über de Widerstand em Dritte Reich). Ond dr ander isch der Claus Wilhelm Hoffmann, vieljährig gewesener kulturfördernder Stadtschultheiß zu Biberach an dr Riß (der mit dr »Oberschwäbische Krankheit«).

Was die nächste Generation so treibt, woiß mr nemme, seit der Großvatter ond dui Großmuetter nemme uff de Degerlocher Märkt kommet. Weil aber bei dene Hoffmänner – im Gegensatz zu anderen namhaften Familien im Lande – keine destruktiefe Veranlagung vorhanden isch, wird scho ebbes Gscheits aus dene worde sei.

Gschlechtskranker

Johann Ulrich Pregitzer III.

Jeder gscheite wirtebergische Gschlechtskranke (wie mr die Ahneforscher, die Genealoge hierzulande au hoißt) kennt den Johann Ulrich Pregitzer III. († 1708). Des isch dr Jonge vom Johann Ulrich Pregitzer II. († 1672), dr Enkel vom Johann Ulrich Pregitzer I. († 1656) ond dr Vatter vom Johann Ulrich Pregitzer IV. († 1730).

Ond der Johann Ulrich Pregitzer III. isch an Lichtmeß, am 2. Februar 1647 en Dibenge uff d'Welt komme, da hat sei Vatter ond sei Ehne als Professer gschafft. Ond dort am Necker ond em grad so schwäbische Straßburg hat'r Jurisprudenz studiert ond Historie.

Ond mit 28 Jahr hend se'n als Professer für »Geschichte, Eloquenz und Politik« an des »Collegium illustre« (heute Wilhelmstift), an dui Adelsakademie »für Studirende höherer Stände« (wo für d'Universität dronternei z'bleed gwä send) gholt.

Ond nebeher hat'r sich mit dr Landesgschichte beschäftigt, isch en die Archiv neighockt ond ebbes em Land romgfahre ond hat des Sach zammetrage ond fürs Herzogshaus a (fast) fehlerfreie wirtebergische Geschichte verfaßt, sehr lesenswert, aber bis heut no net em Buechlade erhältlich.

Anno 1694 hat'r uff Stuegert komme därfe als »Oberrath und Oberarchivarius«, dr richtige Mann am richtige Platz, so wie später dr Herr Christian Friderich Sattler, dr Herr Christoph Friedrich Stälin ond dr Herr Eugen Schneider. (En spätere Zeite hat mr da net emmer soviel Glück ghet. Da hat's ghoiße: »Das Archiv ist eine Aufbewahrungsstätte für a] Ar-

Johann Ulrich Pregitzer III. (1647–1708)

chivalien und b] lebensuntüchtige Akademiker.« Gottlob isch des jetz wieder besser worde, die jonge Mädle ond Kerle en dene Archiv machet oim richtig a Freud).

Jetz hat onser Pregitzer III. sogar für de Kaiser Leopold I., wohnhaft zu Wien, romreise ond schaffe därfe. Hätt'r könne bleibe lasse, außer Spesen nix gewesen, »der kaiserliche Hof ließ sich nicht nicht einmal zum Ersatz der Reisekosten herbei«.

Bei de Franzose gibt's en Spruch, der hoißt: »Travailler pour le roi de Prusse« (zom Passelödah, omesonst schaffe, für nix ond wieder nix). Der Keenich von Preiße, der frischbachene Friedrich I., aber hat onsern Pregitzer aständig zahlt, wie der ihm dui »Geschichte des Hohenzollernschen Fürstenhauses« gschriebe hat. Ond hat's sogar anno 1703 en Berlin als »Teutscher Regierungs- und Ehren-Spiegel« drucke lasse. (Hätt mr könne uff dr Antiquariatsmesse für 2000 Mark kaufe).

Direkt an seim 61. Geburtstag, an Lichtmeß 1708 isch dr gscheite Kerle en Dibenge gstorbe ond hat soviel vollgschriebes Papier romfahre ghet. Zu onsrer äller Freud hend seine Buebe des net en Ofe oder en dui Grüne Tonne gschmisse, sondern als Buech rausgebe, das Standardwerk für Gschlechtskranke:

»Wirttembergischer Cedern-Baum, Oder Vollständige Genealogie Des Hoch-Fürstlichen Hauses Wirttemberg, Jn sechs Theilen, Aus denen besten und bewährtesten Autoribus und Genealogisten, Documentis publicis, auch glaubwürdigen alten Manuscriptis und Collectaneis anfangs zusammen getragen und entworffen Von Weyland D. Johann Ulrich Pregitzern, Hoch-Fürstl. Wirtt. Ober-und Justiz-Rath, und Hof-Gerichts-Assessore, Nachmahls elaboriret Und mit Historischen Anmerckungen vermehret und illustrirt Von dessen ältistem Sohn, gleichen Nahmens, Gewesenem vieljährigen Pfarrern zu Unter-Türckheim am Neccar, oberhalb Cantstadt, Nach desselben Anno 1730. erfolgten Tod aber heraußgegeben und biß auf jetzige Zeiten fortgesetzt Von seinem jüngern Bruder, Johann Eberhard Pregitzern, Hoch-Fürstl. Wirttembergischem ältisten Regierungs-Raths-Secretario zu Stuttgardt.« (1734)

Die Christmann von der Post

Anna Maria Christmann

Am 7. Februar 1697 isch en dem Degenfelder Dörfle Dürnau (jetzt Oberamt Göppenge) dui Anna Maria Christmann uff d'Welt komme. Ein multikulturelles, multireligiöses, multinationales Mischlingsmädle serbotürkisch-schwäbischer Provenienz.

Ihr Vatter isch nämlich a Serbe gwä aus Temeschwar. Den hend die Türke als Kend seine Leut weggnomme, als Mohammedaner uffzoge ond als Sklave ghalte, bis ihn anno 1688 des kaiserliche Heer befreit hat. Ond aus lauter Dankbarkeit ond weil'r sonst ja neamerts meh ghet hat uff dere Welt, isch'r bei dene Soldate mitzoge ond hat als Leibbursch bei dem Herr Oberstleutnant von Crailsheim gschafft. Ond wie die grad en Gingen an dr Fils em Quartier lieget, hat der Offizier den Kerle zom Pfarrer M. Georg Henseler en Konfirmandeunterricht gschickt. Ond an Philippi ond Jacobi, am 1. Mai 1695 isch der Muselmann uff den Name Thomas Christmann daift worde en dr Gingener Kirch.

Ond hat no a Schwäbin aus Dürnau gheiratet ond mit dere dui Anna Maria en d'Welt gsetzt. Isch aber no bald gstorbe, ond des Kend isch en bittrer Armut uffgwachse ond hat müeße bettle gange. Ond mit siebzehn Jahr, en dr größte Not ond dene teure Zeite (wo dieser Siech von Eberhard Ludwig mit seire »herzogliche Hur« en Saus ond Braus glebt hat), isch se en Männerkloider gschlupft ond hat als Müllersbursch gschuftet ond gschwitzt für Kost ond Logis.

Anno 1716 hend se em ganze Ländle Soldate gworbe für des Regiment »Alt-Wirttemberg«, daß die em Kaiser ond'm Prinz Eugen uff'm Balkan helfet gege die Türke. Ond dui Anna Maria hat sich gmeldet als Thomas Christmann ond die Werber hend nex gmerkt ond se en d'Uniform gsteckt: »weißer Rock mit rotem Aufschlag und rotem Kamisol, dazu aufgekrempten Hut mit weißen Borten, schwarzer Kokarde, weiße Kniestrümpfe und Schuhe, außerdem Gamaschen und Kittel«.

Ond am 20. Mai 1716 isch des Regiment mit Sack ond Pack von Ulm aus uff de Ulmer Schachtle dui Donau nagfahre ond am 5. August hend se scho mit'm Prinz Eugen dui Schlacht bei Peterwardein gwonne. Ond no hend se Temeschwar belagert ond am 14. Oktober endlich erobert.

Ond nach kaltem Wenter ond viel Honger ond Not (»so lang als ich Soldat bin, niemahlen kein fataleres Teufelsland für mich gefunden hab«) send se a paar Monat lang über den Balkan marschiert ond Mitte Juni bei Griechisch-Weißenburg (Belgrad) akomme ond hend helfe mitbaut an der »Brucken, daß man kunnt hinüberrucken mit der Armee wohl für die Stadt«.

Ond am 16. August hend se gege 230 000 Türke dui Schlacht bei Belgrad gwonne, vorne dra dr Prinz Eugen von Savoyen, dr Herzog Carl Alexander von Wirteberg ond des androgyne Mädle von Dürnau.

Dui Anna Maria hat nach dem Gemetzel »em Ra« en wertvolle Säbel vome türkische Offizier mitgnomme ghet. Ond ihr »Hauptmann D…« (Name der Red. nicht bekannt) hat ihr den für 100 Gulde abgflaucht, aber ihr statts dem Geld 100 Stockhieb auszahlt. Ond no hat des Mädle d'Nas voll ghet vom Soldäterles ond isch mit'me Kriegskamerade durchgange. Die zwoi send aber verwischt worde, ond so a

»furchtbarer Jurist« hat se wege Fahneflucht zom Tod verurteilt.

Ond jetz em Agsicht vom Galge hat se wie die Lady Luzie Lectrick (»weil ich ein Meeeeeedchen bin«) ihr Geheimnis doch verrate, ond mr hat die zwoi begnadigt. Ond sui isch en älle Ehre aus dr Armee entlasse ond hoimgschickt worde nach Wirteberg. Ond hat sogar a kleine Kriegerrente kriegt.

Ond no isch se ihrer Lebtag voll durch Stuegert marschiert – als Briefträgere. »Die Jahre eilten dahin. Aus dem schmucken Mädchen mit den energischen männlichen Zügen wurde ein altes Weiblein. Aber unermüdet eilte sie durch die Gassen dahin, pünktlich und gewissenhaft besorgte sie die ihr anvertrauten Briefe und Gelder. Beinahe 64 Jahre alt war sie, als der Todesengel bei ihr anklopfte. Am 4. März 1761 wurde sie in Stuttgart begraben, nach der Sitte jener Zeit bei Nacht.«

Praeceptor Germaniae

Philipp Melanchthon

Der Philipp Melanchthon isch so a saumäßig gscheiter Kerle gwä, daß ihn sogar die Domme kennet. Am 16. Februar 1497 isch'r en Bretten en dr Kurpfalz uff d'Welt komme ond sei Vatter isch a Waffeschmied gwä. Dr Jong aber hat seiner Lebtag lang bloß mit dr Feder kämpft, ond mit zwölf isch'r scho Student en Heidelberg gwä, ond mit siebzehn scho Magister ond Professer en Dibenge. Ond mit oisezwanzich hend se'n an dui Universität en Wittenberg gholt. Ond seit'm Frühjahr 1560 liegt'r dort au vergrabe en dr Schloßkirch, nebe seim beste Freund, dem D. Martinus Luther (1483–1546).

Was der »Praeceptor Germaniae« en dere Zeit älles an Sege über dui Menschheit bracht hat, wird mr en dem Melanchthon-Jahr 1997 en Presse, Funk ond Fernsehen no so richtig mitkriege. Mir Wirteberger aber verdanket ihm (onter anderem) dui wonderscheene Anekdote vom »reichste Fürste«, vom Herzog Eberhard em Bart.

Dui hat der berühmte Johannes Reuchlin uff'm Reichstag zu Worms anno 1495 selber mitverlebt. Ond dem sei Schwester soll ja dui Großmutter vom Melanchthon gwä sei (manche behauptet neuerdings des stemmt doch net), uff jeden Fall send se näch mitnander verwandt gwä (bei soviel Gscheitheit au koi Wonder), ond der alte Reuchlin hat dem jonge Philipple des Gschichtle verzählt. Ond später hat's no dr Melanchthon en Wittenberg seim Freund Luther weiterverzählt. Ond en »Luthers Tischreden« ka mr's zom erstemol nachlese:

»Dominus Philippus Melanchthon sagte ein Mal D. M. Luthern uber Tische: ›Daß er in seiner Jugend gehört hätte, daß auf einem Reichstage etliche Fürsten gerühmet hätten von den Gaben und Herrlichkeiten ihrer Fürstenthum und Lande. Und hätte der Herzog zu Sachsen gesagt, daß er silberne Berge in seinem Lande hätte und also ein Bergwerk gerühmet, welchs damals große Ausbeute gab. Der Pfalzgraf (zu Heidelberg) aber hatte seine gute Wein gelobet, die ihme am Rheinstrom wüchsen. Als nu Herzog Eberhard von Würtenberg auch sagen sollt, was er fur Herrlichkeit in seinem Lande hätte, da antwortete er: ›Jch bin wol ein armer Fürst und Euer Liebden beiden nicht nicht zu vergleichen, jedoch so hab ich auch ein groß Kleinod in meinem Fürstenthum, daß, wenn ich mich verritten hätte und aufm Felde gar alleine wäre, so kann ich doch in eines jeden meiner Unterthanen Schoß sicher schlafen.‹ Wollt sagen, daß seine Unterthanen ihn so lieb hätten, daß er bey ihnen hausen und herbergen könnte und sie ihm alles Liebes und Gutes thun würden. Und seine armen Leute haben ihn auch gehalten für den Patrem patriae. Als solchs die andern Fürsten, als Sachsen und Pfalz gehört hatten, da hatten sie selbs erkannt, daß dies das edelste Kleinod und Gut wäre.‹«

Dr Justinus Kerner hat no als Onteramtsarzt en Gaildorf dui Nationalhymne »Preisend mit viel schönen Reden« draus dichtet. Ond da wird's ons Wirteberger richtig warm oms Herz. Ond wenn je die Scheich ons wieder amol den Ölhahn zuedrehet, no soll halt s'Radio statts dene (alsdann überflüssige) Verkehrsdurchsage äll halb Stond dui Hymne spiele, da wird's ons so warm oms Herz, da brauchet mir gar koi Heizöl meh. Ond wem's da net warm wird, der soll ruhig friere.

Dr Johannes Reuchlin übrigens hat en Stuegert direkt nebe dr Stiftskirch gwohnt, da wo no der »schwäbische Leonardo da Vinci«, dr Heinrich Schickhardt (1558–1635) den scheene Fruchtkaste nagstellt hat. Ond als Zehnmolurenkele

Philipp Melanchthon (1497–1560)

vom Schickhardt duet oim des en dr Seele weh, wenn mr mitkriegt, daß a paar effangelische Brüeder ond Schwestre onser Stuegerter Stiftskirch auße ond enne so kotzmillionisch verschandle wöllet ond no so deant, als wär des des Normalste von dr Welt. Ond onter ons, i han bis jetz no koi gotzige Menscheseel troffe, wo net hehlenge oder offe gege des Glomp goscht hätt.

Elefanten sind in der Stadt

Em Februar 1697, isch dr erste lebige Elefant uff Stuegert komme ond romzeigt worde.

Die ällererste Elefante hat selbichsmol dr Hannibal mit seine Krieger aus Karthago nach Europa bracht ghet. Ond dr erste Elefant en Deutschland isch dr »Abul Abbas« gwä, den hat dr Harun al Raschid, Kalif von Bagdad, seim abendländische Kollege Karl dem Große gschenkt.

Em Lexikon aber stoht dren, dr erste Elefant sei »als diplomatisches Geschenk König Johanns II. von Portugal an Kaiser Friedrich III.« anno 1483 nach Innsbruck komme. Auch Lexiköner können irren.

Onser Stuegerter Elefant aber hat vorher en dr türkische Armee vom Großwesir Kara Mustapha gschafft bei dene 200 000 Mann, die wo Wien belagert hend. Am 12. September 1683 aber hend mir ja dui Schlacht am Kahlenberg gwonne, ond die Türke hend älles liege ond stande lasse ond send abghaue, ond Wien isch wieder frei gwä, ond des hauptsächlich dank dem Polekeenich Jan Sobieski ond seim tapfere Heer. (Ironie der Weltgeschichte: Dui Türkei isch heut en dr NATO, Polen aber net).

Onser Elefant stoht also herrelos am Kahlenberg rom, ond bei dem Überangebot an Göckele em Wienerwald isch koi Metzger an ihm intressiert gwä. Statt desse hend ihn zwoi

Stuttgarts erster Elefant
Gemalt von Pfarrer M. Daniel Pfisterer (1651–1728)

Holländer uffkauft, dr Anton ond dr Barthel Verhagen aus Amsterdam, die hend dort a Wirtschaft ghet »Zom weiße Elefante«. Ond hend sich im Hinblick auf Lou van Burg, Heintje, Carell & Co jedefall gsait, en dr Medienbranche isch meh Geld verdient wie en dr Gastronomie. Ond send mit dere Türkekriegsbeute von Stadt zu Stadt, von Volksfest zu Jahrmarkt zoge, ond wer Geld ghet hat ond zahlt, der hat des furchterregende exotische Viech agucke därfe.

Ond so send die Holländer au uff hie komme ond hend so en Zulauf vo naseweise Nesebachler ghet, daß se net amol a Plakat en deutscher Sprach hend drucke müeße:

»Anno 1697 im Februario ist ein solcher Elephant Von 2 Holländern zu Stuttgart in der Statt-Werckhauß (Anm.: Schleyerhalle) umbs gelt gezeiget worden. Die auffschrifft der außgehängten Tafel war: Allhie iß on richt Africanisch Olifant met sinen Künsten te sien.«

Ond des mit dem niederländische Wilhelma-Vorläufer wisset mr bloß, weil der Köngener Pfarrer M. Daniel Pfister (1651–1728) seit 1716 sein »Buch von Menschen, Tieren, Blumen, Gewächsen und allerlei Einfällen« verfaßt hat ond mit wonderscheene farbige Bildle ond feine Versle versehe, »ein Werk, das seinesgleichen sucht«. Eine landes-, natur-, kultur- und sozialgeschichtliche Rarität ällerersten Ranges ond onter dem Titel »Barockes Welttheater« als Farbfaksimile samt Erläuterungsband en jedem gscheite Buechlade erhältlich.

Übrigens no ebbes über 150 Jahr älter isch des Bildle vom Stuegerter Ratsherr Sebastian Küng en seiner Wirteberger Chronik von 1554. Der arme Kerle hat seiner Lebtag no nie so en Elefante gsehe ghet, außer uff dene Wappe vo de Grafe vo Helfenstein (»Helfantsteiner«). Ond da hend die Viecher älle so Fledermausohre ond gspaltene Füeß wie die Klaue vo de Küeh, ond so hat'r no au des Wappe von dr Gräfin Katharina von Wirteberg, geborene Gräfin von Helfenstein (vor 1333 bis nach 1386), »Stifterin des ältesten Stuttgarter Spitals zu Sankt Katherinen«, gmalt.

Dem Küng seiner isch dr älteste Elefant en Stuegert. Ond wer en no ältre fendet, der därf omesonst en d'Wilhelma. Aber gell, die Cannstatter Mammut geltet fei net.

Machet bloß koin Scheiß!

Karl Kopp

Jeder kennt die zwoi Sprengbronne uff'm Schloßplatz. Kaum oiner woiß, wer se gmacht hat. Oder hättet Sie's vielleicht gwißt, daß die Bronne vom Hofbaumeister Christian Friedrich von Leins, die Figure dra aber von dem Bildhauer Karl Kopp stammet, daß der die zu Keenichs (Wilhelm I. von Wirteberg) Geburtstag am 27. September 1863 (seim letzte) gschaffe hat, daß die näckediche Kender an dem oine Bronne dui Donau, Nagold, Tauber ond Jagst, am andre Bronne de Necker, Kocher ond dui Fils ond Enz darstelle sollet?

Der Professer Karl Kopp isch am 1. März 1897 en Stuegert gstorbe ame Schlagafall mit oisesiebzich Jahr. Ond en dem bißle Papier, was's über den Ma gibt, stoht net amol dren, was sei Vatter gwä isch.

En Wasseralfenge isch'r uff d'Welt komme am 24. Oktober 1825, isch en Stuegert uff dui Kunstschuel gange ond hat als jonger Stift dem Baumeister Ludwig von Zanth mithelfe därfe em Keenich dui Wilhelma baue en Cannstatt.

Ond mit dem Geld isch'r nach Paris gange ond hat weiterstudiert an dr »Ecole des Beaux Arts« bei de beste Lehrer vo ganz Frankreich. Ond wien'r wieder hoimkomme isch, hat'r a Stell kriegt en Biberach. Ond ame scheene Dag anno 1862 hend se'n uff Stuegert gholt als »Lehrer des Ornamentzeichnens und Modellirens« ans Polytechnikum (jetz Universität).

»Seine Aufgabe war es, bei den angehenden Künstlern und Architekten den Sinn für das Schöne und Edelgeformte zu wecken und zu pflegen; in hervorragendem Maße ist es seiner feinsinnigen Einwirkung und liebreichen Art gelungen, diese Aufgabe zu lösen; in reichem Maße hat er die Hochachtung seiner Kollegen und die Liebe seiner Schüler zu gewinnen verstanden.«

Aber »als ausübender Künstler ragte er über den Durchschnitt nicht hervor.« Trotzdem send se schee, die Köpf beispielsweis, won'r für dui Empore von dr Schloßkirch em Alte Schloß hat mache därfe, vom Karl dem Große über de Paul Gerhardt bis zom Gustav Adolf ond so.

Ond wie liebevoll hat dr Kollege Kopp die elf Grafestandbilder vom Meister Sem Schlör von Laudenbach wieder hergrichtet, wie anno 1879 der Stuegerter Stadtbaurat Adolf Wolff den Chor von dr Stiftskirch restauriert hat.

Ond damit wäret mr beim Thema: Seit Woche isch mir koi gotzicher Mensch meh über de Weg gloffe, vom Stadttaglöhner bis nuff zu de Bürgermoister, von dr Frau Professer bis nom zom Chefarzt, vo de Herre Präsidente höchster staatlicher Institutionen bis zom Stondebrueder, wo net gmoint hätt, daß die nemme ganz bache send, wo onser Stiftskirch so kotzmillionisch verschandle wöllet.

Langt's denn net, daß se nach'm Krieg so riegelsdomm gwä send ond dieses »spätgotische Juwel« net en dr alte Scheeheit (wie sonst überall die Kirche en »Trizonesien«) wieder nagstellt hend?

Anno 57 send die 26 berühmteste ond gscheiteste Bau- ond Kunsthistoriker vo ganz Germania über den vergratene Wiederaufbau herzoge, ond en dr Stadtchronik ka mr's nachlese: »Das Aposteltor, vormals das berühmteste Beispiel einer Portalarchitektur der deutschen Spätgotik, werde in unglaub-

Brunnenfiguren am Schloßplatz
von Karl Kopp (1825–1897)

licher Weise verstümmelt, der Langhausinnenraum völlig vernichtet. Der Wiederaufbau der Stiftskirche wird als eines der traurigsten Kapitel in der Geschichte deutscher Baudenkmale nach dem Kriege bezeichnet. Am Ende der Entschließung geben die Fachleute ›ihrer berechtigten Hoffnung Ausdruck, daß sich im Interesse der deutschen Kunst und Denkmalpflege ein derartig eklatanter Mißgriff nie mehr wiederholen möge‹.«

Ond jetz nach vierzich Jahr kommet die drher ond wöllet scho wieder so en Kreuzgranadableedsenn mache. Für 18,7 Millione Mark.

Daß der Abau vo dem multifunktionale Scheißhaus (»schafft bewußt eine stadträumliche Enge zwischen dem Schillerplatz und dem intimen Kirchenvorplatz«) krottewüescht isch ond verbotte ghairt, des hend mittlerweil sogar scho die Blindgänger gmerkt. Daß aber des Innere vo dr Kirch grad so saumäßig verschandelt werde soll (»erhält eine neu gestaltete Decke als Stahlkonstruktion mit Druckstäben und Zugseilen, die das ursprüngliche gotische Gewölbe in eine heutige Architektursprache ›übersetzt‹.«) des wisset no net älle.

Liebe Brüeder ond Schwestre vom Kirchegmeinderat, die wo Ihr so hopplahopp über dieses Glomp abstemme sollet, ersparet Euch ond Stuegert diese Blamasch ond schicket den Kerle mit seine bleede Plä em ICE wieder hoim nach Hamburg. S'Fahrgeld könnet'r'm ja zahle, aber koin Pfennich meh.

Ond onter ons, des Denkmalamt wird ond därf so en Dreck doch nie genehmige. Ond falls doch, versprechet mir hoch ond heilig, daß sich grad gnueg jonge ond alte Wirteberger fendet, wo onter des vierzich Jahr alte Stiftskirchedach nasitzet ond des neue Gsangbuech vo vorne bis hente, ond wieder vo hente bis vorne durchsenget, ond dui Bibel von dr Genesis bis zur Offebarung anandernach ronterleset bis zum Kirchetag. Machet also, om Gottes Wille, bloß koin Scheiß! Oimol neidappt langt.

Koi Bachel, der Bach

Carl von Bach

Unmittelbar nach der Wende wurde der Verf. an die damalige Karl-Marx-Universität zu Leipzig gerufen, um zu dem abendfüllenden Thema »Die sächsisch-schwäbischen Beziehungen von Christi Geburt bis zu Honeckers Tod« zu schwätzen. Letzterer lebte seinerzeit im Pfarrhaus zu Lobethal, und die informellen Mitarbeiter der noch nicht abgewickelten Firma Mielke & Wolf (Société Anonyme, Berlin-O) lauschten konzentriert den Ausführungen des Referenten. Etwaige Interessenten an obiger, ansonsten bisher von keinerlei Literatur erfaßter Thematik mögen sich daher vertrauensvoll an die Gauck-Behörde wenden.

Rund drei Minuten dieses Vortrags waren Carl von Bach, dem aus dem Erzgebirge gebürtigen Degerlocher Mitbürger (Waldfriedhof) gewidmet.

Am 8. März von dem Hongerjahr 1847 isch dieses Käpsele uff d'Welt komme en Stollberg, onterhalb von Chemnitz. Sei Großvatter hat den elterliche Baurehof net kriegt ond isch deswege Sattler worde ond hat Kuehkommert ond Gaulsgschirr gmacht. Sei Vatter, au a Sattler, isch als Gsell uff dr Walz anno 1841 nach Stuegert komme ond hat bei dr Wagebauastalt Nägele s'Kutschebaue glernt. Ond hat no später en Stollberg selber so en Lade uffgmacht, hat aber wege dere neue Eisebah kaum meh a Gschäft gmacht als Wägner ond isch mit dr Zeit verarmt ond direkt froh gwä, daß'r nebeher no a bißle Landwirtschaft ghet hat mit a paar Küeh ond Säule.

Obwohl der kleine Carle scho mit'me Dreivierteljahr hat laufe könne, isch'r a ewigs Sorgekend gwä, uff dr Long hat'r's ghet, ond en oim Jahr hat mr 224 mol de Dokter hole müeße, ond des älles ohne Allgemeine Ortskrankekass.

Oineweg isch'r en dr Schuel emmer dr Beste gwä. Ond nach dr Konfirmatio wär'r gern Bauer worde, aber dr Vatter hat's net glitte. No hat'r halt Schlosser glernt, trotz seire engbrüstige Konstitutio, ond oft vo morgnets om sechse bis en d'Mitternacht nei schaffe müeße. Ond hat obedrei no em Turnverei romturnt ond ausgsproche gsond glebt (»viel Milch, wenig Alkohol«).

Mit sechzehn hat'r sei Gsellestück gmacht ond isch uff d'Walz gange ond hat jetz bloß no 55 Stond en dr Woch schaffe müeße, em Akkord en dr Dampfmaschinefabrik Hartmann en Chemnitz, zamme mit dem jonge böhmische Herr Skoda, wo no später dui Autofabrik en Pilsen uffgmacht hat.

Ond no isch'r a Semester lang uff d'Gwerbeschuel gange en Chemnitz, ond wien'm s'Gerstle knapp worde isch uff d'Werkmeisterschuel komme ond hat dui mit Auszeichnung absolviert. Ond no hat'm a reicher Handwerker aus Stollberg s'Geld gebe, daß'r hat könne am Polytechnikum en Dresden Maschineingeniör studiere.

Ond em Herbst 1868 (wo mir Degerlocher so en guete ond soviel Wei kriegt hend wie vorher no nie ond nachher nemme) hat'n sei früherer Lehrer, der Professer Kunkelmann als Assistent zu sich nach Stuegert ans Polytechnikum gholt mit oisezwanzich(!). Jetz hat'r könne ebbes verdeane ond oineweg nebeher weiterstudiere.

Aber no hat dr Krieg agfange mit'm Kaiser Napoleon III. ond de Franzose, ond der Carle isch als »Einjährig-Freiwilli-

Carl von Bach (1847–1931)

ger beim Feldartillerie-Regiment Nr. 12« mitzoge anno 1870 / 71 ond hat helfe gwonne.

Nach'm Siebezgerkrieg hat'r bald dees, bald sell gschafft, en Winterthur en dr Gießerei Sulzer, en Chemnitz bei dr Wasserversorgung, en Karlsruhe, won'r voll fertigstudiert ond sein Dipl.-Ing. gmacht hat, en London, en Wien, en Bautzen, da hat'r »Dampffeuerspritze« baut, aber nergets isch'r so richtig glücklich gwä wie anno 1878, wo se'n als »ordentlicher Professor des Maschineningenieurwesens an die Technische Hochschule Stuttgart« gholt hend.

Ond'r hat jetz gschafft für drei ond mit dr Zeit isch'r so ebbes wie dr »Papst des deutschen Maschinenbaus« worde. Ond hat so a haseberghohe Beug vo blitzgscheite Büecher ond

Abhandlunge verfaßt, wo so Dommerle wie mir gar nemme kapieret.

Ond isch a Sege gwä für Stuegert ond Wirteberg, ond en halb Europa hend se'n an ihre Universitäte hole wölle, aber er isch für emmer hie bliebe.

Ond vo dem viele Sach, was mr dem sächsische Baurebue, Schlossergsell ond Professer zom verdanke hend, könnet mr wegem Platz bloß a bißle ebbes uffzähle: dui Materialprüfungsanstalt an dr TH, daß'r de Graf Zeppelin emmer onterstützt hat, daß'r de Robert Bosch zom Wohltäter ond Milliornestifter gmacht hat, daß'r selber grad gnueg Geld hergschenkt hat, daß'r dr »Schöpfer und Vorsitzende des Allgemeinen Verbandes der Deutschen Dampfkessel-Überwachungsvereine« (TÜV) isch. Ondondond.

Drbei isch'r ganz bescheide ond ohne Krattel bliebe, trotz »von« ond Ehrebürger ond Ehresenator ond »Dr.h.c.mult.« Ond hat emmer für die »Milderung der Klassengegensätze« gschriebe, gschwätzt ond kämpft. Wär schee, wenn's meh so Bach gebe dät statts dene viele Bachel, Ihr wisset scho.

Des Elend mit Stuegert ond mit dr Welt hat'r nemme gsehe. Seit Mitte Oktober 1931 liegt'r uff'm Waldfriedhof vergrabe (glei dort beim Gebhard Müller, des isch au so a gueter Ma gwä). Dankschee, daß se des Grab wieder so sauber hergrichtet hend.

Vaihingen verkauft

An den Iden des März, am 15. März 1297 hat der Pfalzgraf Götz I. von Tübingen (»der Böblinger«) sein Dorf Vaihingen a.d. Fildern (»villam in Vogingen«) wg. finanzieller Schwierigkeiten an des Sankt Katharinenspital der Freien Reichsstadt Esslingen verkauft om 500 Pfund (= 120 000 Stück Schwäbisch-)Heller. Zwoi Jahr vorher hat'r scho Möhringen a.d.F. für 520 Pfund Heller an des Spital verscherbelt ghet.

Die Wirteberger Grafe hättet ja gwieß no meh zahlt drfür, aber dene agress-, primit- ond expansiefe Brüeder aus Beutelsbach hat'r des net gönnt. Wenn mr scho verkaufe müeßet, hat'r sich denkt, no lieber dene Esslenger Pfeffersäck, dene Erbfeind vo de Wirteberger. Ond die Reichsstädter mit ihre Haufe Heller hend sich glei am 10. Mai au no vom Ritter Konrad von Bernhausen für 110 Pfund Heller den Katzebacher Wald (»silvam dictam Kazenbach«) zueglegt, so daß se jetz en richtige Sperriegel gege die Wirteberger uff de Filder ghet hend.

Des isch scho a Tragödie, wie's mit dene Tübinger abersche gange isch, so hochwohlgeborene Leut (»zählten zu den Vornehmsten Schwabens«), so reiche ond mächtige Leut (»der Pfalzgraf war Stellvertreter des Herzogs von Schwaben«), so aständige Leut (»Gründer so bedeutender Klöster wie Bebenhausen, Blaubeuren, Obermarchtal«). Ond was die für ein Sach ghet hend vom Schwarzwald bis nuff an d'Lahn ond na nach Vorarlberg (Anm.: Dieses unter oesterreichischer Verwaltung stehende schwäbische Bundesland hat noch heute das Tübinger Wappen als Landesfahne).

Aber se hend halt emmer so en Haufe Kender ghet, ond hend ihr Sach vertoilt wie die Baure, jedem de gleiche Zipfel. Ond während die Wirteberger emmer bloß oin Erbe ghet hend (Familienplanung?), hend sich die Tübinger en so viele Familiezweigle ufftoilt, daß mr se fast net zammekriegt (ond oft gnueg hend die Vetterle no gegenander gschafft): die Linien Tübingen-Herrenberg, Tübingen-Horb, Tübingen-Böblingen, Tübingen-Asperg, Tübingen-Gießen, Tübingen-Lichteneck, ond die Herrschafte en Vorarlberg send ja au Tübinger, die Grafe von Werdenberg, Werdenberg-Heiligenberg, Werdenberg-Sargans, Werdenberg-Sargans-Vaduz, Werdenberg-Sargans-Vaz, Werdenberg-Sargans-Trochtelfingen, Werdenberg-Albeck, die Grafe von Montfort, Montfort-Feldkirch, Montfort-Bregenz, Montfort-Tettnang, ondondond, älles lauter Tübinger.

Die sparsame Wirteberger (wo statts ebbes stifte lieber stifte gange send ond die Staufer mit uff'm Gwisse hend) hend mit dr Zeit dene Tübinger doch no voll älles abgflaucht (Uhland: »Ich, Pfalzgraf Götz von Tübingen verkaufe Burg und Stadt«: Tübingen). Bloß nach Vorarlberg hat's Gerstle net naglangt, des hend sich hauptsächlich die (au schwäbische) Habsburger onter de Nagel grisse.

Die Werdenberger send 1534 ausgstorbe, die Montforter 1787, ond dr letzte legitime Tübinger 1634. Sei lediger Sprößling Johann Georg isch 1667 em wirtebergische Staatsdienst als Schloßhauptmann von dr Stammburg Hohentübingen gstorbe. Des isch grad, wie wenn dr Urururenkel vom Bosch em Betrieb als Parkplatzwächter, oder der vom Breuninger en dr Firma als Fahrstuhlführer schaffe müeßt.

Für über 500 Jahr aber send Vaihenge ond Mairenge als Spitaldörfer bei Esslenge bliebe ond a Pfahl em Herz von Wirteberg, ond bei jedem Krieg mit'm Erbfeind, ond wieviel send des gwä, send se en des ganze Elend neizoge worde. Erst 1802 hat dr Napoleon Esslenge samt seine Filderdörfer em dicke Friedrich, Keenich von Bonapartes Gnaden, en Rache neigsteckt. Ond anno 1942 hat der Oestreicher Astreicher mit dem Rotzbremserbärtle die Mairenger ond Vaihenger zwangsweis zu Stuegerter gmacht.

Mit äll ihrer Gscheitheit hend die Vaihenger des net verhendre könne. Ond was könnet die für en Haufe gscheite Leut vorweise. Bloß a paar Beispiel:

Der Karl Gustav Vollmoeller (1878–1948, Los Angeles), der hat net bloß den Flieger konstruiert, »mit dem sein neun Jahre jüngerer Bruder Hans am 14. August 1910 als erster Schwabe durch das Neckartal flog«, sondern au des Filmdrehbuch für dr Marlene Dietrich ihrn »Blaue Engel« gschriebe. Übrigens der schwäbische Schauspieler Alexander Gittinger, wo seit a paar Jahr en Hollywood schafft, isch au a Vaihenger.

Oder dui Fanny Leicht (1854–1939), Brauereibesitzerstöchterle ond -gemahlin ond Wohltäterin ond Schulstifterin, dui hat ihr Gscheitheit sicher von ihrem Urehne, dem Herzog Carl Eugen (1728–1793). Ond dui hat se sicher au vererbt an ihrn Urenkel Robert Leicht. Der isch jetz nämlich dr Chefredakteur vom Amts- und Intelligenzblatt »ZEIT« (Zentralorgan Elitärer Intellektueller Teutschlands) en Hamburg. Ond des trotz eines Geburts- ond Sprachfehlers, nämlich Schwabe.

Starker Tobak

Öffentliches Rauchverbot in Stuttgart aufgehoben 1847

Onser edles Sauerkraut, hat scho der Professer Ludwig Uhland (1787–1862) festgstellt, isch die Nationalspeise Germaniens ond gsond ond eine Wohlthat für dui ganze Menschheit. Ond des beste Kraut von dr Welt, moint dr Professer Josef Eberle alias Sebastian Blau (1901 – 1986), kommt vo dene fruchtbare Filder »welche eine Stunde oberhalb Stuttgard bey Degerloch anfangen, sich über Vayhingen, Mußberg, Steinenbronn, Waltenbuch, Grötzingen, Wolfschlugen, Köngen, Nellingen, Ruith, Hewmaden, bis wieder nach Degerloch erstrecken«. Ond scho wege dem Filderkraut alloi ghört jeder Quadratmeter fruchtbarster Filderbode onter Naturschutz in diesem unserem Lande des Weiß-, Rot- und Schwarzkohls.

Heute aber schwätzen mir ausnahmsweise nicht über die obgenannte, unserer Gesundheit so zuträgliche Gottesgabe, sondern leider über das unselige Teufelskraut namens Tabak, welches mir hauptsächlich wilden Naturvölkern wie den Indianern und den Badenern zu verdanken haben.

Bei äller Verehrung ond Dankbarkeit für das Genie Johann Peter Hebel (1760 – 1826), so isch doch nicht älles, was über die Schwarzwaldberge aus Baden nach Wirtemberg gekommen isch, ein Segen für onser Land gwä (man denke etwa an jenen gedächtnisschwachen Ministerpräsidenten F.).

Das Schlemmste ond Gefährlichste aber, was mir aus Baden bekommen haben, isch emmer noch diese heimtückische Droge namens Tabak, die en diesem von der Sonne vielleicht zu sehr verwöhnten Lande auch heute noch legal angepflanzt werden därf.

Einstens von badischen Dealern hehlenge ond aus niederträchtigem Gewinnstreben en onser schönes, sauberes Land gebracht (»Der geneigte Leser muß vor allen Dingen wissen, daß es zwei gelobte Länder in der Welt gibt, das eine ist das Land Canaan oder Palästina, das andere ist Württemberg« Ch. G. Barth 1843), erfreute sich dieses mörderische Rauchgift bald in der trotz der weltweit progressivsten und demokratischsten Schulpolitik noch vorhandenen intellektuellen Unterschicht regen Zuspruchs.

Und als selbst mit polizeistaatlichen Mitteln der Einfluß des Drogenkartells aus der Oberrheinischen Tiefebene nicht mehr zurückgedrängt werden konnte, entschloß sich die damalige Landesregierung, bestärkt von der nahenden 48er-Generation, zu einer radikalen, ja tragischen Wende in der Drogenpoltik.

Am 17. März 1847 meldet die Stuttgarter Stadtchronik: »Durch Königliche Entschließung wird das Verbot des Tabakrauchens auf den Straßen und öffentlichen Plätzen der Residenzstadt aufgehoben«.

Ach, Du guter, weiser Keenich Wilhelm I., der Du doch sonst so saumäßig segensreich für Deine Wirteberger gwirkt hasch, Du muesch bsoffe gwä sei, wo Du dui Dommheit onterschriebe hasch.

Schon der große Johann Wolfgang von Göthe (1749–1832), nach Schiller, Hölderlin, Hebel ond Mörike wohl der fenftwichtigste deutsche Dichter, hat gschriebe: »Das Rauchen macht dumm. Es macht unfähig zum Denken und Dichten. Es ist auch nur für Müßiggänger, für Menschen, die Langeweile haben...«

Hier irrte Göthe nicht: Diese friedfertigen Wirteberger, dene seit'm geniale Herzog Christoph (1515–1568) jeder Agriffskrieg von Staats wege verbotte gwä isch, marschieret jetz uff oimol mit'm Zigarettle en dr Gosch ond ihre vernebelte Hirn en dr Weltgschicht rom anno siebzich/oisesiebzich, vierzeh/achtzeh, neunedreißich/fenfevierzich…

Ond der große, aber schwäbische Kulturphilosoph Carl Friedrich Freiherr von Fröschle aus Beutelsbach hat em Band VII seines Werkes »Der Untergang des Schwabenlandes« vermerkt: »Das Rauchen macht nicht dumm. Man ist schon domm, wenn man sich ein Zigarettle anzöndet. Denn das Dommerle zahlt noch Geld für sein eigenes Unglück, Leid und Elend. Wenn man sich schon unbedingt das Leben nehmen möchte, dann statt des jahrelangen teuren Umwegs über die Lunge doch bitteschön gleich mit einem Messerstich in die Herzgegend. Das ist effektiver, schneller und preisgünstiger, also schwäbischer.«

Ond dr Mark Twain hat au gmoint, des Rauche sei dermaße doof, daß er's scho hondertmol uffgebe häb. Also, scho mit a bißle guetem Wille ond Nachdenke kann jeder halbwegs intelligente Mensch von diesem scheußliche Schnullerersatz loskomme. Weil dieser Schritt aber zu einer weiteren dramatischen Verschuldung der öffentlichen Auf- und Zuhälterhand und drastischen Verlusten von Arbeitsplätzen in der Tabakindustrie, in Handel und Werbebrantsche, im Gesundheitswesen und Bestattungsgewerbe einschließlich Sargnagelfabriken und Friedhofsgärtnereien führen würde, empfehlen wir unser bereits 1971 in Degerloch entwickeltes, klinisch getestetes, tausendfach bewährtes, rezeptfreies und unfehlbares Raucherentwöhnungsmittel »DR. RAFF ANTIPAFF« als strukturell nationalökonomischere jedoch gesellschaftspolitisch sozialverträglichere Alternatiefe.

Man nehme: Als Erwachsener eine Bierflasche (möglichst mit Henkelverschluß), als Jugendlicher eine Colaflasche, ent-

König Wilhelm I. von Württemberg (1781–1864)

leere dieselbige und ersetze das dann darin befindliche Kohlenmonoxydozonstaubluftgemisch durch eine H_2O-Füllung aus dem badischen Teil des Bodensees (Sipplingen). Man versehe danach die Flasche mit einem selbstgemalten Etikett: »ANTIPAFF. Zigarette vor dem Anzünden bitte dreimal kräftig eintunken.«

Habich Jubiläum

Ludwig Habich

Hocket mir amol wieder en dui Landesbibliothek ond gucket em »Schwäbische Merkur« nach'me Jubiläum, so Ende März 1797:
Dr Napoleon treibt sich en Oberitalien rom ond händelt mit de Oestreicher. Dr große Katharina ihr Kloiner, dr Zar Paul, grad erst ens Regiment komme, teilt sein Russisches Reich en 41 Statthalterschafte ei. Der isch verheiratet mit onsrer wirtebergische Maria Feodorowna. Dere ihr Vatter, dr Herzog Friedrich Eugen, verlebt grad sein letzte Frieleng. Ond ihr Brueder, der dicke Friedrich, guckt jetz astandshalber nomol nach'me Weib, obwohl'r doch seine Stallsknecht viel ärger mag. Ond en dr Reichsstadt Ulm hat dr Magistrat die Haufe kirchliche Feiertäg älle vom Wertich uff de Sonntich glegt, um so »die öffentliche ReligionsUebung mit der, Gott eben so gefälligen Arbeitsamkeit und Sorge für das zeitliche Wohl Unserer geliebten Bürger und Unterthanen zwekmäßig zu vereinigen«. Also beim beste Wille koi gscheits Jubiläum, drfür nächst Woch glei drei uff oin Schlag. Zieget mr also ois vor:

Wieder oiner, wo kaum no ebber kennt en Stuegert. Aber jedes Kend kennt den »Goldene Hirsch« uff dr Kuppel vom Kunstgebäude am Schloßplatz. Der stammt von dem Bildhauer Ludwig Habich aus Hessen, ond der isch am 2. April

1872 en Darmstadt uff d'Welt komme. Ond isch scho a kleine Berühmtheit gwä onter dene Künstler ond hat scho halb Darmstadt mit Denkmäler versorgt ghet, wie se'n anno 1906 als Lehrer an dui Technisch Hochschuel ond dui Kunstgwerbeschuel nach Stuegert gholt hend. Ond weil'r sei Sach so

Ludwig Habich (1872–1949)

guet gmacht hat, isch'r anno 1910 sogar dr Nachfolger vom Professer Adolf Donndorf worde als »Leiter der Bildhauerklasse an der Akademie der bildenden Künste zu Stuttgart«. Ond oiner vo seine Lieblingsschüeler isch der Fritz von Graevenitz gwä, dr Onkel vom Carl Friedrich ond Richard von Weizsäcker ond dr Gegeschwieger vom Robert Bosch.

Der Herr Jubilar Habich mueß aber ein scharfer Hond gwä sei: »Manchmal konnte er sehr zornig und unbeherrscht sein, besonders dann, wenn ein unbegabter, aber fleißiger Schüler seine Leistungen überbewertete. Mit dem Ausspruch 'Fleiß ist kein Genie' zertrümmerte er dann Unbedeutendes. Doch ebenso schnell wie gekommen, verflog sein Zorn auch wieder.«

Ond fleißig isch'r au gwä. Aber viele vo seine Sache send em Krieg ontergange. Aber dui Alte Oper hend se ja (em Gegesatz zur Stiftskirch!) Gottseidank wieder so schee restauriert, ond »der Gesamtentwurf des plastischen Schmucks am und im Großen Haus stammt von Habichs Hand.«

Ond jeder Student en Dibenge kennt das »Denkmal der unbekannten BAFÖG-Empfänger«, die zwoi näckediche, bronzene Läufer am Henterausgang von dr Neue Aula, die send au von ihm, ond die hebet ihre Händ so abweisend na, als wär dui Universität zom Drvolaufe. Ond ab ond zue werdet die zwoi Kamerade von akademische Lausbuebe mit wollene Onterhose, rostige Fahrräder oder ausbrauchte Kränz vom Stadtfriedhof schräg vis-à-vis versorgt.

Anno 1937 isch'r mit fenfesechzich en Ruhestand gange ond mit're scheene Pensio vom wirtebergische Staat wieder hoim nach Hessen zoge. Ond anno 44 hat'r bei'me Luftagriff uff Darmstadt sei ganzes Sach, älles, bis uff sei Lebe verlore.

Wien'r des verkraftet hat, des stoht en dem Fenfseite-Uffsätzle, wo's über den Bildhauer grad gibt, net dren. Am 20. Januar 1949 isch'r gstorbe. Der Ma, wo den »Goldene Hirsch« am Schloßplatz gmacht hat.

Hang zum Gold

Alchemist Georg Honauer

Egal wo uff dr Welt, ob en Weißrußland, Venezuela oder en Wirteberg, die Brüeder, wenn se amol obedra send, haltet die gar nex meh vo dem Paulus seim Bibelvers »Geben ist seliger denn nehmen« ond send uffs Geld aus wie dr Deifel uff a arme Seel.

So oiner isch au onser Herzog Friedrich I. (1557–1608) gwä, der hat en seiner Kendheit zviel »Rumpelstilzchen« glese ond en Narre an dr Alchemie, an dr Goldmacherei gfresse ghet. Ond vo überall her send so Lompe uff Stuegert komme ond hend steif ond fest behauptet, sie häbet den »Stein der Weisen« endlich gfonde ond sie könntet aus Silber Gold mache.

So hat em Mai 1596 der angebliche »Freiherr Georg von Brunnhof und Grobeschütz« am Alte Schloß gschellt ond isch mit seim Vertreterköfferle ond seire Gosch zom Herzog komme ond hat verzählt, mit seire Wondertinktur könnt er sogar Eise en Gold verwandle. Ond hat so flenk gschwätzt ond trickst, daß sogar die staatliche Gutachter samt Durchlaucht druff reigfalle send.

Ond em Herzog Christoph seim Alte Lusthaus (em Hof vom Herzog Carl Eugen seim Neue Schloß, heut no Kult- & Finanzmysterium) hend se dem ein Laboratorium eigrichtet, da isch so a Max-Planck-Institut a Dreck drgege, a richtige Goldmacherfabrik mit älle Schikane vom Weinkeller bis zom Dampfbad. Ond der Kerle hat älles kriegt, was'r wölle hat. Ausm Zeughaus: 10 Zentner Schwefel, 18 Zentner Blei, 7 Zentner Eise. Aus dr Schloßküche: 3 Zentner Salz. Aus Nürnberg: 20 Zentner Kupferweiß, 10 Zentner Bergantimon, 4 Zentner Glasgalle ond 2 Zentner »venedische Seife«.

Ond älles hat uff sei Kommando horche ond sprenge müeße, dr Heinrich Schickhardt, der hat'm sogar en »Spezialhammer zur Zerkleinerung der Erze« konstruiert. Dui Goldfabrikatio hat'r aber oineweg emmer wieder verschobe ond hat Ausrede ghet wie a Maus a Loch. Ond wie dr Herzog em Herbst wenigstens amol a Versucherle Silber hat sehe wölle, hat der Denger behauptet, des hiesige Eise sei nex, er bräucht obedengt Eise aus Mömpelgard drfür.

Läßt also dr Friedrich en seire (Esels-)Geduld älles Eise von dr Firma Peugeot en Montbéliard dahonne uff Stuegert hole, aber eb die Fuhrwerk eitroffe send, isch dr Herr Alchemist abghaue gwä.

Onser Durchlaucht isch nadierlich narret ond läßt em ganze Reich nach dem Kerle, dem »Erzlandtbetrieger« sueche. Der isch mittlerweil von dem Grafe von Schaumburg verhaftet worde, ond der hat'n gar nemme hergebe wölle, weil'r grad so uff des Gold aus gwä isch ond gmoint hat, der häb tatsächlich so a Wondertinktur.

Dr Friedrich aber hat rauskriegt, daß des a falscher Freiherr isch, daß der en Wirklichkeit Georg Honauer hoißt, aus Olmütz stammt, Goldschmied en Graz glernt hat, ond, statts als ehrsamer Handwerker sei Gerstle verdiene, durch Polen, Ungarn, Italien, England ond Frankreich zoge isch ond überall mit seine alchemistische Konststückle d'Leut bschisse hat. Bis'r na en dr Schweiz ghört hat, daß's en Wirteberg bsonders warm rauskommt.

Ond no hat dr Kaiser Rudolf II. (en Prag, der vom Grillparzer) drfür gsorgt, daß der Schaumburger den Schaumschläger nach Stuegert ausliefert. Ond uff dr Folter hat'r sein Bschiß zuegebe. Ond die Richter hend ihn samt seim Stallmeister ond seine drei Diener zom Tod verurteilt.

Am 4. April 1597 isch dui ganz Bagasch an dem nagelneue, aus dem frischimportierte Mömpelgarder Eise fabrizierte Galge en dr Wolframshalde (Stuttgart-Nord) uffghängt worde.

Des Doofelesfernsehe hätt des Ereignis sicher exclusiv ond live übertrage, ond über die Senderechte hätt dr Friedrich so sei Geld wieder reikriegt. Die Printmedien aber hend des Versle da veröffentlicht:

»Hie hangt der Boßwicht weit bekant,
Jörg Honauer also genant.
Aus Märren Landt kam er hieher,
Groß übermuth thät üben er,
Der falsche, betrügliche Man,
Welcher sich hat genommen ahn,
Auß eisen golt zu machen.
Er trieb Betrug in allen sachen,
Darzu auch große Büberei,
Wolt sein ein großer herr dabei,
Hatt auch verleugnet seinen
Standt,
Darumb leidt er schmach und
schandt.
Eß soll ein Jeder gewarnet sein,
Das er nit komm in solche pein.«

Send aber oineweg no grad gnueg so Lompe uff Stuegert komme.

Berlin Heslach

Karl Kloß

Endlich, endlich hend die Stuegerter Sozialdemokrate wieder en Grond zom Feire: den 150. Geburtstag vom Karl Kloß von dr Karl-Kloß-Straß.

Der isch am 15. April 1847 »als Kind armer Leute« uff d'Welt komme, en Berlin dohobe, wo die schwäbische Hohenzollern viele hondert Jahr lang, seit 1415 als Markgrafe ond Kurfürste, seit 1701 als Keenich, ond seit 1871 sogar no als Kaiser gschafft hend.

En Berlin (Lateinisch »Berolina« oder »Colonia ad Suevum«) aber ka mr no so arm sei, für a »Gosch« langt's emmer, ond mit dere ka mr's als Preuß weit brenge.

Sei Vatter Carl August isch »Tischler« gwä, so hoißet die Schnellschwätzer ihre Schreiner. Ond des edle Handwerk als Holzwurm hat dr Jonge au glernt. Ond nach langer Wanderschaft isch der Schreinergsell anno 1874 uff Stuegert komme. Nach Wirteberg, wo seit jeher älles a bißle humaner, gerechter ond aständiger zuegange isch wie sonstwo em große Vaterland.

Aber selbst »hie en gut Wirtemberg allewege« hat sich mittlerweil diese Manchesterkapitalistementalität onter de Krämerseele broitgmacht ghet, daß sogar dr Keenich Karl gmoint hat: »Wenn ich nicht König wäre, so wäre ich auch ein Sozialdemokrat geworden.«

Ond der Herr Kloß (»ein echter Sohn der Arbeiterklasse«) isch erst recht SPDler worde ond mit seim helle Verstand Vorstand vo dr Schreiner-Kranken-Unterstützungs- und Sterbekasse. Aber no hat dr Bismarck anno 1878 des Reichsgsetz »gegen die gemeingefährlichen Bestrebungen der Sozialdemokratie« durchdruckt, ond d'Polezei hat dem Karl Kloß sei Kass eikassiert ond überhaupt des ganze vorlaute Sozialistevolk verbotte.

Karl Kloß (1847–1908)

Der »bienenfleißige und hochbegabte Arbeiter« aber hat koi Rueh gebe ond sich mit seine Schreiner en Stuegert zammedo, ond em erste große Streik en Wirteberg hend se anno 1883 onter anderem den Zehnstondetag erkämpft.

Ond hat glei druff den »Zentralverband der Vereine der Tischler und verwandten Berufsgenossen Deutschlands« uffgmacht ond isch seiner Lebtag dr Vorsitzende gwä drvo. Ond hat au helfe den Deutsche Gwerkschaftsbund erfende ond »wurde national und international einer der geachtetsten deutschen Gewerkschaftsführer«.

Anno 1887 hat'r als SPD-Ersatz den »Arbeiterverein Heslach« uffgmacht, ond wie dr Bismarck entlasse worde isch ond se sei Sozialistegsetz uffghebt hend, send die Genosse wieder aus'm Loch rausgschlupft. Ond dr Karl Kloß, dieser laut polizeilichem Führungszeugnis »intelligente, redegewandte, energische, mit Organisationstalent versehene Mann« isch emmer dr erste SPDler gwä: Anno 1891 dr erste em Bürgerausschuß, anno 1897 dr erste em Gmeinderat, anno 1895 dr erste em Landtag, anno 1898 dr erste wirtebergische SPDler em Reichstag en Berlin.

»Narr, dees Gschäft macht au en Gsonde rabiat ond überzwerch« (Sebastian Blau), ond hauptsächlich krank. Ond am 11. Februar 1908, uff're Vortragsreis en Hamburg, isch der Ma an're Mageblutung gstorbe.

Ond dui »Schwäbische Tagwacht« hat de ganz Titelseit für ihn reserviert. Ond ihr Konkurrenz, dr »Schwäbische Merkur«, hat gschriebe: »Es ist anzumerken, daß er in den politischen Körperschaften und in der Gemeindevertretung eine verhältnismäßig milde Tonart anschlug, wenngleich er den Radikalismus seiner Anschauungen nicht verleugnete und gelegentlich auch sehr schroff werden konnte.« Ond der königl. württ. Socialdemocrat Wilhelm Keil hat gmoint: »Er verstand es, mit gezügeltem Temperament und unbedingter Sachlichkeit auf seine Hörer zu wirken. Damit erwarb er sich im Laufe der Jahre ein Ansehen und eine Popularität, die über die Anhängerschaft seiner Partei weit hinausreichten.«

Ond selte hat Stuegert so en Mordsleichezug gsehe. Dr Sarg isch scho am Krematorium uff'm Pragfriedhof akomme, da send de Henterste erst en Heslich abmarschiert.

Ond dort uff'm Heslicher Kirchhof hat'r bis heut sei Ehregrab ond mueß sei Gosch halte, aber rotiere, des därf'r.

»Stuttgart, unser Jerusalem«

Rabbiner Josef Maier

Wenn's nach manche Herre Historiker gange dät, hätt dui Geburt fenf Jahr lang dauert, vom 24. April 1794 bis zom 24. April 1799, jedefall aber isch'r anno 1797 uff d'Welt komme: der Josef Maier aus Laudenbach em Oberamt Mergentheim »im Hause wenig bemittelter Eltern«. Andere Herrschafte schreibet, er dät aus »Fruchtlingen bei Tübingen« stamme, den Flecke aber kennt sonst koi Mensch...

Mit fenf Jahr isch'm scho sei Muetter Sara weggstorbe, ond weil des Kend so schmächtig ond schwächlich gwä isch, aber blitzgscheit, hat sei Vatter, dr Maier ben Jakob gmoint, der soll amol Rabbiner werde, ond hat'n zom Vorsänger en Laudenbach gschickt, daß'r richtig Hebräisch schreibe ond schwätze lernt.

Ond mit zwelf isch'r fort vo drhoim ond nach Niederstette zom Rabbi en d'Lehr gange ond mit vierzeh uff dui jüdisch Oberschuel en Fürth, ond mit achtzeh hat'r sei ersts bißle Geld verdeant als Hauslehrer em Coburgische ond isch drbei, sait er, so glücklich gwä wie nie wieder em Lebe.

Oineweg hat'r no weitergmacht mit Lerne, Lateinisch, Griechisch, ond isch en Stuegert em zwoite Alauf durch s'Abitur komme. Ond mit siebnezwanzich hat'r no s'Studiere agfange en Heidelberg. Ond mit dreißich hat'r dui »Rabbinatsdienstprüfung« en Stuegert mit dem Prädikat »vorzüglich tüchtig« bestande. Ond hat no sogar no sein Dokter gmacht en Dibenge.

Ond statts als Rabbiner nach Kopenhagen gange, isch'r voll seiner Lebtag en Stuegert bliebe. Denn des Bankhaus Kaulla (vorm. Hechingen), bei dene hat'r au als Hauslehrer gschafft ghet, die hend drfür gsorgt, daß'r 1831 bei dr »Königliche Israelitische Oberkirchenbehörde« eigstellt wird, ond nach're Probezeit hend se'm 1834 des neue Bezirksrabbinat Stuttgart gebe, ond da isch'r zuständig gwä für die Israelite en Stuegert, Mairenge, Goisburg, Cannstatt, Münster am Necker, Esslenge, Aldenge, Ludwigsburg ond Hochberg am Necker.

Ond jetz endlich hat'r au gnueg verdeant zom Heirate ond hat aus dene viele Heiratsaträg dui Rebecka Auerbacher rausgsuecht, »ein Mädchen aus einer der besten Familien Stuttgarts«.

Für ihren Gottesdienst hend die Stuegerter Jude seither den Wirtshaussaal vom »Waldhorn« gmietet ghet, jetz hend se zammeglegt, ond des Bankhaus Pfeiffer (vorm. Weikersheim) ond die Kaulla hend no extra ebbes druffglegt, ond em Oktober 1837 hend se ihren oigene Betsaal en dr Lange Straß 16 eiweihe könne, so an die 230 Leut hend Platz dren ghet, ond dr obere Stock isch für d'Weibsleut reserviert gwä.

Ond der Josef Maier hat jetz au für en jüdische Kirchhof gsorgt, beim Hoppelaufriedhof, ond für de Lebige hat'r oi Buech oms ander gschriebe, Schuelbüecher, Gsangbüecher, Spruchbüecher, ond des berühmte »Lehrbuch der israelitischen Religion zum Gebrauch der Synagoge und israelitischen Schulen im Königreich Württemberg«, älles nemme hebräisch, sondern bloß no deutsch. Ond die orthodoxe Jude hend den »Herr Kirchenrat Dr. Maier« ja deswege net so arg möge ond send schwer uff'n los, die liberale Rabbiner aber hend'n zo ihrem Präsidente vo ganz Deutschland gwählt.

Dui Stuegerter Gmeinde aber isch gwachse ond gwachse, ond anno 1861 hend se ihr neue Synagoge en dr Hospitalstraß eigweiht, ond am Schluß vo seiner Festpredigt hat dr Dr. Maier betet: »Ja, dir, geliebtes Stuttgart, unserem Jerusalem wünschen wir Heil!«

Mit'm Keenich Wilhelm I. hat'r sich so guet verstande, daß se mitnander des »Gesetz über die bürgerliche Gleichberechtigung der Israeliten im Königreich Württemberg« uff de Weg bracht hend, ond wie dr Wilhelm gstorbe isch, hat's sei Jonger, dr Karl, onterschriebe.

Ond der Keenich Karl hat amol den Rabbiner Maier gfragt, warom dem Moses seine Gsetzestafle so hoch obe an dr Synagoge abracht send. »Majestät, damit sie nicht übertreten werden.«

Zom 70. Geburtstag hat'm dr Keenich des Ritterkreuz vom Kroneorde verliehe, ond so hat'r automatisch des »von«

kriegt, ond isch der ällererste adeliche Rabbiner en Deutschland gwä.

Ond des Ehelebe mit seire Rebecka »war ein inniges und glückliches, getragen vom Geiste gegenseitiger Liebe, Achtung und Wertschätzung und vielfach gesegnet« (vier Kender) ond anno 1871 hat'r no a Buech gschriebe »Der Segen einer tugendhaften und glücklichen Ehe auf der Höhe des Lebens«.

Am 19. August 1873, grad von dr Kur en Wildbad hoimkomme, isch'r en Stuegert gstorbe, ond uff'm Hoppelaufriedhof hend se'n vergrabe ond sei scheener Grabstoi stoht heut no.

Ond des verdanket mr sicher au dem »Herr Kirchenrat Dr. Josef von Maier«, dem erste Stuegerter Rabbiner seit'm Mittelalter, wenn der berühmte Fred Uhlman (1901 – 1985) schreibe ka: »Zuerst waren wir Schwaben, dann Deutsche, dann Juden«. Ond sich Stuegerter Jude en de KZ grüeßt hend mit »Hie gut Wirtemberg allewege!«…

Josef von Maiers Grabmal

Monaco-Urach

Herzogin Florestine von Urach

Nix gege die 700-Jahrfeier vo dene Grimaldi en Monaco, aber des Thrönle dahonne an dr Côte d'Azur, des dät eigentlich dere herzogliche Familie Wirteberg-Urach vom Schloß Lichtestein zuestande. Wege darom:

Am 24. April 1897 isch en Stuegert em Palais Urach en dr Neckerstraß 68 (vorm. vis-à-vis vom Hotel Interconti) dui Herzogin Florestine von Urach, geborene Monaco, an ihrem Herzleide gstorbe.

Dui isch s'oinzige Mädle gwä vom regierende Fürste Florestan I. von Monaco (1785–1856), ond ihr oinziger Brueder isch der regierende Fürst Karl III. von Monaco (1818–1889) gwä.

Anno 1863 hat se den Grafe Wilhelm von Wirteberg (1810–1869) gheiratet. Des isch dr jöngre Brueder von dem berühmte Dichtergrafe Alexander (1801–1844) gwä. Ond weil dene zwoi Buebe ihr Vatter, a jöngrer Brueder vom dicke Keenich Friedrich, aus lauter Liebe aber net standesgmäß gheiratet ghet hat, send seine Kender bloß Grafe gwä ond von dr Thronfolge en Wirteberg ausgschlosse worde.

Der Graf Wilhelm isch a romantische Seel gwä, des isch der, wo nach'm Wilhelm Hauff seim Roman des Schloß Lichtestein en dui Alblandschaft neigstellt hat. Ond wien'm beim Baue s'Geld ausgange isch, hat'r gschickt gheiratet, anno 1841 dui Prinzessin Theodolinde von Leuchtenberg (=Beauharnais, a königl.bayrischs Enkele vom Napoleon seire Josephine). Dui hat Schwendsucht ghet, ond deswege send se an d'Riviera gange, ond dort en Nizza isch se anno 1857 gstorbe. Ond da hat der Wilhelm au sei Mädle aus Monaco troffe. Ond dahonne hend se au gheiratet, sui 29, er mit 52.

Ond hend au no zwoi Buebe mitnander ghet, oin glei en Monaco, dr ander no en Ulm, da hat er mittlerweil als Gouverneur von dr Bundesfestung gschafft. Ond anno 1867 hat dr Keenich Karl sein net standesgemäße Vetter zom Herzog von Urach befördert, ond zom Dank isch der no au no kadolisch worde. Ond wie der anno 1869 gstorbe isch, hat sich dr Keenich tröstet: »Besser, s'stirbt oiner vo dene als von ons Effangelische.«

Dui jonge Witwe Florestine aber isch uff Stuegert zoge ond hat sich von ihrem Schwager Taubenheim des Palais Urach kauft ond dort ihre Buebe großzoge. Ond isch au emmer wieder nach Monaco nagfahre ond hat ihren schwerkranke ond blende Brueder Karl pflegt bis zu seim Tod.
Ond no isch se selber chronisch krank worde am Herze, ond schließlich »sanft und ohne Todeskampf entschlafen«. »Alle welche der Verblichenen im Leben nahe standen, sind in dem Urteil einig, daß sie durch Werke der Nächstenliebe und der Barmherzigkeit für die Notleidenden unvergängliche Denkmale gestiftet hat.«

Zu ihrer Leich am 28. April 1897 en dr Schloßkirch en Ludwigsburg isch au ihr Großneffe, der Erbprinz Louis von Monaco (1870–1949), uff hie komme.

Der Louis isch des oinzige Kend vom Fürste Albert I. (1848–1922) gwä, ond der wiederum isch des oinzige Kend von dr Florestine ihrem Brueder Karl gwä (oi Mädle isch scho nach a paar Dag gstorbe gwä). Ond der Louis isch a Tag-

Herzogin Florestine von Urach (1833–1897)

dieb gwä ond hat sich hauptsächlich mit so Nitribittle romtriebe ond hat partuh net heirate wölle. (Erst drei Jahr vor seim Tod hat'r mit 76 Jahr no a 30 Jahr jöngere Schauspielere gheiratet – oder sui ehn).

Ond scho anno 1910 hat sich der verzweifelte Vatter Albert überlegt, ob'r net den älteste Buebe von seiner Tante Florestine, den Herzog Wilhelm von Urach (* 1864 Monaco † 1928 Rapallo) zom Fürste vo Monaco mache soll. Ein gscheiter, scheener ond gueter Kerle, den älles möge hat.

Den Wilhelm (en Wirteberg net thronfolgeberechtigt) hend se aber net bloß en Monaco als Fürst wölle, sondern au als Keenich von Albanien, von Polen, als Großherzog von Elsaß-Lothringen, ond schließlich em Sommer 1918 hat'n dr Litauische Staatsrat sogar au no zom Keenich von Litauen gwählt ond'n Mindaugas II. ghoiße.

»Äs wär so scheen gewäsen, äs hat nicht sollen sein…«

Ond eme Vertrag vom 11. Juni 1918 hend d'Franzose festgschriebe, daß en Monaco bloß no a Monegasse oder a Franzos vornenadärf. Ond drom send die Uracher anno 1949, wie der Louis ohne legitime Erbe gstorbe isch, om den Thron von Monaco bschisse worde.

Was aber isch jetz passiert? Der Lomp Louis hat bei seiner Romtreiberei anno 1898 a Wäscherin aus Constantine / Algerien troffe, Marie Juliette Louvet. Dui hat mitkriegt, a) daß mr weiter verdeane ka, wenn mr sich selber en dui Wäsch neilegt, ond b) daß des dr Erbprinz isch. Ond hat'm ein illegitimes ond nachmals nymphomanes Töchterlein Charlotte uff d'Welt bracht.

Ond dui hat der Louis später adoptiert, zur Mademoiselle de Valentinois gmacht ond mit dem Prinze Pierre de Polignac verkupplet. Ond dui hat no anno 1923 den Rainier uff d'Welt bracht. Drnach »verließ sie ihren bedauernswerten Gemahl, um ihrer größten Leidenschaft zu leben, der für das andere Geschlecht.« »Noch im Alter war ihr Ruf derart ruiniert, daß ihr Sohn ihr verbot, nach Monaco zurückzukehren«. Net amol als Leich hat se hoimdärfe…

Ond jetz isch halt anno 1949 dr Rainier nakomme, »dieser Bastaarrrd«, wie dr alte Herzog von Urach emmer gsait hat. Ond ausgrechnet der heiratet anno 1956 zom Ausgleich onser bildscheene Grace Kelly, des Maurersmädle aus Philadelphia.

Denn dui isch über ihr Muetter Margarete Maier a waschechte Wirtebergere, ond viele Landsleut send nächste Verwandte von dere guete Gracia Patricia (1929–1982) ond wisset's net amol. Die aber, wo's wisset, saget sich: »Oh, wenn no onsre Bäsle en Monaco a bißle meh ihrer Muetter nachschlage dätet.«

Wirtembergisch Schlesien

Sylvius Nimrod ⚭ Elisabeth Maria
1647

Am 1. Mai 1647 hat der Bettelprinz Herzog Sylvius Nimrod von Wirteberg a »Goldvögele« gheiratet, dui Erbtochter Elisabeth Maria, Herzogin von Münsterberg-Oels, en Schlesien henter Breslau dromme.

Der Sylvius Nimrod isch a Enkel gwä vom Herzog Friedrich (dem mit de Goldmacher) ond ois vo dene neun Kender vom Herzog Julius Friedrich von Wirteberg-Weiltingen (henter Dinkelsbühl dromme), der wo älle seine Sprößleng so komische Name gebe hat wie beispielsweis Amadea Fredonia oder Julius Peregrinatius oder Faustina Mariana oder Sueno Martialis Edenolphus, ond bei seim Tod anno 1635 em Exil en Straßburg sei Weib, dui Herzogin Anna Sabina von Schleswig-Holstein-Sonderburg, en Not ond Elend ond mit'me Haufe Schulde zrückglasse hat.

Der Sylvius Nimrod isch a gscheiter Kerle gwä ond hat en Straßburg onter anderem Politikwisseschaft, Gschichte, Latein, Theologie ond Mathematik studiert, ond seiner Lebtag lang »suchte er sein größtes Vergnügen, als ein gelehrter und sprachenkundiger Herr, in guter Conversation, sonderlich mit Gelehrten, denen er allezeit seine Zuneigung besonders zu erkennen gab.«

Ond des hat sich romgsproche, ond der grad so gscheite Herzog Ernst »der Fromme« von Sachsen-Gotha (a Urenkel

Herzog Sylvius Nimrod von Württemberg–Oels
(1622 – 1664)

vom Herzog Christoph!) hat'n zu sich an sein gelehrte Hof gholt ond ihm voll älles beibracht, au des Regiererles.

Des hat'r brauche könne, denn der guete Ernst hat ihm a schlesisches Mädle rausgsuecht zom Heirate, s'oinzig Kend vom Herzog Carl Friedrich von Münsterberg-Oels, wo amol des ganz Land ond Sach vom Vatter erbe wird, »und erlangte auch durch starcke Cooperation der Princessin Frauen Stiff-Mutter, deß Herrn Vatters Consens«.

Am 20. Mai 1646 hend se en Breslau Verlobung gfeiret, ond dr Sylvius Nimrod, wo koin Pfennig meh en dr Tasch ghet hat, »verbesserte dadurch seine Umstände, die längst nicht die besten waren, gar sehr«. Dui Hochzich hend se für de 16. Oktober 1646 ausgmacht ghet ond älles isch scho eiglade gwä, aber no send schwedische Soldate (isch ja emmer no Krieg gwä) über dui Stadt ond des Ländle hergfalle.

Endlich »Anno 1647, den 1. May celebrirten beyderseits Verlobte Fürstliche Personen in der Residentz Oels ihr Bey-

Herzogin Elisabeth Maria von Württemberg–Oels
(1625–1686)

lager mit ansehnlichen Ceremonien«. Ond »was dies für eine Hocherwüntschte, für eine Glückselige, für eine Liebreiche, für eine Friedfertige und erfreuliche, Gott und Menschen wohlgefällige Ehe gewesen, (ond fruchtbare: 7 Kender) ist offenbahr und männiglichen bekand«.

Ond grad vier Woche nach dr Hochzich stirbt der Schwiegervatter, ond dr Sylvius Nimrod isch nakomme. Net glei, denn der Kaiser Ferdinand III. hat'm des Sach no wegbscheisse wölle, aber nach langem Verhandle en Wien hat'r des Herzogtum Oels am 19. Dezember 1648 no doch no kriegt ond des Land hat gjubelt: »Einen Berg (Münsterberg) haben wir verlohren, einen Berg (Wirtemberg) haben wir, GottLob!, wieder.«

Ond über fuffzehn Jahr hat'r des Land »löblich und wohl regiert«, die 1700 Quadratkilometer mit 70 000 Leut ond 100 Kirche. Hat sich au lauter gelehrte Leut an sein Hof herdo, beispielsweis die Dichter Matthäus Appelles von Löwenstern als herzogliche Rat ond den Johannes Scheffler als Leibarzt (der isch ja no kadolisch worde ond hat sich »Angelus Silesius« omdaift).

Ond wie sich's für en Wirteberger (seit'm Herzog Christoph) ghairt, hat'r drnach guckt, daß seine Schlesier endlich schreibe ond lese lernet, denn, hat'r sich gsait, mit de Domme treibt mr d'Welt om, aber bloß mit gscheite Leut ka mr en Staat mache. »Vor allen Dingen ließ sich dieser Hertzog Kirchen und Schulen wol angelegen seyn, und sparete zu deren Unterhaltung keine Unkosten« ond »besetzte auch die vornehmsten Aempter mit rechtschaffenen Leuten«.

Ond hat beispielsweis sonntichs selber em Kirchechor mitgsonge, sei fürstliche Bibliothek au für de normale Leut uffgmacht ond hat äll Woch vier verschiedene Zeitunge glese. »Jn Summa, es war bei Jhro Fürstlichen Gnaden ein recht alt teutsches Hertz und Gemüte«.

Anno 1664 hat'n mit erst 42 Jahr dr Schlag troffe, ond »der unvermuthete Todes-Fall erschröckte das gesambte Fürstenthum hefftig«.

Anno 1792 isch dui Linie Wirteberg-Oels mit seim Urenkel Herzog Carl Christian Erdmann em Mannesstamm erlosche, ond des Herzogtum hat dem sei Schwiegersohn, a Braunschweig-Lüneburger, kriegt. Ond wie die anno 1884 ausgstorbe send, hend's d'Preuße kassiert, ond em Schloß Oels hat emmer dr jeweilige Kronprinz gwohnt. Bis 1945.

Des Schloß Carlsruhe en Oberschlesien aber hat der letzte wirtebergische Oelser anno 1792 em dicke Friedrich seim Brueder Eugen vermacht. Dem sei Enkel isch 1903 gstorbe, ond no hat's dr Keenich Wilhelm II. kriegt, ond 1921 dr Thronfolger Herzog Albrecht. Ond dem sein Jonge, den Herzog Albrecht Eugen, den hend anno 45 die Russe verjagt ond des wonderscheene Schloß hehgmacht.

Wär gwieß älles anders komme, wenn's meh so Sylvius Nimrod gebe hätt.

König der Kupferstecher

Johann Gotthard Müller

Am 4. Mai 1747 isch en Bernhause uff de Filder der weltberühmte Kupferstecher Johann Gotthard Müller uff d'Welt komme.

Sei Urehne, sei Großvatter ond sei Vatter, später no sei Brueder ond seine Jonge, die send älle Schultes gwä en dem reiche ond fruchtbare Filderdorf, von 1679 bis 1895 fast ohne Onterbrechong, jeder »ein verständiger, kluger und gottesfürchtiger Mann, der der Gemeinde mit tröstlichem Eifer und gutem Exempel wohl vorsteht« ond »machte sich durch seine kluge Aufführung und große Erfahrung bey hohen und nideren beliebt und berühmt«.

Von seim Vatter, Johannes Müller (1707–1779), aber hoißt's, »es ist ein großes Unglück für den Flecken, daß der Schultheiß so kränklich ist«. Sei Muetter isch dui Maria Regina Müller (1719–1773) gwä, a Mädle vom Pfarrer Bischoff vo Bernhause. Ond weil ihr ältester Bueb automatisch Schultes werde därf, hätt dr Jöngere, Johann Gotthard solle Pfarrer werde, ond isch nach Stuegert uffs »Gymnasium illustre«, uffs illustre Eberhard-Ludwigs-Gymnasium gschickt worde (wie später dr Loriot).

Nebeher hat'r aber am Herzog Carl Eugen seire Kunstakademie a bißle s'Male glernt. Seine Lehrer hend's grate, dr Herzog hat's befohle, ond dr Müller hat (wie dr Schiller au)

Johann Gotthard Müller (1747–1830)

net uff Dibenge ens Stift gange därfe, sondern isch anno 1764 als Lehrling en dui Akademie eitrete, ond dr Carl Herzich hat dem jonge Kerle jährlich 100 Gulde Bafög gebe, daß'r beim Herr Baudirekter Philippe de la Guêpière dui »Civilbaukunst« ond beim Herr Hofmaler Nicolas Guibal richtig s'Male lernt. Ond wien'r de erste Preis gmacht hat, hat'n dr Herzog anno 1770 mit jährlich 400 Gulde en dr Tasch nach Paris gschickt, daß'r dort dui Kupferstecherkunst lernt. Des hat'r so guet gmacht, daß ihn anno 1774 der hochberühmte Johann Kaspar Lavater an seine »Physiognomische Fragmente zur Beförderung der Menschenkenntnis und Menschenliebe« hat mitschaffe lasse.

Anno 1776 hat'n dr Carl Eugen nach Stuegert zrückgholt ond zom Kupferstichprofesser an dr Militärakademie (nachm. Hohe Carlsschule) gmacht mit 1000 Gulde Jahresgehalt (Anm.: dr Schiller hat 1782 als Regimentsmedicus 19 Gulde

»La tendre Mére«

em Monat kriegt). En dere Akademie (1794 von dem Halbdackel Herzog Ludwig Eugen oifach zuegmacht, 1959 von andre Dackel vollends em Erdbode gleichgmacht) nebem Neue Schloß hat'r a Druckerei eigrichtet ond mit dene drei Eleve Leybold, Necker ond Schlotterbeck agfange, ond der Lade isch bald so guet gloffe, daß'r sich net bloß selber trage, sondern sogar no en scheene Überschuß erwirtschaftet hat. Jetz hat'r endlich au heirate könne, des 17jährige Adlerwirtstöchterle Charlotte Christiane Schnell aus Stuegert.

Anno 1779 hend se'n als Direkter en Mailand han wölle, ond anno 1781 als Professer an dr Pariser Académie des Arts. Ond dort an dr Seine isch'm no sei bildschees jongs Weib ame »hitzige Fieber« weggstorbe. Als »La tendre Mère« (die zärtliche Mutter) hat'r se eme wunderscheene Kupferstich verewigt.

Anno 1782 hat'r nomol gheiratet, dui Rosine Schott, a

Mädle vom Uracher Landrat, ond mit dere hat'r neun Kender ghet. Ond anno 1784 hat'r sogar den Ma von dr Marie Antoinette, den Ludwig XVI. em Krönungsornat en Kupfer steche därfe, oiner vo Bernhause den Keenich vo Frankreich, des will ebbes hoiße.

Wie's dui Carlsschuel nemme gebe hat, hend'n die Preuße, der Minister Hardenberg höchstpersönlich, nach Berlin hole wölle ond die Sachse nach Dresden, er isch aber en Stuegert bliebe, hat halt privat weitergmacht mit dere Kupferstecherei ond hat no schließlich au no a Rente kriegt, 600 Gulde vom dicke Friedrich.

Ond aus äller Welt hend se den alte Ma mit Lorbeer überhäuft, Berlin, Wien, München, Kopenhagen, Paris, »König der Kupferstecher« hend se'n ghoiße, ond anno 1818 hat'n dr Keenich Wilhelm I. von Wirteberg sogar no zom Herr »von« Müller gmacht.

Da hat sei ältester Bueb scho nemme glebt, der fast grad so berühmte Kupferstecher Johann Friedrich Wilhelm Müller (1782–1816), Professer en Dresden ond so jong an dr Schwendsucht ond mit »verwirrtem Geist« em Irrehaus uff'm Sonnestein bei Pirna gstorbe, verheiratet mit're Nichte vom Dannecker, dr Henriette Rapp.

Dene ihr Jonger isch der Historienmaler Karl von Müller (1813–1881) gwä, verheiratet mit dem Großindustriellentöchterlein Emma Stumm aus Neunkirchen / Saar. Ond dene ihr Jonger isch der Diplomat Felix von Müller (1857–1918) gwä, der mit dr »Daily-Telegraph-Affäre«. Ond mit dem isch's aus, der hat sich s'Lebe gnomme.

Onser (250 Jahr) alter Freund ond Kupferstecher aber isch am 14. März 1830 en Stuegert gstorbe ond uff'm Hoppelaufriedhof vergrabe worde, »allwo sein Grabmal noch zu sehen«. Vielleicht hend die Jonge von dr Johann-Gotthard-Müller-Schuel en Bernhause a paar Maiebleamle druffglegt.

»Es waren zwei Königskinder«

Friedrich ⚭ Charlotte Mathilde
1797

Am 18. Mai 1797 hat en dr Schloßkapell vom St.James-Palast en London dr dicke Friedrich von Wirteberg des Keenichstöchterle Charlotte Auguste Mathilde von England gheiratet.

Er isch ja scho amol gheirat gwä, 1780 mit dere Auguste Caroline von Braunschweig-Lüneburg, er 26, sui no net amol 16 Jahr alt, ond se wär'm am liebste glei nach dr Hochzich durchgange, so wüescht isch'r zuen're gwä. Aber ihre Leut hend's net glitte ond so hat se halt vier Kender uff d'Welt bracht, zwoi Mädle ond zwoi Buebe. No hat se's aber nemme ausghalte bei dem brutale Bursche, die hend ja glebt wie Hond ond Katz, ond anno 1786 hat dui Zarin Katharina die zwoi ausananderdo, ond anno 1788, am siebte Geburtstag von ihrem älteste Büeble, dem (spätere) Keenich Wilhelm I., isch se en Estland dahobe gstorbe, am »Faul-Fieber« hend se behauptet. Tatsächlich aber isch se verbluetet bei dr Geburt vome ledige Kend, hehlenge, neamerts hat're helfe därfe, daß des net rauskomme soll, ond bei Nacht ond Nebel hend se se vergrabe.

Der dicke Friedrich hat's ja sowieso lieber mit Stallsknecht ond Reiterbuebe ghet wie mit Mädle, ond hauptsächlich aus Staatsräso hat'r sich dui Engländere doch no herdo. En dene oruhige Zeite bei dem Napoleon ka des nex schade, wenn

Herzog Friedrich II. von Württemberg (1754–1816)
umarmt seine Braut
Prinzessin Charlotte Mathilde Auguste von England (1766–1828)

mr so en vornehme, wichtige ond weltbekannte Schwiegervatter hat.

Des isch der Keenich Georg III. gwä, »ein rechtschaffener, ehrenhafter, kultivierter, gutmütiger Mann«, der »Farmer George«, »der sich größter Beliebtheit bei seinem Volke erfreute«. Ond so glücklich gheirat gwä isch, daß dui Charlotte no über a Dutzend Gschwister ghet hat, ond ois drvo isch sogar dr Vatter von dr berühmte Queen Victoria gwä.

Dui »vollschlanke« Charlotte hat ja scho nemme glaubt ghet, daß se en dem Alter (fast oisedreißich) no en Ma kriegt, ond so isch se froh gwä an dem dicke Friedrich. Ond der isch dankbar gwä, daß dui so en Haufe Geld mitbracht hat, eingedenk der schwäbischen Volksweisheit: Scheeheit vergoht, aber Sach bleibt Sach. Oder: Wenn mi mei Vatter uff en Geldsack stellt, ben i au schee.

Ond dieser Klob »behandelte seine Gemahlin stets mit Respekt und ausgesuchter Höflichkeit. Die anfängliche freundschaftliche Zuneigung wandelte sich im Lauf der Jahre zu einem äußerlich kühlen, distanzierten, aber nie unfreundlichen Verhältnis.«

Anno 1798 hat sui a Mädle tot uff d'Welt bracht. Ond wie die zwoi des nakriegt hend, des hat scho die Zeitgenosse beschäftigt, ond des bleibt au wohl a ewigs Rätsel der Geschichtswissenschaft ond gibt no Stoff für viele Disserta- ond Habilitatione. Denn vom dicke Friedrich hat dr Napoleon gsait, an dem häbe »die Natur die Ausdehnungsfähigkeit der menschlichen Haut erproben wollen«. Ond d'Leut hend von dem Ehepaar gsonge »Es waren zwei Königskinder, die hatten einahander so lieb, sie konnten zusammmen nicht kommehen…«

Drnach hend se's au nie wieder probiert, ond er isch seiner Lebtag voll mit seine Stallsknecht ond »herzogliche Bereiter« romghopft. Sui aber isch a liebe Stiefmuetter gwä zu dene Kender aus erster Ehe, die hend's mit ihre sogar viel besser könne wie mit'm Vatter.

Anno 1816 hat dr dicke Friedrich en Cannstatt Mammutboiner aguckt ond sich drbei verkältet ond isch dra gstorbe. Ond dui Charlotte isch (außer dem »Geschmeiß seiner Günstlinge«) de oinzig gwä, wo om den trauret hat. Ond hat'n no om 12 Jahr überlebt, ond hat sich ihr Zeit vertriebe mit Büecher (hauptsächlich vom Scheiksbier ond so), mit Sticke ond Porzellanmale, ond se hat nach dene ledige Kender vom Keenich Wilhelm guckt. Ond hat mit ihrem Haufe englische Geld soviel Guets do, daß »das ganze Land diese erste Königin Württembergs in einem sehr guten Andenken behalten hat.«

Die württembergische Königswitwe aus England

Mit ihrer Gsondheit isch's aber nemme weit her gwä. Als jongs Mädle isch ihre amol a Kronleuchter uff de Kopf gfalle, ond bei jedem Wetterwechsel hat dui Narbe weh do, uff'm lenke Aug isch se blend worde, ond mit ihrem starke Leib hat se kaum meh aus ihrem Sessel rauswölle. Hat nachts nemme schlafe ond kaum no schnaufe könne, ond am 6. Oktober 1828, mittags am zwoi, isch se an dr »Brustwassersucht« em Ludwigsburger Schloß gstorbe, ond dort isch se au vergrabe worde. 62 Jahr ond siebe Dag alt, 31 drvo hat se en England, 31 en Wirteberg verlebt.

»Sie hat noch lange im Bewußtsein der Ludwigsburger nachgelebt als die Gütige, die so gerne in die Kinderwagen hineingeschaut hat.«

Welker Weltruhm

Joachim Raff

Wer en Genf vor dr Liederhalle (»Victoria Hall«) stoht, der liest dort en riesige Buechstabe en dui Wand neigmoißelt: WAGNER – LISZT – BEETHOVEN – CHOPIN – RAFF.

Des isch der zu seiner Zeit weltberühmte Joachim Raff, (»einer der am meisten aufgeführten Komponisten des 19. Jahrhunderts«). Der isch am 27. Mai 1822 en Lachen am Zürichsee uff d'Welt komme.

Seine Altvordere send ja vo Degerloch, aber dr Urehne hat en Wiesestette bei Horb eigheiratet ond d'Kender send no kadolisch daift worde. Sei Vatter isch a Baurebueb gwä ond wegem Napoleon durch- ond en d'Schweiz gange ond en Lachen Lehrer ond Organist worde ond emmer a armer Schlucker bliebe.

Sein Joachim aber hat'r nach Wirteberg, nach Rotteburg am Necker uffs Gymnasium gschickt, ond wien'r koi Geld meh ghet hat, uff des Jesuitekolleg en Schwyz, ond dort isch der »Raff, Württembergensis« emmer dr Primus gwä.

Mit 18 isch'r selber Lehrer worde en Rapperswil, ond hätt jetz voll ausgsorgt ghet, aber er hat scho emmer Komponist werde wölle ond nebeher romkomponiert. Ond weil seine Leut arg drgege gwä send, hat'r em Felix Mendelssohn-Bartholdy en Brief gschickt mit seine Sache, oifach so, ond der isch ganz begeistert gwä, »und in gütigster Weise ermunterte der berühmte Meister den jungen Lehrer, getrost das zu werden, wozu er geboren sei: Musiker.«

Em August 1844 hat'r sein Schuelmoister an de Nagel ghängt, ond älles hat de Kopf gschüttlet, ond em Dezember 1844 isch dr Herr Musicus scho bankrott gwä ond hat als Obdachloser uff dr Gaß glebt. Em Juni 1845 kommt dr Franz Liszt nach Basel ond kriegt mit, daß der bätschnasse Raff extra wege ihm vo Zürich em Rege herdappt isch, ond dr Liszt sait: »Bleiben Sie bei mir! Ich nehme Sie mit nach Deutschland.« Ond macht sei Kutsch uff: »Steigen Sie ein, Raff!«

Ond hat'm a Stell verschafft eme Klaviergschäft en Köln, die hend'n aber bloß ausgnomme ond außer Ärger ond Rheuma hat'r da nex kriegt. Ond solang sein Freund Liszt en dr Weltgschicht romkonzertiert ond'm viele liebe Brief gschriebe hat, hat dr Raff vergeblich en Verleger für sei Musik gsuecht. Ond mit'm Mendelssohn isch's au nex worde, der hat'n zu sich nach Leipzig hole wölle, isch aber so schnell ond no so jong gstorbe.

Ond no isch'r uff Stuegert gange, aber die hend au nex von'm wisse wölle. Aber er hat da den Hans von Bülow kennegLernt (wo später mit'm Liszt seim Töchterle Cosima gheirat gwä isch, bis ihm se dr Wagner ausgspannt hat), des isch sei bester Freund worde, »der ihn in der ganzen Welt bekannt machte.«

Ond en Stuegert hat'r au sei Oper »König Alfred« komponiert ghet, dui hat'r em Liszt gschickt, ond se hend sich en Hamburg troffe, da hat dr Raff a guete Stell kriegt beime Musikverlag, ond hätt könne Filialleiter werde en Amerika. Aber ausgangs 1849 hat'n dr Liszt »mit einem Jahresgehalt von 600 Thalern und freier Station« als Privatsekretär ond Dienstmädle für älles (»Central-Lastesel«) bei sich eigstellt.

Er, dr Liszt, wär schao reacht gwä, aber sui! Dui Fürstin Wittgenstein, des mueß a Ripp gwä sei. Ond vom Raff

Joachim Raff (1822–1882)

hoißt's: »Als Mensch war Raff hochgebildet, scharfsinnig und geistreich, als Anti-Mehrheitsmensch bis zur (von Liszt mehrfach gerügten) ›Ungezogenheit‹ ehrlich, selbständig und zuverlässig, hilfsbereit und tief religiös«. Hat halt au sei Gosch net halte könne: »Ich hungere lieber, als daß ich schweige oder inkonsequent werde.«

Jetz en Weimar hend se endlich sei Oper uffgführt. Ein Rieseerfolg am Hoftheater beim Goethe seim Freund

Genast, ond en dem sei Mädle, dui Schauspielerin Doris Genast, hat sich dr Raff verguckt, ond sui en ihn.

Nach siebe Jahr hat dr »Raff, der Liszt sein halbes Leben opferte«, gnueg ghet ond isch nach Wiesbade gange, ond hat no endlich sei Doris gheiratet, ond isch zeitlebens selig gwä mit ihr. Ond oi Kend hend se ghet, dui Helene Raff (1865–1942), dui hat en Haufe Kenderbüecher gschriebe ond isch no em alte Ibsen sei jonge Freundin gwä.

Ond jetz hat'r für sei Sinfonie »An das Vaterland« en Wien en Preis kriegt. Ond jetz (daß sei Vatter grad gstorbe gwä isch) »fanden Raffs Werke rasch ihren Weg in alle grösseren Musiksäle Europas und sein Ruhm stieg meteorenhaft«. Ond jetz isch dr Wagner sei »echter und warmer Freund« worde.

Ond jetz send se komme mit Ehrunge ond Orde ond Auszeichnunge. Ond »sein Meisterstück, die sog. Wald-Sinfonie wurde zum musikalischen Bestseller der damaligen Zeit und in der ganzen Welt bejubelt«.

Weil's aber no koi GEMA gebe hat, isch'r direkt froh gwä, daß'r endlich a Stell kriegt hat, daß mr'n als Direkter ans Frankfurter Konservatorium gholt hat, des isch grad frisch uffgmacht gwä, ond da hat sogar d'Clara Schumann bein'm gschafft.

Aber über dem Haufe Gschäft hat sei Herz nemme mitgmacht, ond er isch am 24. Juni 1882 gstorbe. Ond dr Liszt hat dr Witwe gschriebe: »Als Freund und Kunstgenosse stand mir Joachim Raff so nahe wie nur Wenige…« Ond mr hat'n uff'm Frankfurter Hauptfriedhof vergrabe. Ond dr Hans von Bülow hat 10000 Mark für den Grabstoi gstiftet. Ond des isch en Haufe Geld gwä.

Schwäbischer Salomo

Johann Friedrich Flattich

Am 1. Juni 1797, morgnets am zehne, isch en Münchenge em Strohgäu der Magister Johann Friedrich Flattich, »der schwäbische Salomo« gstorbe.

Fast 84 Jahr alt isch'r worde ond aus Beihenge am Necker isch'r gwä, da hat sich sei Vatter vom Mesner, Organiste ond Schuelmoister über de Grichtsschreiber bis zom Amtmann vom Ortsherre Schertlin von Burtenbach nuffgschafft ghet. Ond sei Muetter isch oine aus der altwirtebergische ehrbare Familie von Kapff gwä.

Mit zwölf hat'r uff dui Lateinschuel en Ludwigsburg därfe ond isch, ob Rege, Eis oder Sonneschei, den ganze Weg hin- ond herdappt. Ond mit fuffzehn isch'm dr Vatter weggstorbe ond hat nex verspart ghet. Aber gottlob hat'r'm soviel Gscheitheit vermacht, daß'r des berühmte Landexame bestande hat ond deswege omesonst en dui Klosterschuel en Denkedorf hat gange därfe.

Ond da isch der »achtungswürdigste, vortrefflichste, hochgeehrteste und hochgelehrteste Herr Johann Albrecht Bengel«, der »Schwabenvater« sein Lehrer gwä. Ond bei dem, »seinem bis ins Grab hochzuverehrenden Gönner«, wär'r am liebste bliebe als »dessen gehorsamster Schüler«. Aber nach zwoi Jahr hat'r für nomol zwoi Jahr en dui Maulbronner Klosterschuel wechsle müeße.

Ond mit zwanzich isch'r nach Dibenge uffs Stift komme ond hat Theologie, Philosophie ond Mathematik studiert. Ond statt Vollsaufe oder Stocherkahnfahre oder mit Menschle romhopfe, hat'r en seiner Freizeit Nachhilfe gebe, de Reiche om Geld, de Arme omsonst.

Zwoi Jahr später hat'r scho de Magister gmacht, nach nomol zwoi Jahr Staatsexame, dr Herr Kurzzeitstudent. Hätt aber gar net so pressiere brauche, weil'r doch koi Stell kriegt hat. Deswege hat'r solang bei seim Onkel Kapff en Hoheneck »zum Vergnügen der Gemeinde« als Vikar gschafft.

Mit neunezwanzich endlich de erst Stell, Garnisonsprediger uff'm Asperg, ond jetz hat'r au heirate könne, sei Christina Margaretha Groß aus Murr an dr Murr, acht Jahr jönger ond ohne Gerstle. Hätt ja könne au a Reiche han, aber »wenn ich mich behelfen und mit einer Wassersuppe vorlieb nehmen will, geht es niemand etwas an.«

Ond se hend vierzeh Kender mitnander ghet, zwoi Buebe ond vier Mädle drvo send groß worde, ond sei Beata Regina hat später den Philipp Matthäus Hahn, »diesen wahrhaft Newtonschen Kopf« (Herder) en Kornweste gheiratet.

Nach drei Jahr Asperg isch'r versetzt worde en des armselige ond verlotterte Dorf Metterzimmern, wo d'Leut z'faul zom schaffe gwä send ond ihre Kender uff de Bettel gschickt hend. Ond mit Rat ond Tat ond mit seim guete Beispiel hat'r den Flecke en Schuß bracht, ond die hend'n heut no net vergesse.

Ame scheene (Sonn-)Tag kommt dr Herzog Carl Eugen uff dr Jagd durch des Nest, goht en d'Kirch ond hört den Flattich predige ond isch ganz aweg ond verspricht: »Hör Er, der erste gute Dienst, der aufgeht, ist Sein.«

Ond tatsächlich hat'r bald druff anno 1760 dui hochdotierte Pfarrei Münchenge kriegt em fruchtbare Strohgäu ond isch no siebnedreißich Jahr a Sege gwä bis zu seim Tod. Ond jetz hat'r no meh Guets do könne an de Arme, er isch ja selber ganz bescheide, oifach ond sparsam gwä, ond isch wie a Bettler drherkomme mit abgschabte Kloider ond ausdappte Schueh.

Ond weil'r so gscheit rausgschwätzt hat ond a schlagfertiger, witziger Kerle gwä isch, hat'n dr Carl Eugen oft uff d'Solitude eiglade, ond wenn'r drherkomme isch wie a Handwerksburscht, ond dr Herzog gschempft hat, weil'r sei Perück net pudert ghet hat, hat dr Flattich gmoint: »I brauch mei Mehl für d'Knöpfle« (Spätzle).

Noi, der Flattich isch koi so a Fürsteschleimer gwä, der hat's Maul uffgmacht ond'm Herzog sei Moinong gsait. Ond hat vor de hohe Herre net bucklet. Andre wäret für seine Sprüch uff de Asperg komme, er aber isch ja scho druff gwä.

Vo dene viele Dutzend scheene Anekdote verzählet mr bloß oine: So a eigebildeter Schnellschwätzer vom große Vatterland, ein Herr von Osten, hat sich über d'Bibel lustig gmacht ond den Flattich gfragt, wie denn dr Noah überhaupt älle die Viecher en sei Arche neikriegt hätt. Ganz oifach, sait dr Flattich, wie dui Arche fertig gwä isch, hat sich dr Noah uffs Dach gstellt ond nachanander en die vier Hemmelsrichtunge gschrie: »Komm her, du Löwe von Süden, du Bär von Norden, du Schaf von Westen, ond komm her, du Esel von Osten!«

So ein philosophisches, pädagogisches, psychologisches Genie ond Original wie dr Flattich hat's verdient, daß mr amol richtig nach'm guckt. Ond wer Lust hat, kriegt em Lade no viele Büechle über ihn, ond sogar no von ihm.

Beliebte Barbara

Barbara von Hessen

Am 8. Juni 1597, vormittags zwische neune ond zehne, isch dui Gräfin Barbara zu Waldeck en Waldeck gstorbe. Könnt ons eigentlich ganz egal sei, aber wenn dui net gwä wär, gäb's scho über 400 Jahr koine Wirteberger meh ond viele von ons wäret überhaupt net am Lebe.

Dui Barbara (* 1536 en Kassel) isch a Mädle gwä von dem Landgrafe Philipp von Hessen. Dem sei Großmuetter isch ja a Schwester vom Graf Eberhard em Bart, ond der Philipp »der Großmüthige« hat anno 1534 gholfe, daß dr Herzog Ulrich sei Wirteberg zrückerobert ond ons effangelisch macht.

Ihr Muetter aber isch dui Herzogin Christine von Sachsen gwä, ond dui hat nex drgege ghet, daß ihr Ma außer ihre au no dui Margarete von der Saal heiratet, ond daß da dr Martin Luther ond dr Melanchthon sogar no drfür gwä send für dui Bigamie, des hat dr Reformation arg gschadet.

Ond der Philipp »hatte das Glück, seine fünf ebenso geistreichen wie schönen Töchter an fünf angesehene Reichsfürsten zu vermählen«. Ond sei dritte, dui Barbara hat'r mit 19 Jahr an den fast vierzich Jahr ältere Grafe Georg von Wirteberg, den Brueder vom Herzog Ulrich verkupplet. Mit seine 57 ½ Jahr isch der für damals scho stoialt gwä (dr Graf Eberhard isch mit 50, dr Herzog Christoph mit 53, ond dem Georg sei Bueb, dr Herzog Friedrich isch au mit 50 scho gstorbe gwä).

Der guete alte Jonggsell Georg hätt ja gar koi Lust meh ghet zom Heirate, aber dr Herzog Christoph hat wölle, daß der no Kender kriegt. Denn »ein Haufen Eier und ein Haufen Kinder sind gar bald aus« hat'r gmoint, ond so hat'r dem Onkel des scheene wirtebergische Mömpelgard (Montbéliard en Burgund) zom Regiere gebe zu seim scheene wirtebergische Reicheweiher (Riquewihr em Elsaß) drzue na.

Ond dort en Reicheweiher em Schloß hend se am 10. September 1555 mit »Solenniteten vnd Gepreng, auch Ritterlicher Spil vnd Kurtzweil ihren Hochzeittlichen Erentag Zelebrieret vnd gehaltten«.

Guet, der Georg isch a reachter, gscheiter ond frommer Ma gwä ond seine Mömpelgarder hend dank ihm scho 333 (!) Jahr früher en d'Schuel gange därfe wie ihre burgundische Nachbar (ond des merkt mr heut no), aber ob des Mädle so arg glücklich gwä isch?

Immerhin hat se scho zehn Monat später a Büeble, en Ulrich uff d'Welt bracht, des isch aber scho en dr Wiege an de Gichter gstorbe, sei Säugamme isch scheint's net ganz gsond gwä.

Ond nach nomol dreizehn Monat hat se dem Friedrich 's Lebe gschenkt, der isch gottlob durchkomme ond später no Herzog worde en Stuegert, der mit de Goldmacher.

Ond wie se mit'm dritte Kend, dere Eva Christina, em sechste Monat schwanger gwä isch, da isch der Georg mit 60 Jahr gstorbe. Ond sui hat'm Herzog Christoph gschriebe: »Gott im hiemel weis, in was grossem elent vnd betrubnus ich bin; der wol mir auch gedult verleien vnd meines herzleits bald ein ent machen vnd mich auch balt meinem herzlieben herrn vnd gemahl seligen nachnemen aus diesem jamerthal; dan mich erfreuet nichts mer auf erden dan der thot.«

Zu ihre Kender isch se aber scheint's net arg lieb gwä, hat se sogar so verschlage, daß dr Christoph se zu sich nach Stuegert gholt hat. Sui aber isch en Reicheweiher bliebe ond hat sich en ihrer Einsamkeit en den Jakob Truchseß von Rheinfelden, ihren Hofmeister ond Privatsekretär verliebt ond zwoi ledige Kender mit'm ghet. Ois hat dr Burgvogt von Sponeck uffzoge, isch aber scho jong gstorbe, s'ander aber hat se en d'Schweiz gebe, ond woiß net, was aus dem worde isch.

»Als Wittwe führte sie sich dermaßen auf, daß ihr eigener Vater 1566 sie in Wirtemberg in ein Schloß gesteckt wissen wollte.« Ond no hat se sich en den Graf Daniel zu Waldeck verliebt, ond des ledige Kend vo dem isch scho bei dr Geburt gstorbe. Der hat se no aber gheiratet anno 1568 ond nach Waldeck mitgnomme. Ond elf Jahr druff isch se wieder Witwe gwä.

Ond no hat sich der zehn Jahr jöngere Graf Wolf Ernst von Stolberg an des oglückliche Weib ond ihr Geld namache wölle, aber ihre Brüeder ond dr Herzog Ludwig hend's grad no verhendret.

Isch ja eigentlich scho a arme Seel gwä dui Barbara ond mit 61 Jahr isch se endlich, »mit Leibs Schwacheit behaftet«, gstorbe uff dr Burg Waldeck. Ond am 21. Juni 1597 isch se en dere Waldecker Grablege em Kloster Netze vergrabe worde ond hat en wonderscheene Grabstoi kriegt.

Mir Lebige aber send ihr, der »Stamm-Mutter und Erhalterin des Herzogl. Hauses Wirttemberg«, unendlich dankbar, daß sie -kurz vor Torschluß- no den Friedrich en d'Welt gsetzt hat. Denn wenn der net da gwä wär anno 1593, wie em Herzog Christoph sei gueter, aber versoffener Jonger, dr Herzog Ludwig kenderlos verstorbe isch, no hättet mir oestreichisch ond wieder kadolisch werde müeße. Ond wo wäret no die ganze Geistesakrobate en dere »Gelehrtenrepublik Schwaben« herkomme, wo doch älle, vom Hölderlin bis zom Hesse, vom Hegel bis zom Heuss, ja sogar onser kadolische

Gräfin Barbaras Grabmal im Kloster Netze in Waldeck

Kusine Grace Kelly wie fast jeder von ons aus'm effangelische Pfarrhaus stammet. Ond wo sich doch der kadolische Klerus emmer no bloß en so bescheidenem Maße fortpflanze därf.

Pedellensohn wird Reichsvizekanzler

Friedrich von Payer

Am 12. Juni 1847 isch en Dibenge dr Friedrich Payer, der von dr Payerstraß uff d'Welt komme.

Sei Vatter, dr Louis Payer (1812–1861), isch wie seine Altvordere seit altersher Buchbendermoister ond Pedell, also dr Hausmoister von dr Universität gwä. Ond des färbt ab, wenn mr sich so viel onter Obergscheitle romtreibt, ond des Fritzle isch a helles Bürschle gwä, ond dr Vatter hat gmoint, der soll's amol besser han wie i, der soll studiere.

Aber wie dr Bueb grad konfirmiert isch, stirbt der Vatter ame Herzleide, ond so isch des guet gwä, daß der Jong, »mehr durch Glück als durch Verdienst«, als Hinterster grad no des berühmte Landexame bestoht ond deswege als »wohlbestallter Seminarist in Blaubeuren mit freier Kost, Wohnung, Unterricht, ärztlicher Behandlung und jährlich 60 Gulden Taschengeld« seire arme Muetter net uff dr Tasch liegt.

»Am Schluß der vier Jahre kam ich zu der Einsicht, daß ich mich nicht zum Geistlichen eigne, verzichtete auf die Stiftslaufbahn und bezog die heimatliche Hochschule als Jurist.« Hat no au für des Studium a Stipendium kriegt, ond isch als »Stadtbursche« en dui hochangesehene »Königsgesellschaft« gange, also a richtiger »Roigel« worde. Ond »es waren sehr glückliche Zeiten, die ich als Student erlebte.«

Ond mit seire »demokratischen Weltanschauung, die mir in meiner Kindheit in Tübingen angeflogen sein muß«, hat'r sich hauptsächlich onter dene alte Achtevierzger, dene gscheite(rte) Paulskirchler romtriebe, onter andrem au mit dem Dichter Hermann Kurz, dem Vatter von dr Isolde.

Ond anno 1868, wie se en Stuegert dui »Deutsche Volkspartei«, den Vorläufer von dr Reinhold-Maier-Theodor-Heuss-FDP / DVP, gründet hend, isch'r glei ihr Schriftführer worde ond hat »für die großdeutsch-demokratische (also mit Oesterreich) und antipreußische Sache gekämpft« mit Leib ond Seel ond Gosch, aber älles omesonst...

Daß'r so koi Starexame gmacht hat, verstoht sich von selber. Aber zom Rechtsawalt en Stuegert hat's glangt, ond meh hat'r ja au net werde wölle. Ond seine politische Freund hend'n glei zom »Redacteur des alterprobten, demokratischen Parteiorgans 'Der Beobachter' berufen.«

Anno 1874 hat'r sich als reiner Zählkandidat em Wahlkreis Dibenge-Raoteburg-Reitlenge zur Reichstagswahl uffstelle lasse ond wär zu seim Schrecke om a Haar au schier gwählt worde (wie dr Helmut Palmer seinerzeit en Hall), ond isch so em ganze Keenigreich uff oin Schlag bekannt worde.

Ond jetz hat'r no au gheiratet, dui Alwine Schöninger aus're Achtevierzger-Familie, »eine Ehe, die 55 ungetrübte Jahre dauerte und der ein Sohn und eine Tochter entstammten.«

Anno 1877 aber hat'r desmol »mit vollem Ernst und fest entschlossen« wieder kandidiert ond isch fast ohne Onterbrechung bis 1918 durchgehend für sein Dibenger Wahlkreis em Reichstag ghockt. »Während dieser vier Jahrzehnte habe ich unter allen Reichskanzlern gedient, Menschen und Parteien kommen und gehen sehen und bin in Berlin mit den meisten politisch hervortretenden Männern in nähere und fernere Beziehung gekommen. Mein Standpunkt war stets der demokratische.«

Ond wie wenn des net gnueg Gschäft ond Ärger gwä wär, seit 1893 bis 1912 isch er (als Dibenger) au no für Reutlinge em wirtebergische Landtag en Stuegert ghockt ond 1895 sogar zom Landtagspräsidente gwählt worde. »Ich war nun nicht mehr so frei, nur an meine persönliche Meinung und die Rücksicht auf die Partei gebunden, ich mußte mich zu

Friedrich von Payer (1847–1931)

einer mehr vermittelnden Stellung bequemen, was, wenn man Jahre lang an der Spitze einer Oppositionspartei stand, nicht ganz leicht ist.«

Ond mit siebzich hat'r au no em Reichstag richtig Karriere gmacht. Die Sozialdemokrate, des kadolische Zentrum ond die Deutsche, jetz Fortschrittliche Volkspartei hend sich zume »Interfraktionellen Ausschuß« zammedo ond onsern Payer hend se zom Vorsitzende gwählt.

Ond en dem allgemeine Durchanander am Ende vom Erste Krieg, vom 12. November 1917 bis zom 9. November 1918 isch »Seine Exzellenz von Payer« sogar au no der letzte Reichsvizekanzler em Kaiserreich worde, onter dene Reichskanzler Graf Hertling ond Prinz Max von Baden. Für den hätt ja dr Payer na solle, aber des hat der alt Ma nemme wölle ond drom hat der Wirteberger den Badener vorgschlage. Ond bald druff isch ja no dr Krieg aus- ond dr Kaiser durchgange.

Anno 1919 hat'r sich für dui »Deutsche Demokratische Partei« en dui Weimarer Nationalversammlung wähle lasse ond isch sogar nomol Fraktionsvorsitzender worde, anno 1920 aber isch'r uff Stuegert zrück ond dort isch'r am 14. Juli 1931 gstorbe, ond mr hat'n uff'm Pragfriedhof vergrabe, »allwo sein Grabmal noch zu sehen.«

Herzogl. württ. Globetrotter

Herzog Paul

Am 25. Juni 1797 isch der Herzog Paul von Wirteberg uff d'Welt komme. En dem scheene Schloß en Carlsruhe en Schlesien. Des hat sein Erbauer, der Herzog Carl Christian Erdmann (1716–1792), dr letzte Herzog von Wirteberg-Oels, a paar Dag vor seim Tod dem Paul seim Vatter vermacht.

Des isch der Herzog Eugen (1758–1822) gwä, a jöngrer Brueder vom dicke Friedrich, ond hat so 1792 »die zweite schlesische Linie des Hauses Württemberg begründet.« Die »erste schlesische Linie« hat ja der Herzog Sylvius Nimrod agfange, wien'r anno 1647 dui Erbtochter von Oels hat heirate därfe.

Der Herzog Paul hat no en ältre Brueder ghet, den Herzog Eugen (1788–1857), den »Sieger von Kulm«, ohne den hätt dr Napoleon dui Völkerschlacht von Leipzig anno 1813 jedefall doch gwonne ond die Bonaparte wäret vielleicht heut no dra statts dem Chirac ond dem Hugenotte Lionel Jospin.

Wie sei Brueder hätt au dr Paul a Held werde solle ond hat bei dr preußische ond bei dr wirtebergische Armee gschafft ond isch vom Fänotip her au a Kommißbeutel gwä, aber an dem Soldäterlesgschäft hat'r koi so a Freud ghet. Er hat sich meh für d'Naturwisseschafte intressiert ond sich bald

Herzog Paul von Württemberg (1797–1860)

bloß no mit Länder- ond Völkerkunde, Zoologie ond Botanik abgebe.

Ond 1822 bis 1824 isch'r nach Nordamerika gfahre zu de Indianer am Mississippi, Ohio ond Missouri. Ond des Tagebuch vo dere Reis hat später sogar dr Cotta druckt, ond des ka mr übrigens heut no kaufe.

Statt're scheene Squaw hat'r, wieder drhoim, dui Sophia Dorothea Caroline (1800–1870) aus dere Briefträgersfamilie Thurn und Taxis gheiratet, ökumenisch ond d'Kender, hend se ausgmacht, werdet effangelisch daift. »Diese Heirat war unter finanziellen Gesichtspunkten eine sehr günstige für den Herzog, der beträchtliche Schulden hatte.«

Dere Sophie ihr Muetter isch a Schwester gwä von dere berühmte Königin Luise. (Was für ons Wirteberger onser Keenigin Katharina, isch dui für die Preuße).

Dere Sophie ihr Großmuetter aber isch em Herzog Carl Eugen sei oinzige Schwester gwä, dui Auguste Elisabeth (1734–1787), wo ihren Ma, den Carl Anselm von Thurn ond Taxis von seim Leibkoch hat vergifte lasse wölle ond deswege hoimgschickt ond lebenslänglich uff dere (jetz badische) Burg Hornberg eigsperrt worde isch.

Dui Ehe vom Paul aber isch a bißle besser gwä, oineweg hend se sich anno 1835 scho wieder schoide lasse, er isch ja au kaum meh drhoim gwä, sondern isch mit dem Gerstle vo seim Weib ebbes en dr Weltgschicht romgreist. Ond se hend au bloß oi Kend ghet, den Maximilian (1828–1888), ond der hat koine Kender ghet.

Zur Hochzich hat'r vo seim Vetter Keenig Wilhelm I. des alte Hoch- ond Deutschmeisterschloß en Mergentheim kriegt, ond dort hat'r äll des wertvolle Sach uffghebt, was'r vo seine viele Expeditione hoimbracht hat.

Beispielsweis anno 1829 bis 1832 »nach dem nördliche Mexiko, den angrenzenden Theilen der Vereinigten Staaten, den bis dahin noch wenig bekannten Inseln und Küsten des mexikanischen Meerbusens.«

Oder anno 1839/40 »im Auftrag des Vizekönigs von Egypten Mehemed Ali in die theilweise noch unerforschten Länder der oberen Nilgegend.«

Oder von anno 1849 bis 1856 »auf verschiedenen Kreuz- und Querfahrten von den nördlichen Theilen der Vereinigten Staaten und Canada bis zur Maghellanstraße.«

Oder anno 1857 nomol »in die Mississippigegenden, und zuletzt 1858 und 1859 nach Australien, Neuseeland, Ceylon und zurück über Egypten.«

Ond die Franzose hend ihn zom Mitglied von ihrer Akademie gmacht ond die Dibenger zom Ehredokter.

Ond nach soviel Globetrotterei hat'r sich en seiner schlesische Hoimet, en Carlsruhe für seine alte Däg no dui »Paulsburg« baue lasse. Ond des Palais isch grad fertig gwä, da hat'r sich beim Ordne vo seine Sammlunge en dem kalte Schloß en Mergentheim a Longeentzöndong gholt, »welchen Zustand aber der Herzog bei seinen nicht geringen medizinischen Kenntnissen und dem Mißtrauen gegen Ärzte selbst Herr zu werden gehofft hatte.«

Ond so isch'r am 25. November 1860 gstorbe ond en Stuegert en dr Stiftskirch en dr Gruft – als letzte Leich überhaupt – »nicht ohne Theilnahme der heimatlichen und auswärtigen Gelehrtenwelt beigesetzt worden.«

Ond se hend gmoint, »sein Name wird in den Jahrbüchern der Naturwissenschaften und der Länder- und Völkerkunde stets unvergessen bleiben.«

»Seine Sammlungen im Gebiet der Geographie, Ethnographie, Alterthums- und Naturwissenschaften wurden nach seinem Tode leider zerstreut.« Aber a bißle ebbes drvo, a paar scheene Sache send no em Linden-Museum en Stuegert. Agucke!

Badisch-württembergische Kreuzheirat

Carl Wilhelm ∞ Magdalene Wilhelmine
1697

Am 27. Juni 1697 hat en Stuegert der Markgraf Carl III. Wilhelm von Baden-Durlach dui Herzogin Magdalene Wilhelmine von Wirteberg gheiratet. Siebe Woche vorher hat en Basel dem Badener sei Schwester Johanna Elisabeth dere Wirtebergerin ihrn Brueder, den Herzog Eberhard Ludwig uffheirate müeße.

Des send die zwoi Müetter gwä, wo ihren Nachwuchs so übers Kreuz verkupplet hend, ond die hend's ja guet gmoint, aber d'Lieb ka mr halt net verzwenge, ond so hend se mit ihrer Ehestifterei viel Oheil agrichtet ond ihre Mädle kreuzoglücklich gmacht.

Jetz also dui badisch-wirtebergische Katastrophenehe Nr. 1: Dui Magdalene Wilhelmine isch uff d'Welt komme, da isch ihr Vatter, der »fenftkürzeste Herzog« Wilhelm Ludwig (1647 – 1677) scho vier Monat gstorbe gwä. Ihr Muetter, dui berühmte Herzogswitwe Magdalene Sibylle hat des Mädle so uffzoge, daß se »eine ausgesprochen lebenstüchtige, kluge und sehr begabte Württembergerin« worde isch.

Der badische Ehemann isch vierzehn Monat jönger gwä, ond »die Natur, welche unschlüssig war, ob sie einen Herkules oder einen Sohn der Venus bilden sollte, tat beides.« Ond wenn'r net grad zom Kriegerles onterwegs gwä isch, hat'r seim Weib, weil's halt sei mueß, a Kend gmacht, en zehn Jahr

a Stücker drei, vier, ond no hat'r gnueg ghet von're ond hat se sitze lasse en Durlach. Ond hat sich a neue Residenzstadt, des »Carl(Wilhelm)sruhe« nach oigenem Plan (als Fächerstadt mit 32 Radialachsen) aus'm Sandbode gstampft ond sich dort »ein kleines irdisches und zwar orientalisches Paradies geschaffen.«

Ond so wie sich dr preußische Herr Kollege en Potsdam seine »Langen Kerls« ghalte hat, so hat er sich seine fast hondertfuffzich »Gartenmägdelein« herdo. Die Mädle send vielseitig verwendbar ond gebildet gwä ond hend au als Leibwächterinne ond als Kellnerinne, als Sängerinne, Tänzerinne ond Schauspielerinne schaffe därfe. Ond die send älle em Schloßturm onterbracht gwä, ond a jede hat ihren oigene Klingelzug ghet, ond wenn'r gschellt hat, hat se sprenge müeße. Ond weil se so oft gspronge send, sprengt heut no en ganzer Haufe Markgräfleskender rom, vielleicht weiter wie ens Wildparkstadion neipasset.

Em In- ond Ausland hend se sich s'Maul verrisse über den badische Sultan mit seim Harem, ond dui guete ond gscheite Lieselotte von dr Pfalz (wo als jongs Mädle eigentlich dem Kerle sein Vatter hätt heirate solle) schempft über »den ridiculen Serail« ond hoißt den Denger »einen Narren in Folio« (Großformat).

Anno 1722 hat'r endlich sein Harem verkleinert ond hat bloß die achtzig schönste Mädle bhalte, denn 78 hat'r zom Tarockspiel braucht, »und die Glückliche, welche den Trumpf erhielt, ward Königin der Nacht.«

»Markgraf Carl Wilhelm starb 1738 als einer der galantesten und doch beliebtesten Selbstherrscher von Deutschland. Er war so tolerant, daß er in dem lutherischen Lande zu Karlsruhe, seiner neuen Hauptstadt, den Reformierten eine Kirche, den Katholiken ein Bethaus und den Juden eine Synagoge verwilligt hatte.«

Sein Erbprinz Friedrich aber isch scho gstorbe gwä ond hat vo seim (en dr Schwangerschaft nervekrank wordene) Weib, der Anna von Nassau-Dietz-Oranien, a Büeble ghet, den spätere erste Großherzog von Napoleons Gnaden, Carl Friedrich (1728–1811), »der aus Baden einen modernen, hervorragend verwalteten Staat gemacht hat.«

Ond woher hat der wohl sei ganze Gscheitheit: »Seine Erziehung ward nun von seiner väterlichen Großmutter, der vortrefflichen württembergischen Prinzessin Magdalene Wilhelmine geleitet, die getrennt von ihrem galanten Gemahl gelebt und in der fürstlichen Leidensschule bei der Religion ihren Trost gefunden hatte.«

Anno 1742 isch se en dr Carlsburg en Durlach gstorbe ond en dr Schloßkirch St.Michael en Pforzheim vergrabe worde. Ond des därf mr nie vergesse, daß dieses arme Mädle aus (dem einstmals badischen) Stuegert dieses urschwäbische Fürstenhaus der Markgrafen von Baden vorem Aussterbe bewahrt hat. Ond wie hat ihr des dieser badische Bräutigam dankt.

Net amol em Tod send die zwoi wieder zammekomme. Er liegt jetz en dere Pyramide uff'm Marktplatz en Karlsruhe, »so wie er gelebt hat«, moint dr Stadtführer, »mitten im Verkehr.«

Kreuzheirat Nr. 2

Eberhard Ludwig
∞
Johanna Elisabeth
1697

Die Badener ond die Wirteberger (se send ja beide urschwäbische Fürstehäuser) hend emmer friedlich ond fröhlich mitnander glebt, ond wenn's amol en Krieg gebe hat, no hend se dapfer Seite an Seite kämpft, zletzt no anno 1866 bei Lauda, Tauberbischofsheim ond Königshofe gege die Preuße. Omsonst.

Ond se hend emmer wieder rüber ond nüber gheiratet, ond hend sich so gegeseitig helfe fortpflanzt. Ond so isch au dui badische Stadt Stuttgart als Mitgift an die Wirteberger komme. Omsonst.

Ond die zwoi hochwohlgeborene Müetter en Baden-Durlach ond en Wirteberg-Stuegert hend au nex anders wölle, als ihre Kender ond ihre Länder glücklich mache, wie se die anno 1697 übers Kreuz verkupplet hend. Omsonst.

Jetz also dui badisch-wirtebergische Katastrophenehe Nr. 2: Net viel besser isch's dr badische Johanna Elisabeth mit ihrem wirtebergische Herzog Eberhard Ludwig gange. Au nex wie Herzeleid, Träne, Jammer ond Elend.

Am 6. Mai 1697 hend die zwoi gheiratet em Badische Hof en Basel, weil em Badische drhoim älle Schlösser abbrennt gwä send vom »Sonnekönig« seine sadistische Sauhond. Ond er isch zwanzich gwä ond sui sechzehn. Ond au bei äller Hochachtung, Wertschätzung und Liebe für und zu unseren badischen Bundesbrüdern, daß se a arge Scheeheit gwä isch, des ka mr net grad sage. Ond onter ons, de Hellst vom Flecke soll se au net gwä sei, hoißt's. Ond nomol, net dr Bräutigam hat sich dui rausgsuecht ghet, sondern sei Muetter. Ond scheint's häb'r se bloß gheiratet, weil se so a scheene Hofdame ghet hat.

Ond immerhin neunzehn Monat hend se braucht, bis se s'erste ond oinzige Kend en d'Welt gsetzt hend, den Erbprinze Friedrich Ludwig. Ond no hat der Eberhard Ludwig gmoint, jetz häb'r sei vaterländisch-familienpolitische Pflicht erfüllt ond hat sei Weib net amol meh von weitem aguckt.

Denn er hat sich hauptsächlich onter de Soldate romtriebe ond a Kriegsheld werde wölle ond Karriere gmacht ond isch schließlich sogar »Reichsfeldmarschall« worde.

Sei badische Frau Gemahlin aber isch einsam ond verlasse en Stuegert em Alte Schloß ghockt ond hat ihren Dag hauptsächlich mit Heule, Stickereie ond Choralsenge ond mit ihrem ewig kränkliche Kend verbracht. A arme Seel, ond se hat sicher manchmol denkt: »Wärst du Dussel doch in Durlach geblieben…«

Ond der Eberhard Ludwig stampft sich drweilsch uff dr grünen Wiese sei (Eberhard-)Ludwigsburg aus'm Bode. Ond hat verschiedene Menscher ghet, bis ihm anno 1706 a paar so Hofintrigante ein mecklenburgisches Fräulein namens Wilhelmine von Graevenitz ens Nest neiglegt hend.

Ond diese »herzogliche Hur«, »das Mensch«, »die Landesverderberin«, »die schwäbische Pompadour« ond was mr se älles ghoiße hat, dui hat den verheiratete Duppel soweit bracht, daß'r sich mit ihr au no verheiratet hat. Ond no hat se sogar ens Kirchegebet eigschlosse werde wölle, aber dr Herr Hofprediger hat gmoint, mir betet doch scho jeden Sonntich ›sondern erlöse uns von dem Übel!‹

Dr Kaiser en Wien ond dr badische Vatter en Durlach hend aber durchdruckt, daß des Skandalweib Wirteberg verlasse mueß. Ond was macht onser Bigamist, der Sempel reist henterher, ond se fendet en total verschuldete, wackelige ond dackelige böhmische Grafe namens Würben, macht ihn für 8000 Gulde Jahresgehalt zom Landhofmeister, ond für nomol 20 000 Gulde heiratet der des Mensch zom Schei.

Ond jetz kriegt mr se nemme naus aus Wirteberg, dui Frau Landhofmeisterin Würben, net amol dr Kaiser. Ond jetz hat se des Land auspreßt mit ihrer Habgier ond ihrer Frechheit. Ond der berühmte Professer Ludwig Timotheus Spittler en Göttenge schreibt: »Die Würde der Geschichte scheint fast entweiht, den Namen einer Frau erhalten zu müssen, deren ganzes Leben nichts als Raub und Entehrung war.«

Fast a Vierteljahrhondert hend's die zwoi mitnander triebe, daß a Schand isch, no isch der Erbprinz an dr Schwendsucht weggstorbe. Ond dr Eberhard Ludwig hat sich mit seiner Badenerin wieder aussöhne müeße, ond dui hätt mit ihre 51 Jahr no en Stammhalter en d'Welt setze solle. Ond se hend sich au älle Müeh gebe, ond des ganze Land hat inniglich mitbetet, daß no a Büeble kommt (denn sonst kommt ja der kadolische Carl Alexander als Herzog na, en're Zeit, wo mr en Salzburg die Effangelische vertriebe hat), ond die Dokter hend au so do, wie wenn se schwanger wär. »Aber es war nur Kummerspeck.«

Anno 1733 stirbt dr Eberhard Ludwig, anno 1757 dui Johanna Elisabeth. Ond jetz lieget se en dr Fürstegruft en Ludwigsburg friedlich nebrenander. Wie Bade ond Wirteberg dank Reinhold Maier ond Gebhard Müller.

Ebbes Guets aber hat dui Graevenitz doch do: Dadurch, daß se ihr ganze Sippschaft ens Land gholt hat, hend mir sotte Prachtskerle wie en Carl Friedrich ond en Richard von Weizsäcker kriegt, denn von dr Muetter her send des halbe Graevenitz.

Hegelmaier, Heilbronn

Paul Hegelmaier

Bei seiner Leich isch'r scho fast vergesse gwä, ond em Blättle hend se gschriebe: »Sein Name ist einst im ganzen Schwabenland und darüber hinaus durch aller Leute Mund gegangen«: Paul Hegelmaier, Oberbürgermeister von Heilbronn.

Der isch am 1. Juli 1847 en Dibenge uff d'Welt komme, grad wie dr Herr Reichsvizekanzler Friedrich von Payer, ond hat au Jurist glernt, ond isch später so berühmt worde wie dr Helmut Palmer ond Manfred Rommel mitnander.

Anno 1884 hend ihn die Heilbronner mit 79% Stemme zom Schultes gwählt, obwohl'r no acht Dag vorher verkündet hat, er wöllt's gar net werde, er dät dui Wahl gar net anehme. Ond isch erst en dr letzte Minut no atrette ond hat grad amol oi Wahlversammlung abghalte – aber mit über 3000 Teilnehmer bei 3640 Wähler.

Ond er hat versproche, daß'r »Schluß macht mit dere Vetterleswirtschaft uff'm Rathaus«, daß'r ausmiste dät ond dene »selbstherrliche Herre Gmeinderät« zeige, wo dr Barthel de Most holt.

Ond tatsächlich hat fast de ganz Stadt Heilbronn gjublet: »Vorüber ist nun Angst und Schweiß, Hegelmaier ist Stadtschultheiß!« Ond älle send se beim Fackelzug mitdappt. Ond er isch au a reachter Kerle gwä, ond sei Wahlspruch: »Net schwätze, schaffe!« Ond isch äll Morge mit'm Gockeler uffgstande, ond lang vor seim Halblandsmann Lenin hat er gmoint: »Vertrauen ist gut, Kontrolle ist besser« ond hat dene (seinerzeit noch vorhandenen) Faulenzer em öffentliche Dienst uff d'Fenger guckt ond uff d'Pfote ghaue.

So macht mr sich nadierlich net bloß Freund, ond so isch a regelrechter »Rathauskrieg« losgange mit de Beamte, mit'm Landrat, mit de »Obere Zehndutzend«. Ond er isch halt au a Dibenger Dickschädel gwä ond hat obedrei en Krattel ghet ond a Eibildung, ond a bißle a Schlawiener isch'r au gwä, a Toskana-Fraktionist mit Kontakten zum Rotlichtmilljöh. Ond des obwohl'r mit'm Mädle vom Herr Oberamtsrichter Wilhelm Ganzhorn, dem Dichter vom »Schönsten Wiesengrunde«, gheirat gwä isch.

Machet mr's kurz. Jeden Dag isch ebbes anders em Blättle über'n drengstande. Er hat Dienstbeschwerde losglasse wie andre Leut Fürz, ond selber oi Disziplinarverfahre oms ander an de Hals kriegt. Anno 1892 hend se'n schließlich vom Dienst suspendiert, für geisteskrank erklärt ond ihn zwangsweis en dui (neutrale) badische Landesirreastalt Illenau gsteckt.

Dort hat'r sich aber so schee erholt, ond no hend se'n aklagt »wg. 93 Einzelfällen der Willkür im Dienst, Mißbrauch der Amtsgewalt, Streit- und Beschwerdesucht, Unsittlichkeit und des unleidlichen Verhaltens zu den bürgerlichen Kollegien.«

Der Disziplinarhof en Stuegert aber hat'n bloß zu hondert Mark Straf verurteilt, ond des isch a Freispruch gwä, ond se hend'm ausdrücklich bestätigt, daß'r nex do häb, was dr Stadt gschadet hat. Ond isch wieder als Schultes eigsetzt worde.

Anno 1898 isch'r sogar für den Wahlkreis Besigheim-Brackenheim-Heilbronn-Neckersulm en Reichstag gwählt worde. Ond des Haufe Gschäft ond des ganze Gehändel hat'n so fertig gmacht, daß'r anno 1903 »wg. schwerer Herzaffektion« sein Rücktritt abote hat, wenn'r 6000 Mark jährliche Pension kriege dät. Ond dr Heilbronner Gmeinderat hat uffgschnauft ond des Agebot sofort oistemmig agnomme.

Ond dr Hegelmaier isch uff Stuegert zoge. Ond hat sich von Heilbronn verabschiedet mit dem berühmte Gedicht: »Leck mich am Arsch, du Stadt der Krämerseeelen...« (wo aber jedefall der David Friedrich Strauß dichtet han soll).

Anno 1912, am 27. April, isch'r hie verbittert ond fast vergesse gstorbe ond uff'm Pragfriedhof (an dr Heilbronner Straß!) vergrabe worde, ond hat verbote, daß'm die en Kranz nagleget.

Ond en dr Zeidong hend se seine »segensreiche und weitsichtige Kommunalpolitik« globt: »Heilbronn hat unter ihm ein vornehmes Gewand angezogen, die Pflege unserer Alleen, die peinliche Sauberkeit der Straßen, die Erneuerung ehrwürdiger Baudenkmale, das große Werk der Kanalisation (Anm.: unter Tiefbauinspektor Ludwig Heuss, Vater von Theodor!), all das ist wesentlich auf sein Wirken zurückzuführen.«

En Heilbronn aber »wurde der umstrittenste Oberbürgermeister der Stadtgeschichte erst fünf Jahrzehnte nach seinem Tod voll rehabilitiert« ond der »in Öl gemalte Paul Hegelmaier hat heute seinen Ehrenplatz im Großen Ratssaal des Rathauses.«

Ond heut isch mr em Onterland doch direkt dankbar für jeden Schultes, wo no frei romlaufe därf.

Klosterfrau Katharina

Gräfin Katharina von Württemberg

Vor 500 Jahr isch en Würzburg dui Gräfin Katharina von Wirteberg gstorbe. Dui kennt heut koi Mensch meh, weil's halt selbichsmol ja no koi Doofelesfernsehe ond koine so Analphabeteblättle gebe hat.

Ihr Vatter isch der Graf Ulrich der Vielgeliebte (1413–1480) gwä, ihr Muetter dui Margarethe von Cleve (1416–1444), a verwitwete Herzogin von Bayern-München.

Am 29. Januar 1441 hend die zwoi en Stuegert gheiratet, ond a paar Woche später isch der bisher friedliche Ulrich mit seim ältre Brueder Ludwig (1412–1450) scho so übers Kreuz ond verstritte gwä, daß se em April ihr Wirteberger Ländle probeweis, am 25. Januar 1442 endgültig vertoilt hend. Ond wenn dem Ludwig sei jenseitsmäßig gscheiter Bueb, dr Eberhard em Bart anno 1482 em berühmte Münsinger Vertrag des Sach net wieder zammebracht hätt, mir Wirteberger wäret sicher de Bach na.

Unter Einhaltung der natur- bzw. sittengesetzlich erforderlichen bzw. zulässigen Frist hat dui Margarethe am 7. Dezember 1441 ihr erstes ond oinziges Kend, dui Katharina uff d'Welt bracht. Koine zwoiehalb Jahr später hat mr dui Muetter scho en dr Stiftskirch vergrabe.

Der Ulrich hat nomol gheirat, dui Elisabeth von dene reiche Bayern-Landshut (1419–1451). Von dere hat'r drei Mädle ond drei Buebe ghet, ond no isch se an Neujahr 1451 »an der Geburth eines andern fräwlins« en Landshut uff dr Burg Trausnitz gstorbe.

Ond obwohl jetz zwoi Erbprinze da gwä send, hat er, der wo »ain rechter Frawen Mann gewesen«, nomol gheiratet, dui Margarethe von Savoyen (1420–1479), des Mädle vom Herzog Amadeus VIII. von Savoyen, wo se als Witwer zom Papst Felix V. gwählt hend. »Eine schöne, sittsame und tugendsame Fürstin. Mit allen 3 Gemahlinnen lebte Graf Ulrich vergnügt, sonderlich mit der letzteren.« Ond hat mit ihr nomol vier Mädle ghet, ond drei drvo send groß worde, ond se hat au älle onter d'Haube kriegt, sogar dui wo gschielt hat.

Die Mädle aus erster ond zwoiter Ehe aber send ens Kloster gsteckt worde, so au onser Katharina. Warom, des ka net amol der »Stammvater der württembergischen Geschichtsschreibung« sage, der herzogliche Leibarzt Dr. Oswald Gabelkover: »aintweder das sie leibarm oder sonst immerzu kranckh und baufällig gewesen, oder villeicht, das sie sich nicht mit Irer Stieffmuotter nicht betragen könden In das Nonnen Closter gethon worden.«

Der Stuegerter Ratsherr Sebastian Küng aber woiß genau, sui »ist gantz eines bloden und bresthafftigen leibs gesein, derhalber sie zu Lauffen in dem frawencloster ier leben verschlissen.« Ond des Erbtoil hat se jedefall von ihrer mömpelgardische Großmuetter Henriette ond ihrer mailändische Urgroßmuetter Antonia en ihr Wiegle neiglegt kriegt ghet.

Ond jedefall wie mr eigsehe hat, daß sich nie en Brautwerber melde wird, isch se mit 18 Jahr ens Kloster Adelberg komme ond hat a reiche Mitgift mitkriegt, onter anderem 15 Liter Wirteberger Wei pro Tag. Ond au sonst isch's da scheint's net arg klösterlich zuegange, denn »das ärgerlich leben der gaistlichen Personen zu Adelberg«, wo »Weibs-Bilder bey Manns-Bildern in einem Hause oder Closter beysammen wohnen« isch so schlemm worde, daß anno 1476 die Nönnlein, siebzehn an dr Zahl, vom Graf Ulrich »wider ihrem Willen« en des monotone Monasterium en Lauffen am Necker verlegt worde send.

Dort aber isch se ame scheene Tag, ihr Vatter hat scho nemme glebt, »heimlich bei Nacht entflohen« ond nach Würzburg gange. Ond ihrem Vetter, em Eberhard em Bart, isch des so peinlich gwä, daß'r sogar em Heilige Vatter en Rom telefoniert hat, daß der dui wieder hoim nach Lauffe brenge soll.

Aber net amol dr Papst hat des gschafft, so stur isch dui Katharina gwä, ond se isch no en des Kloster Gerlachsheim eitrette. Aber bloß a Weile, no isch se au dort durchgange. »Die unruhige Art ihrer (völlig vergratenen) Brüder Eberhard d.J. (›ein regelrechter Altstadtschlamper‹) und Heinrich (›der Narr‹) war ihr nicht fremd. Sie setzte es durch, daß sie ein eigenes Haus in Würzburg beziehen durfte.« Da isch se am 28. Juni 1497 gstorbe, ond hat's ausdrücklich so wölle, daß mr se nach Adelberg überführt ond en dr Ulrichskapell vor dene Stufe zom Hochaltar vergrabt. Jedefall weil se dort oimol em Lebe a schees Weile glücklich gwä isch.

Verlegung des Nonnenklosters Adelberg nach Lauffen am Neckar

Tante Gretles Teddybäre

Margarete Steiff

Jedes Kend kennt des Kend, wo am 24. Juli 1847 dohomme en Giengen an dr Brenz uff d'Welt komme isch, ond trotz ihrem traurige Schicksal Millione ond Abermillione Leut, jonge ond alte, soviel Freud gmacht hat ond emmer no macht.

Des send seinerzeit arme ond teure Zeite gwä, die Hongerjahr vor dr Achtevierzger-Revolutio, wo älle Grombiere uff de Äcker verfault send ond die Müetter en ihrer Verzweiflong nemme gwißt hend, was uff de Tisch nastelle.

Ond da kriegt der Bauwerkmeister Friedrich Steiff aus Geislenge vo seim Weib Maria, geborene Hähnle vo Giengen, s'dritte Mädle, sei Margarete, en d'Wieg neiglegt.

Ond mit anderthalb kriegt des Kend Kenderlähmong ond ka uff oimol seine Händle ond Füeßle nemme rege, ond der Vatter hat sei ganz Gerstle zammekratzt ond isch zu älle Dokter gspronge, ond koiner hat helfe könne.

Weil des Mädle aber oineweg freundlich ond fröhlich gwä isch, gscheit ond uffgweckt ond ebbes könne hat, hend se älle möge, ond se hat sogar ganz normal mit de andre Kender en d'Volksschuel därfe. Ihre Gschwister hend se em Loiterwägele nagführt, ond no hat a liebe Frau se nufftrage ens Klassezemmer.

Ond en Rechne ond en Religion hat se sogar en Oiser

Margarete Steiff (1847–1909)

ghet, ond ihr liebster Bibelspruch isch gwä: »Laß dir an meiner Gnade genügen, denn meine Kraft ist in den Schwachen (württ. Fassung: in den Schwaben) mächtig.«

Ond dr Vatter hat emmer no a Hoffnong ghet ond hat älles versuecht, ond hat se au zu dem berühmte Dr. August Hermann Werner nach Ludwigsburg zom Operiere bracht, omesonst, ond au a Thermalkur en Wildbad hat net viel gholfe.

Aber wenigstens hat se ihre rechte Hand a bißle besser bewege könne, ond nach dr Konfirmatio hat se selber en a Nähschuel gange wölle, em Rollstuhl.

Ond grad ausglernt, hat se mit ihre zwoi ältre Schwestre drhoim dui »Nähstube Margarete Steiff« uffgmacht. Ond weil se sauber ond fleißig gschafft hat, isch dr Lade bald guet gloffe, ond wie dui Stub z'klei worde isch, hat se mit ihrem Brueder a neus Haus baut.

Ame scheene Dag schneidret se dem seine Kender aus übrige Wollfilzzipfele so kleine Elefante als Christtagsgschenk. Dr Elefant isch des Wappetier vo de alte Helfensteiner Grafe, ond sui isch ja vo dr Muetter wie vom Vatter her a Helfesteinere gwä, ond die andre Kender en Giengen wöllet älle uff oimol au so a Filztierle von dr »Tante Gretle« han.

Ond s'Jahr druff ganget se scho uff de Christkendlesmärkt en Heideheim ond verkaufet oms Nomgucke die zwoi Säck voll Elefante, wo se drbei hend. Ond se nemmet soviel Uffträg mit hoim, daß se gar nemme nachkommet mit schaffe ond en Haufe Leut eistelle müeßet.

Ond wie se sogar en Berlin ond en dr Schweiz die Filztierle han wöllet, machet se anno 1880 dui Firma »Margarete Steiff Spielwarenfabrik« uff. Ond dui wird a Sege für de ganz Heideheimer Alb, ond des Weible en ihrem Rollstuhl verlebt's no, wie 2200 Leut bei ihr schaffe därfet ond a sichers Eikomme hend.

Älle mögliche Viechle hend se en ihrem Sortiment ghet, ond ihrem Brueder sei Jonger, dr Richard, der hat en Stuegert en Nills Tiergarte am Herdweg die braune Bäre aguckt ghet ond hat drnach au so Bärle schneidre lasse ond isch drmit uff dui Leipziger Mess gange. Aber koi Sau en Sachsen hat se kaufe wölle, ond wien'r seine Ladehüeter am letzte Dag wieder eipackt, kommt grad no a Ami drher, a Spielzeughändler aus USA, ond läßt'n sei Schachtel nomol uffmache ond kauft älle uff oin Schlag ond bstellt nomol 3000 Stück.

Ond wie anno 1904 em Präsident Theodor (»Teddy«) Roosevelt sei Mädle Hochzich ghet hat, hend se die schwäbische Steiff-Bärle zur Zierde uff de Tisch gstellt. Ond jetz isch ganz Amerika verrückt gwä nach dene »Teddy-Bärle«, ond se hend se millioneweis importiert.

Ond onter ons, sogar no em Präsident Ford sei bildschees Mädle, d' Susan (vgl. »Herr, schmeiß Hirn ra!« S. 41 f.) hat sich anno 1976 so a Bärle mit »Knopf im Ohr« aus Degerloch schicke lasse. Aber se hat no doch ihren Leibwächter gheiratet…

Hondertondvier Jahr nach'm Schiller, am 9. Mai 1909, isch dui Margarete Steiff gstorbe ond aus ihrem Rollstuhl rauskomme. »Mit ihr starb ein liebenswerter und schöpferischer Mensch, eine angesehene und beliebte Mitbürgerin, in ihrer Herzensgüte eine Wohltäterin vieler Armen, eine halbgelähmte, behinderte Frau, die nie den Mut verloren und sich mit ihren Tieren in Millionen von Herzen in aller Welt ein Denkmal gesetzt hat.«

»Bester Brezelbeck von Wirteberg«

Karl Streib

Wieder hend mr a Stück vom guete alte Degerloch verlore. Mit 78 Jahr isch dr »Streibe Karle« gstorbe ond wird heut uff'm Alte Kirchhof vergrabe.

Die Streib send eigentlich Mairenger Uradel (»Streibgasse«), aber wie des reichsstädtisch-esslingische Nest dank Napoleon endlich wirtebergisch worde isch, hat dr Urehne uff Degerloch neigheiratet ond sei Bäckerei obe an dr Kirchgaß uffgmacht.

Dort isch dr »Streibe Karle« am 11. November 1918, an Martini, uff d'Welt komme. Zwoi Dag vorher isch sei Onkel, »Streibe Ernstle«, am letzte Dag no vom Erste Krieg en Flandern von're Granat verrisse worde, dr letzte Wirteberger, wo gfalle isch, ond dr ganz Flecke hat no lang om den seelleguete Kerle gheult. Ond liegt jetz en Langemarck em Massegrab.

Drfür hat no wenigstens dr Karle nach 12 (in Worten: zwölf) Jahr Arbeitsdienst, Kommiß, Krieg ond Gfangeschaft wieder halbwegs ganz hoimkomme därfe ond seim Vatter en dr Bachstub helfe.

Ond d'Leut send uff'm Streib seine Brezle nei, dui ganz Hottwollee von Degerloch uff dr »Villa« sowieso, dr Theodor Heuss sogar ond dr Arnulf Klett. Ond dr Herr Professer Josef Eberle alias Sebastian Blau hat de Streib als »beste Brezelbeck von Wirteberg« (ond damit von dr Welt!) globt (ond des will

bei dem ebbes hoiße), ond er oder sei Weib oder sei Chauffeur send äll Morge (außer sonntichs!) dagstande ond hend uff die ofefrische Brezle gwartet, wo laut Else Eberle »sogar ohne Butter besser schmecket wie andere mit Butter«. Ond Lufthansakapitän hend se säcklesweis nübergschmugglet nach Neuyork em Flieger.

Aber net bloß seine Brezle, au de Streibe Karle hat mr möge, er isch a stiller, ruhiger Zeitgenosse gwä, ond a frommer Ma wie älle rechte Becke, ond isch emmer en Kirch gange. Au en dene Zeite, wo die fanatisierte Hitlerbüeble vorem Lade romgschrie ond seim Vatter schier d'Fensterscheibe neigschmisse hend.

Mangels Stammhalter hat'r anno 1989 – nach vier Generatione ond fast hondertfuffzich Jahr Becke Streib en Degerloch – sei Bachstueb hergebe. Ond des Geheimnis vo dene Brezle des nemmt'r heut mit ens Grab.

Hie gut Tuttlingen allewege!

1200 Jahre Tuttlingen

Laut Spendenbescheinigung vom 30. Juli 797 haben die schwäbischen Gebrüder Hupert und Isanbertus ihr ganzes Sach im schwäbischen »Tutilinigas« zum Heil ihrer Seelen dem schwäbischen Kloster St. Gallen gestiftet (»Actum in urbe Constantia« am Schwäbischen Meer im 29. Jahr des mit einer Schwäbin verheirateten Königs, nachmaligen Kaisers Karl Magnus).

Deswege feiret die Tuttlenger, was die Stuegerter ihrer Lebtag nie nakriege werdet, grad ihr 1200-Jahrfeier mit Pauken ond Trompeten, Erwin Teufel, Tamtam ond Tschingderassabum.

Em Uhland sein Graf Eberhard der Greiner, der hat des Donaustädtle kurz vor »Der Schlacht bei Reutlingen« (1377) kauft, ond wenn's au er ond seine Nachfolger emmer wieder amol uffs Versatzhaus trage hend, daß se a Geld krieget für andere Schnäppchen em Schlußverkauf, so hat des Tuttlenge seither »immer ein gut wirtembergisch Herz gehabt.«

Ond seine »Bürger sind im Allgemeinen gewerbsam, thätig, ordnungsliebend und haushälterisch. Sie haben Leute von edlem Sinne, Männer (Nachtrag: und Frauen), welche mittelbar oder unmittelbar in verschiedenen Ständen das Wohl ihrer Mitbürger förderten, hervorgebracht.«

Ond en äller Welt operieret ond schaffet die Dokter mit

dene chirurgische Instrument aus Tuttlenge, ond wieviel Leut wäret scho nemme da ohne »diese herausragende Präzision und Qualität in der Medizintechnik« made in Donautal.

Berühmt send die Tuttlenger aber au durch dem Johann Peter Hebel sein »Kannitverstan« worde aus dem »Schatzkästlein des Rheinischen Hausfreundes«. Der amol weltberühmte Professer Ernst Bloch, gebürtig aus dr gleiche Stadt wie onser derzeitiger Herr Bundeskanzler, ond später em Ulbricht nach Dibenge drvogloffe, für den hat der liebe Hebel »die schönste Geschichte der Weltliteratur« gschriebe.

Des isch gwieß wahr, ond dui Gschicht von dem guetmütige Handwerksbursche aus Tuttlenge schließt so: »und wenn es ihm wieder einmal schwer fallen wollte, daß so viele Leute in der Welt so reich seien und er so arm, so dachte er nur an den Herrn Kannitverstan in Amsterdam, an sein großes Haus, an sein reiches Schiff und an sein enges Grab.«

Ond au dr Gustav Schwab hat die Tuttlenger verewigt, wie am 30.Juni 1828 dr Blitz eigschlage ond vier Leut verschlage hat: »Urahne, Großmutter, Mutter und Kind, in dumpfer Stube beisammen sind«, ond no »...vom Strahl miteinander getroffen sind.«

Ond en dr alte Oberamtsbeschreibung vo 1839 isch au so a traurigschaurigscheene Gschicht dren: »Auch an edlen Zügen aufopfernder Menschenliebe fehlt es den Tuttlingern nicht. Es wagte sich 1783 den 18. Sept. der Zimmermann Joh.Conr.Häberlin, ein Vater von 5 unmündigen Kindern, um seines Bruders 11 Jahr alte Tochter, welche sich in die Donau gestürzt hatte, zu retten, muthig in die Fluten, wurde aber, wie Herzog Leopold von Braunschweig, als junger Mann von 33 Jahren vor vieler Zuschauer Augen ein Opfer seiner menschenfreundlichen Absicht.«

Folgt no dui Anmerkung zom Braunschweiger Herzog: »Bei einer furchtbaren Überschwemmung den 27. April 1782 bestieg er (33 Jahre alt) zu Frankfurt an der Oder einen Kahn, um den Einwohnern eines überschwemmten Dorfes zu Hilfe zu eilen; der Kahn schlug um und der erhabene Menschenfreund fand seinen Tod in den Wellen!« So aktuell ka so a alte Chronik sei.

Bei dr Gmeindereform übrigens da hat der Filbinger (den wo se anno 66 leider statt'm Richard von Weizsäcker vorne naglao hend!) des alleweg guet wirtembergische Tuttlenge vom Regierungsbezirk Dibenge weggnomme ond völkerrechtswidrig dem badische Regierungsbezirk Freiburg zuegschlage. Ond seiterher versuchet se ihre badische Obere ond Nachber beizbrenge, daß die Badener, ob em Donautal oder em Breisgau, gradso Schwabe (=Alemanne) send wie sie, ond daß der Napoleon ond sei Talleyrand dui Grenz zwische dem schwäbische Wirteberg ond dem schwäbische Bade total willkürlich ond jedefall sogar em Suff zoge hat. Hübe ond drübe lebet de gleiche Leut. Aber des kapieret onsre großherzoglich badische Schwabe wohl(eb) nie.

Landeswappen Württemberg
Stadtwappen Tuttlingen

Kapitaler Kommunist

Johann Georg Rapp

Am 7. August 1847 isch en dem schwäbische Dorf »Economy« em Staate Pennsylvania der glernte Leineweber ond christliche Kommunistepatriarch Johann Georg Rapp gstorbe, ond zom 100. Todestag hat sogar dr Herr Kultminister (ond Degerlocher Mitbürger ond Vetter) Theodor Heuss a Gschicht über den »Räpple« gschriebe.

Der Räpple, zwoi Jahr weniger oin Dag älter wie dr Schiller, isch armer Leut Kend gwä aus Iptinge dohomme bei Maulbronn, ond hat scho als jonger Kerle gmoint, er sei gscheiter ond frömmer wie dr Schultes ond dr Pfarrer mitnander, ond wien'r 1785 a Mädle aus Mönsheim gheiratet hat, send die uff oimol nemme zom Abendmahl gange ond en d'Kirch, weil dui ihne net fromm gnueg gwä isch.

Ond der Räpple mit seiner freche Gosch ond »seinem starken feurigen Geist« hat sein oigene Lade uffgmacht ond grad gnueg Ahänger gfonde beim »Württ. Central-Verband Ecclesiogener Neurotiker« hauptsächlich om Maulbronn rom ond em Remstal drome.

Ond die Separatiste send onter andrem drgege gwä, daß mr d'Kender daift oder konfirmiert ond en d'Schuel schickt (ond des en Wirteberg!). Andrerseits aber drfür, daß mr au am Sonntich ebbes schaffe soll, daß mr koin Eid schwört ond net

zom Kommiß goht (hend sich aber selber »Leibkorps des Heilands« ghoiße).
Ond wie älle die Sektebrüeder hend se fest zammeghalte ond sich für ebbes Bessers, für Auserwählte ghalte.

Ond wie se en dr Offebarung den König »Appolyon« (griech.: Engel des Abgrunds) gfonde hend, isch nadierlich dr »Napoleon« der »Antichrist« gwä. Ond se hend dem sogar en Brief nach Paris gschriebe, ond (wie bei so überlengten Empfängern auch heute noch üblich!) nie a Antwort kriegt...

Ond wie dem sei Freund, dr dicke Friedrich von Wirteberg, dem Räpple droht hat, daß'r'n nausschmeißt, isch der anno 1803 vonaselber gange. Nach Amerika nüber ond fast fuffzich Familie aus'm Ländle send'm gfolgt, an die siebehondert Leut, arme ond reiche.

Ond die hend en Pennsylvania en schwäbische Flecke aus'm Bode gstampft ond'n »Harmony« ghoiße. Ond eme Vertrag vom 15. Februar 1805 hend älle ihr ganz Geld ond Sach zammeglegt ond em Räpple überschriebe. Ond hend gschafft ond gschafft wie die Weltmeister, ond des siebe Dag en dr Woch, ond wie älles guet gloffe isch, hat'r den ganze Flecke nach zehn Jahr verkauft om de siebefache Wert. A Leineweber wie die schwäbische Fugger.

Ond hat mit dem Geld en Indiana des Dorf »New Harmony« nagstellt, fenfezwanzichdausend Morge mit're Dampfmaschine om fenfezwanzichdausend Dollar für a Mühle, Sägmühle, Schleifmaschine, Spinnerei ond Weberei. Ond des isch a richtige kommunistische Gsellschaft gwä, älle schaffet omesonst ond krieget drfür Esse, Trenke (au Most ond Wei), Kloider ond Schueh.

Ond daß die ja net zom Ausruhe ond Nachdenke kommet, hat'r au des wieder verkauft anno 1824, desmol om de fenfezwanzichfache Preis, ond zwar an den berühmte schottische Fabrikante ond Philanthrope Robert Owen, ond der isch drmit scho nach zwei Jahr de Bach na.

Dr Räpple aber mit seine riegelsdommschaffige Schwabe baut sich wieder en Flecke en Pennsylvania, des »Economy«, ond wird emmer größewahnsinniger, ond behauptet, am 29. August 1829 dät d'Welt ontergange ond neamerts hat meh heirate därfe. Aber statt'm Jöngste Gericht isch a hergloffener Schwendler komme ond hat a Viertel vo dene Schwabe uff sei Seit zoge. Ond no hat'r die mit über hondertdausend Dollar auszahle müeße, der alte Enteklemmer, vo dem's ghoiße hat: »Er läßt sich eher bereden, einige Morgen vom Paradies zu verschenken, wenn auch von der besten Lage, als einem Armen einige Groschen mitzuteilen.«

Die andre Sempel aber send'm emmer no weiter en Arsch neigschlupft ond hend gschafft wie domm, statt daß se sich ens Nest neiglegt ond Kender kriegt hättet. Am End hat mr des ganz Sach uff zehn bis zwölf Millione Dollar gschätzt, ond weil koi Sau gwißt hat, wem des eigentlich ghairt, hat's en ganze Ratteschwanz vo Erbschaftsprozeß gebe.

Der schwäbische Kommunismus mitsamt seim Erfinder Räpple isch scho lang vergesse. Solang'r aber no glebt ond gwerkelt hat, send en ganze Haufe berühmte Leut zuen'm uff Bsuech komme, agfange vom Friedrich List über de Nikolaus Lenau bis zom Friedrich Engels. Der hat sich dort sogar zu seim weltberühmte »Kommunischtische Manifescht« inspiritilliere lasse. Was so a Sempel aus Wirteberg net älles arichte ka.

Staufische Lovestory

Philipp ⚭ Irene-Maria
1197

Jede(r), wo des liest, hat die zwoi Brautleut garantiert uff seiner Ahnetafel. Er sei Daglöhner oder Direkter, sui sei Putzfrau oder Professere, was wette mr?

Dui Braut isch dui Irene von Byzanz, dr Bräutigam dr Philipp von Schwaben. Ond gheiratet hend se an Pfengste 1197 bei Augsburg.

Wenn's nach seim Vatter, dem Kaiser Friedrich Barbarossa gange wär, hätt ja dr Philipp Bischof werde solle (ond vielleicht sogar Papst). Aber wie seine Brüeder anandernach weggstorbe send, dr oine em Kenderschüele en Lorch, dr ander beim Kreuzzug vor Akkon, dr dritte beim Ehebruch en Durlach , hat no halt dr Philipp als Herzog von Schwaben schaffe müeße.

Sei ältester Brueder aber, der Kaiser Heinrich VI., isch mit dr Konstanze, normannisches Keenigstöchterle ond Erbin vom Keenigreich Sizilien mitsamt Onteritalia, gheirat gwä. Ond wie der des Erbtoil vo seim Weib erobert, fendet'r en Palermo em Palast »Irene, die jungfräuliche Witwe des Normannenkönigs Rogers V.«. Ond denkt sich, dui wär doch ebbes für mei Brüederle Philipp.

Denn ihr Vatter isch der oströmische Kaiser Isaak II. Angelos, ond wenn ihr oinziger Brueder wegsterbe dät, no könntet mir Schwabe au no glei des Kaiserreich Byzanz erbe ond hättet so wie seinerzeit beim Kaiser Augustus des ganze römische Reich wieder onter oiner, dr staufische Fahne (jetz Gütesiegel Baden-Württemberg) vereinigt.

Dr Philipp folgt ond nemmt des bildscheene, liebe ond gscheite Mädle zom Weib ond hoißt se, weil der Name Irene so arg exotisch griechisch gwä isch, jetz Maria. Ond wie der Walther von der Vogelweide ihr am Christtag 1199 en Magdeburg über de Weg lauft, da schnappt der Minnesänger schier nüber ond verknallt sich direkt en dui »Rose ohne Dorn, Taube sonder Gallen.«

Ond au sui hat ihr Freud an dem schwäbische Kaiserbüeble ghet: »blond und schön, geistigen und wissenschaftlichen Dingen sowie der Dichtung zugetan, verkörperte Philipp alle Anmut, Grazie und Milde, die sich bei ihm mit einer wirklichen Frommheit zusammenfand.«

Ond die zwoi hättet als Herzog ond Herzogin von Schwaben onter ihrem hochintelligente ond zutiefst bescheidene Volk des schenste Lebe han könne. Aber no stirbt da grad vier Monat nach dere Hochzich der Kaiser Heinrich VI. en Messina an dr Malaria, ond no so jong. Ond sei oinzigs Büeble Friedrich isch no koine drei Jahr alt.

Ond »die glücklichen Tage in 'glückselig Suevien' sind nun vorüber« ond em ganze Reich goht's jetz dronter ond drüber: »Hie Welf! Hie Waibling!« De oine wählet em Heinrich dem Löwe sein Jonge zom Keenich Otto IV., de andre setzet onsern Philipp uff de Thron, ond zehn Jahr lang dauret der Bürgerkrieg, ond ein Jammer ond ein Elend.

Ond drbei hätt dr Philipp jetz tatsächlich Kaiser von Byzanz werde könne. Denn dr Irene-Maria ihr Vatter isch mittlerweil vo seim oigene Brueder abgsetzt worde, ond obwohl se ihm ond seim Buebe d'Auge ausgstoche ond boide eigsperrt hend, hat'r no sein schwäbische Schwiegersohn zom Thronerbe ausrufe könne.

Aber der hat andere Sorge. Ond nach langem Rom ond Nom hat endlich der welfische Otto ois uff de Deckel kriegt von de Staufer ond se hend hehlenge om de Friede verhandelt ond en Waffestillstand ausgmacht, ond daß der Otto d'Beatrix, a Mädle vom Philipp, heirate därf.

Älles wär jetz reacht gwä ond älles hat wieder uffgschnauft ond sich gfreut. Da nemmt der eifersüchtige Pfalzgraf Otto von Wittelsbach sei Schwert ond sticht's en Bamberg am 21. Juni 1208 em Philipp ens Herz. Denn der hat gmoint, er dät dui Beatrix kriege.

Ond dui »Maria, von Gottes Gnaden erhabene Königin der Römer« ziegt en ihrer Verzweiflung uff de Hohestaufe ond will dort ihr siebts Kend uff d'Welt brenge ond stirbt zwoi Monat ond oi Woch nach ihrem Philipp an dr Geburt. Mit ihrem Mädle.

Der Philipp liegt em Speyrer Dom en dr Kaisergruft bei seine salisch-waiblingische Altvordere. Ond mr hat dort scho manchen Ma heule sehe. Sui isch ens Kloster Lorch komme, ond se hend uff ihr Grab lateinisch nagschriebe: »Hier ruht die edle und fromme griechische Maria, König Philipps Gemahlin. Laß, Jungfrau Maria, sie auf gnädigem Pfad zum Saal des Königs gelangen!«

Europa im Herzen

Zahlreiche Leser beiderlei, in der Mehrheit aber weiblichen, Geschlechts haben angesichts unserer letzten Rarität nachgefragt, wie sie denn von dem vor 800 Jahren vermählten staufisch-byzantinischen Liebes- und Ehepaar Philipp von Schwaben und Irene-Maria von Byzanz abstammen können, wo doch ihre Vorfahren allesamt bäuerlichen oder bürgerlichen Standes gewesen seien.

Da der Verf. wg. permanenter Benefizschwätzerei (Jahresspendenertrag 1996 über 431 Tsd. DM plus Fahrtkosten) auch beim besten Willen nicht mehr in der Lage ist, das durch Senilitätsgedenktage zusätzlich angewachsene Briefgebirge individuell abzuarbeiten, hier die pauschale Antwort an alle genealogischen Fragesteller(innen).

Wer in Württemberg auch immer seine Ahnentafel erforscht, und er sei ein Kuhbäuerle von den Fildern oder ein Stadttaglöhner von Heslich, er schaffe als Bundespräsident oder als Besebender, er heiße Hölderlin oder Häberle, Schiller oder Scheufele, stets wird er (sie) früher oder später auf eine illegitime Abstammung vom Hause Württemberg stoßen.

Der schwer vermißte Landeshistoriker Prof. Dr. Hansmartin Decker-Hauff benötigte oft nur drei, vier Minuten, um einem Gesprächspartner die fürstliche Abstammung nachzuweisen, auch und gerade bei manchem auf seine proletarische Herkunft besonders stolzen Sozialdemokraten und Gewerkschaftsführer.

Ja, es war ihm sogar noch vergönnt, den aus dem vormals kurpfälzischen, später großherzoglich badischen Leimen stammenden Wimbledon-Sieger Boris »Bobbele« Becker als Nachkommen des Hauses Württemberg zu outen (allerdings, wie er zu betonen pflegte: »aber aus der doofen Linie«). Ebenso wie unser bildschönes Bäsle, jenes irisch-schwäbische Maurerstöchterle Grace Kelly, das so viele Jahre segensreich als Fürstin von »Bobbeles« Wahlheimat Monaco geschafft hat (und jetzt leider auch schon 15 Jahre nicht mehr schaffen därf).

Württembergischer Weltmeister bei der Zeugung illegitimer Landeskinder war, wie dies schon sein Zeitgenosse G. Casanova neidvoll anerkennen mußte, unser Urahne Herzog Carl Eugen. Er »hat in ungezählten Stundenliebschaften sein Land mit Bastarden übersät«, so der Präsident des Landesamtes für Verfassungsschutz, Prof. Dr. Peter Lahnstein.

Und Carl Eugens Bruder und Nachfolger Ludwig Eugen (der Sempel, wo die Hohe Carlsschule uffglöst hat!) meinte sogar: »Ich könnte in meinem Land und an meinem Hof das sechste Gebot nicht übertreten, ohne Gefahr zu laufen, einen Incest zu begehen.«

Halten wir also fest: Wenn unsere württembergischen Regenten nicht gerade auf Stallsknechte und / oder Ballettänzer spezialisiert waren (wie die Könige Friedrich und Karl), so haben sie zu allen Zeiten, zumindest bis zum Aufkommen der Pressefreiheit, ihr Land hervorragend peupliert und veredelt.

Und wir wollen in diesem Zusammenhang besonders dankbar an König Wilhelm I. erinnern, desgleichen an den jungen Grafen Eberhard im Bart, seinen Vater Ludwig und dessen Bruder Ulrich (den »Vielgeliebten«). Und nicht zuletzt an deren überaus fruchtbaren Vater Eberhard IV., den

Pater patriae
Herzog Carl Eugen von Württemberg (1728–1793)

man vor 600 Jahren als Drittkläßler an die ungeliebte Henriette aus dem Mömpelgarder Kenderschüle verkuppelt hat, und der schon deswegen garantiert auf jeder württembergischen Ahnentafel erscheint.

Aber auch unsere »Reingeschmeckten«, die erst in der vergangenen Jahrhunderthälfte den Weg in das einstmals (und stellenweise immer noch) so schöne Schwabenland gefunden haben, können ebenfalls ihre fürstliche Abstammung nachweisen. Gab es doch allerorten im Heiligen Römischen Reich Deutscher Nation potente Potentaten.

Erinnern wir uns doch nur an den badischen Markgrafen Carl Wilhelm mit seiner dreistelligen Zahl von Mätressen in Karlsruhe. Gedenken wir doch Augusts des Starken, Kurfürsten von Sachsen und Königs von Polen und seiner sagenhaften Zahl lediger Kindelein. (Aber verglichen mit unserem Carl Eugen war August der Starke doch ein ausgesprochener Schwächling).

Vergessen wir nicht die liebeslustigen Landgrafen von Hessen und nicht die brünftigen Brandenburger Preußenprinzen. Und berichtet nicht unser schwäbischer Graf von Zimmern in seiner berühmten Chronik, die Braunschweiger Welfen verfügten über ein eutergleiches, dreizapfiges und daher ständig regenerierbares Fortpflanzungsorgan?

Doch warum in die Ferne schweifen, blicken wir doch hinüber ins benachbarte Bayernland, dessen kernige Kurfürsten ganze Landstriche mit außerehelichen Wittelsbachern beglückten. Ja, wo selbst Kurfürstinnen wie die polnische Königstochter Therese Kunigunde bei kriegsbedingter Abwesenheit des Herrn Gemahls ihre bevölkerungspolitische Pflicht mit Hilfe ihres Beichtvaters von der »Gesellschaft Jesu« erfüllten. (Ihrer hingebungsvollen Haltung verdanken wir beispielsweise unter anderem die anmutige Annette von Aretin aus dem Ratespiel »Was bin ich?« von Robert Lembke sel.).

In der stillen Hoffnung, daß nun jede(r) seinen (ihren) schnapsgläschen- bis colafläschchengroßen Anteil blauen Blutes in seinen Adern verspürt, verweisen wir zum Schluß noch auf die Tatsache, daß man damit automatisch eine gesamteuropäische Ahnentafel hat, von den Königen von Schottland, Schweden, England und Norwegen bis hinunter zu den Königen von Portugal, Sizilien, Kastilien und den Kaisern von Byzanz. Damit tragen wir alle Europa im Herzen. Und hoffentlich auch im Hirn.

»Es waren drei Königskinder«

Außer daß heut dr Goethe sein 248. Geburtstag feire därf, hend mir koi gscheits Jubiläum gfonde, ond so send mr direkt froh, daß (trotz des vorangegangenen Sexualkundeunterrichts) nomol en Haufe Leser wisse wöllet, wie des jetz genau lauft, daß mir älle von dem 800jährige Ehepaar, dem Barbarossabuben Philipp von Schwaben ond dem Kaisertöchterle Irene-Maria von Byzanz abstammet.

Ganz oifach: Die zwoi hend siebe Kender ghet. An dr Geburt vom jöngste Mädle isch dui Muetter no so jong gstorbe uff'm Hohestaufe mitsamt dem Kend, grad zwoi Monat ond oi Woch nachdem der eifersüchtige ond ehrekäsige Otto von Wittelsbach en Bamberg ihren Philipp ombracht hat. Ond zwoi Büeble send'n scho en dr Wiege weggstorbe gwä.

Bleibet no vier Mädle:

Dui *Beatrix* (nach ihrer burgundische Oma so daift) hend se mit fenf Jahr mit dem Wittelsbacher verlobt ghet. Aber no hat se ja der Vatter, daß endlich Friede isch, seim alte Feind ond Gegekeenich, dem Welfe Otto IV. versproche ond isch deswege ja verstoche worde. An Pfengste 1209, mit elf Jahr isch se (uff'm Papier) verheiratet worde, ond glei em Herbst no isch ihr Otto en Rom vom Papst zom Kaiser krönt worde. Ond wie se 14 Jahr alt gwä isch, hat dr Herr Kaiser beim Beilager en Nordhause endlich an se naschlupfe därfe. Arg viel Freud aber hend se ananander net ghet, denn koine drei Woche später isch se scho gstorbe gwä: »Ein bis heute unaufgeklärtes Geheimnis schwebt über ihrem Tod.« Jedefall hat mr se vergiftet, ond von ihr stammt niemand ab.

Bleibet no drei Mädle:

Nomol a *Beatrix* (kommt öfters vor, daß Gschwister de gleiche Name hend), dui hat den Keenich Ferdinand III. von Kastilien und Leon kriegt (»den Heiligen«), der wo halb Spanien wieder von de Araber zrückerobert hat. Ond ihr Jonger isch der Keenich Alfons X. (»der Weise«), den wo se anno 1257 zom deutsche Keenich gwählt hend. Isch aber leider nie uff hie komme. Ond dem weise Alfons sei Urururururenkel über Portugal, Österreich ond Bayern isch onser supergscheiter Herzog Christoph vom Schloßplatz.

Bleibet no zwoi Mädle:

Dui *Kunigunde*, dui hend se an den Keenich Wenzel I. von Böhmen verheiratet. Ond dere ihr Bueb isch der weltberühmte Keenich Ottokar (Näheres beim Franz Grillparzer »König Ottokars Glück und Ende«). Ond sogar Königsberg hoißt nach dem. Sei Schwester Beatrix von Böhmen aber isch die Urgroßmutter von dr Elisabeth von Henneberg, wo onsern (ond em Uhland sein) Graf Eberhard den Greiner gheiratet hat.

Bleibt no oi Mädle:

Dui *Maria*, dui hat den Herzog Heinrich II. von Brabant ghet. Ond ihr Mädle Mathilde, verheiratete Châtillon, isch dui Ururgroßmutter von dr Henriette von Mömpelgard, wo vor 600 Jahr mitsamt ihrem reiche Erbe uff Wirteberg komme isch.

Ond dui Mathilde hat no a Schwester ghet, ond dui hat wie ihr Muetter au Maria ghoiße ond hat den Herzog Ludwig II. von Bayern heirate müeße. Des isch der, wo München zur Residenz gmacht hat.

Grad anderthalb Jahr nach dr Hochzich goht der Denger uff Dienstreise ens Rheinland ond läßt sei Weib alloi drhoim uff dr Burg Mangoldstein über Donauwörth. En ihrer Langeweile schreibt se ihrem Ma en Liebesbrief, ond nomol en Brief an sein Persönliche Referente, den Grafe Kyrburg, se sollet doch bald hoimkomme. Ond die Brief werdet verwechslet, ond der bayrische Bachel moint, dui häb ebbes mit dem Kyrburger, ond versticht erst amol den Briefträger.

Ond reitet em Karacho hoim, »wo er in der Nacht ankam, erstach zunächst den Burgvogt, stieß dann in seiner unsinnigen Wut, ohne auch nur jemanden zu Wort kommen zu lassen, das eine Hoffräulein seiner Gemahlin mit dem Dolch nieder, warf die Oberhofmeisterin vom Turm der Burg in die Tiefe und ließ seine Gemahlin, die ihm knieend ihre völlige Unschuld beteuerte und um eine Untersuchung bat, bei welcher sie sich rechtfertigen konnte, ohne weiteres vor seinen Augen enthaupten. Das geschah am 18. Januar 1256. Noch in derselben Nacht erhielt Herzog Ludwig die Beweise der Unschuld seiner Gemahlin. Dem erst 27 Jahre zählenden Mann waren die Haare weiß geworden wie einem Greis.«

Statt daß se den balkanisch-bairische Bachel eigsperrt hättet wie jetz endlich den Kotzbrocke von Krenz, därf der »Ludwig der Strenge« no zwoimol heirate, sogar a Mädle vom Rudolf von Habsburg. Ond wird so dr Vatter vom Kaiser Ludwig dem Bayer. Ond dem sei Mädle Elisabeth heiratet onsern Graf Ulrich, wo am 23. August 1388 bei Döffinge en dr Schlacht gfalle isch. Ond am gleiche Dag kommt en Stuegert ihr Enkele uff d'Welt, der liebeslustige Graf Eberhard IV., onser äller Urehne.

Die gscheite Helena

Helena Magenbuch-Osiander-Rucker

Vor 400 Jahr isch »eine der bedeutsamsten Frauen Deutschlands« gstorbe ond uff ihrem Grabstoi hoißt's:

»ANNO DOMINI 1597 DEN 8. SEPTEMBRIS STARB DIE GOTTSELIG TUGENDTSAM MATRON HELENA WEILUND HERRN JOHANN RUCKERS PROBSTES ZU DENCKENDORF NACHGELASSENE WITTIB IM 74. JAR IRES ALTERS DEREN LEICHNAM ALHIE DER SEELIGEN AUFERSTEHUNG WARTET. AMEN.«

So wichtig des Weibsbild zu ihrer Zeit gwä isch, so vergesse isch se heut, ond der Grabstoi en dere Wildnis an dr Kirch von Hohenacker bei Waiblenge verbröselt voll em saure Rege.

Dui gscheite Helena isch am 14. März 1523 en Nürnberg uff d'Welt komme. Von dr Muetter her, Priska Hunnia von Schweinitz, stammt se sogar »aus dem polnischen Königshaus der Jagiellonen« raus.

Ihr Vatter aber isch der berühmte Dokter Johann (von) Magenbuch gwä, aus Blaubeure gebürtig, dr Leibarzt ond Freund vom Dokter Martin Luther ond Philipp Melanchthon, ond em gleiche Jahr gstorbe wie dr Luther anno 1546, uffm Weg zom Kaiser Karl V., ond liegt jetz uff dem alte Nürnberger St. Johannisfriedhof beim Albrecht Dürer, Hans Sachs, Veit Stoß ond dere ganze kulturelle Aristokratie vergrabe.

Ond dui Helena hat bei dem Vatter älles glernt ond studiert, Griechisch, Lateinisch, Medizin, Botanik, Alchemie ond so, ond au Theologie.

Ond anno 1545 hat se en Witwer, den berühmte Theologe ond Reformator Andreas Osiander gheiratet, den Stammvatter vo dere ganze Gelehrtedynastie (400 Jahre Osiandersche Buchhandlung in Tübingen!). Ond bald druff hat der Markgraf Albrecht von Brandenburg (Herzog in Preußen) den Ma an sei neue Universität Königsberg gholt, ond sui isch au mit nuff nach Ostpreuße. Ond hat zu ihre Stiefkender no zwoi Mädle kriegt.

Aber wie der Herr Professer scho anno 1552 gstorbe isch, hat se nach'me Weile en Studente vo ihrem Ma gheiratet, fast gleich alt, den Johannes Rucker aus Nürnberg, ond send mitnander nach Wirteberg zoge, erst ens Pfarrhaus von Pfaffehofe em Zabergäu, no ens Dekanat vo Kirchheim / Teck, ond zletzt no ens Kloster Denkedorf, wo er als Propst gschafft hat.

Ond send ällem nach glücklich gwä mitnander, hend sechs Kender ghet, vier Mädle ond zwoi Buebe. Ond se isch so »die Stammutter sehr, sehr vieler Württemberger« worde, »auffallend viele Hochbegabte, die im Geistesleben hervorgetreten sind«, Nobelpreisträger ond Normalverbraucher. Ond onter ons, se isch au a Ururururururururururgroßmutter von dem irisch-schwäbische Maurerstöchterle Grace Kelly.

Ond wie ihr am Niklaustag 1579 em gleiche Alter wie dr erste, au dr zwoite Ma weggstorbe isch, da hat se gucke müeße, wie se sich ond ihre oversorgte Kender durchbrengt. Ond zom Glück isch ihr Stiefsohn Lucas Osiander dr Hofprediger en Stuegert gwä, ond der gscheite ond guetmüetige, aber halt so arg alkoholische Herzog Ludwig »der Fromme« hat dui gscheite ond fromme Helena en Staatsdienst gholt ond hat se zur erste (ond letzte) »Hoch-Fürstl. Wirtemb. Hofapothekerin« ernannt.

Ond jedefall fendet sich uff dr ganze Welt koi ältere Hofapothekerin: »Besonders aber fällt ins Auge, daß schon im 16. Jahrhundert einer begabten Frau ein Beruf zugewiesen wurde, den heutzutage (1905!) die Frauenbewegung wieder für die Frau zu erobern strebt, der Apothekerberuf.«

Ond se hat mit ihrer »Arzeney« net bloß dui Hottwollee am Hof versorgt, sondern au de arme Leut gholfe mit Rat ond Tat. Ond au wie der Ludwig sich d'Gurgel abgsoffe ghet hat ond der Herzog Friedrich »der Alchemist« nakomme isch, hat se ihren Poste bhalte därfe ond isch a guete Freundin worde von dr Herzogin Sibylla, ond die zwoi hend sogar hehlenge s'Goldmache versuecht.

Em Früehleng 1597 hat sich d'Helena »aus Gesundheits- und Altersgründen« pensioniere lasse ond a Rente kriegt: jährlich 1 Scheffel Roggen, 12 Scheffel Dinkel, 2 Scheffel Haber, 2 Eimer Wein, 6 Klafter Holz ond 15 Gulde bares Geld.

Ond mangels Augustinum isch se zu ihrem Mädle Maria ens Pfarrhaus nach Hohenacker zoge. Ond scho em Herbst, am 11. September hat der Pfarrer Stefan Zahn seine »hertzliebe Schwiegermutter in der Kirch im Chor begraben.«

Ond obwohl dui Helena Magenbuch-Osiander-Rucker »einen Hauch von Weltgeschichte« über Hohenacker bracht

Herzogin Sibylla (1564 – 1614)

hat, isch se bald vergesse gwä. Ond anno 1894 bei're Kircherenovierung isch ihr »Grabstein inmitten des Chors von Süd nach Nord unter dem alten Plattenboden liegend vorgefunden und außen an der Chorwand angemauert« worde. Ond verwittert ond verbröselt voll oms Nomgucke.

Jetz aber, daß mr en Hohenacker wieder woiß, welches wunderbare Weibsbild von Weltrang (Polen, Spanien, Ostpreußen, Württemberg, Monaco) mr da als Mitbürgerin ond Vorfahrin hat, jetz wär's doch an dr Zeit, daß mr den Stoi zur Feier des (Todes-)Tages aus dere Wildnis wieder dort naduet, won'r naghairt ond sicher isch, en den Chor en dr Kirch.

Nachtrag: Ist mittlerweile geschehen. Dankschee!

Dianas Urahn in Stuttgart

Stuttgarter Vertrag
1597

Daß dr Diana, Rose von England ond Prinzessin von Wales, ihrer Schwiegermuetter ihr Oma dui Queen Mary isch, ond dui Queen Mary net bloß ein Ozeandampfer, sondern au a Wirtebergerin uff'm englische Thron gwä isch, des woiß mr en Wirteberg.

Daß aber dr Diana ihr Urururururururururgroßvatter, der Earl Robert Spencer vor fast vierhondert Jahr extra uff Stuegert komme isch ond seine oigene Ururururururururururenkele, dene Prinze William ond Harry ihrem Urururururururururururgroßvatter, dem Herzog Friedrich I. von Wirteberg, anno 1603 den berühmte Hosebandorde (»Hony soit qui mal y pense!«) oigehändich onters Knie ghängt hat em Ufftrag vom Keenich Jakob I. von England, des woiß außer Euch, liebe ond getreue Leser(innen), jedefall kaum ebber.

Der wiefe Herzog Friedrich (»der Alchemist«), der hat no en dui Weltgschicht neiglangt ond mitgschwätzt ond hat sich net wie seine Nachfolger bloß no zwische Wien ond Paris ond Berlin romschubse lasse, der hat no selber gschubst.

Ond am 19. September 1597, da hat der Friedrich den (einstmals) berühmte »Stuttgarter Vertrag« mit dem Markgrafe Johann Georg von Brandeburg gschlosse.

Der Brandeburger isch en dem verzwickte »Straßburger

Verleihung des Hosenbandordens an Herzog Friedrich I. von Württemberg

Kapitelstreit« ausgangs Mai 1592 mit vierzehn Jahr zom effangelische Bischof von Straßburg gwählt worde, ond d'Kadolische hend a Woch druff den Kardinal Karl von Lothringe gwählt ghet. Ond en dem Gehändel hat dr Wirteberger zom Brandeburger ghalte mit Geld ond Soldate, ond eb se sich gegeseitig voll abgmurkst hättet, hend se anno 1593 des Bistum ontrenander ufftoilt.

Der Friedrich aber hat gsehe, daß der jonge Kerle an dem Gschäft koi arge Freud hat ond hätt'm am liebste sein Toil abkauft, aber dem Jonge sei Alter, dr Kurfürst Joachim Friedrich von Brandeburg, der hat's net glitte.

Ond so hend se halt en dem Vertrag mitnander ausgmacht, daß dem Friedrich sein Jonger, der elf Jahr alte Herzog Ludwig Friedrich, dr Koadjutor, dr Stellvertreter vom effangelische Bischof, ond wenn der uffhört oder stirbt, dem sei Nachfolger wird.

Weiter hend se ausgmacht, daß des bischöflich-straßburgische Amt Oberkirch mit Oppenau, Waldulm, Kappelrodeck, Sasbach ond Renchen an Wirteberg verpfändet wird ond so des Renchtal onter wirtebergische Herrschaft kommt.

Ond jetz hört Wirteberg nemme am Kniebis uff, jetz isch

der Herzog Friedrich seim alte Traum a schees Stückle näher, dere »Landbrücke zwischen dem Herzogtum Württemberg und seinen linksrheinischen Besitzungen, den Grafschaften Horburg-Reichenweiher/Riquewihr im Elsaß und Mömpelgard/Montbéliard in Burgund«.

Ond jetz gibt der Herzog seim Baumeister Heinrich Schickhardt, dem »schwäbische Leonardo da Vinci«, den Uff-trag, daß'r Freudestadt aus'm Bode stampft. Ond wenn's so weitergange wär, wie sich des dr Friedrich ausdenkt hat, no wär des dui zentrale Haupstadt von dem neue »Großherzogtum Württemberg-Mömpelgard« (Hansmartin Decker-Hauff) worde, ond uff den große leere Marktplatz wär a wunderschees Schloß nagstellt worde.

Aber es isch älles anders komme: Dr Kaiser hält zom Lothringer Kardinal, dr Brandeburger sieht's ei, daß's koin Wert meh hat ond verzichtet »gegen eine Geldentschädigung auf das Bistum«. (Er heiratet mit ällem Pomp anno 1610 a Mädle vom Herzog Friedrich, dui Eva Christina, verliert en dr Schlacht am Weißen Berg anno 1620 sei ganzes Land ond Sach en Schlesien, ond sei Weib wird ausgraubt bis uffs Hemmed ond verhongert schier gar).

Ond dr Herzog Friedrich stirbt scho anno 1608 mit fuffzich Jahr, ond sein Ältester, der Johann Friedrich, der brengt dui Firma nemme hoch. Ond em Jahr, eb dr Dreißichjährige Krieg afangt, schenkt'r seim Brueder Ludwig Friedrich des Mömpelgard ond des Sach em Elsaß.

Ond anno 1664 müeßet mir onser scheenes Renchtal wieder an den Straßburger Bischof zrückgebe, ond glei druff wird dr Jakob Christoffel von Grimmelshausen Schultes en Renchen, ond anno 1802 krieget's die urschwäbische Markgrafe von Baden, Kurfürste ond Großherzög von Napoleons Gnaden. Ond genau 150 Jahr später schaffet no dr Reinhold Maier ond dr Gebhard Müller seligen Angedenkens endlich dui Wiedervereinigung.

Meisterwerk Maulbronn

850 Jahre Kloster

Gwizfrage: Was verbendet die Pyramide en Egypten, des Tadsch Mahal en Indien ond des Kloster Maulbronn en Wirteberg? Antwort: Älle drei send se »Weltkulturerbe der UNESCO«.

Ond onser Maulbronn isch jetz 850 Jahr alt, ond der Stifter, der fromme Ritter Walter von Lomersheim (bei Mühlacker, an dr Enz), der kriegt jetz (hoff-)endlich bald a Denkmal an seiner Burg.

Eigentlich hat'r ja scho em Früehleng 1138 a Kloster gstiftet, uff seim Erbgut vom Vatter her, en Eckeweiher (bei Mühlacker, Lienzinge zue). Da hat'r den Abt Dieter mit zwölf Zisterziensermönch aus dem Kloster Neuburg em Elsaß hergholt. Aber der Platz hat nex daugt, so offe en dr Landschaft ond koin Stoibruch en dr Nähe ond net amol a gscheits Wasser, wo die Zisterzienser doch mit ihre sanitäre Alage ihrer Zeit om viele Jahrhondert voraus gwä send, ond für ihre Fisch hend se's doch au braucht.

Ond anno 1146, wie der berühmte Zisterzienserchef Bernhard von Clairvaux am Christtag uff Speyer komme isch, daß onser I. Stauferkeenich, dr Konrad dr III. beim II. Kreuzzug mitmacht, da isch au dr Walter von Lomersheim ond sei Abt Dieter drzuekomme ond se hend ihr Leid klagt, daß des mit dem Kloster Eckeweiher net so battet. Ond der frischgwählte Bischof Gunther von Speyer hat a Eisehe ond Mitleid ghet ond hat dene Mönch a Stückle Urwald gschenkt em Salzachtal, desmol mit Bächle ond mit Stoibrüch, aber au mit viel Räuber, so wie heut em Nesebachtal.

Ond dere organisierte Kriminalität grad zom Bosse hend se anno 1147 ihr schees Kloster aus'm Bode gstampft ond fleißig gschafft ond hend den Wald grodet, modernste Ackerbau, Viech- ond Fischzucht triebe, hend Obstbäum gsetzt ond Rebstöck pflanzt, ond en Wei kriegt, wo heut no jeder Kenner juchzget, den Eilfinger Berg.

Ond hend so en Erfolg ond Zuelauf ghet, daß se scho anno 1151 zwölf Mönch ond en Abt an dui Tauber hend schicke könne, daß die des Kloster Bronnbach uffmachet, ond grad so anno 1157 des Kloster Schöntal an dr Jagst.

Ond se hend en Haufe Schenkunge kriegt, ond en über hondert Dörfer hend se Sach ghet, au überm Rhein drübe, ond manche Dörfer hend'n sogar ganz ghairt. Ond überall hend se ihre Pfleghöf ghet, wo se ihr Ernt eigsammelt, verwaltet ond vermarktet hend, en Knittlenge, Ötisheim, Illenge, en Wiernsheim, Unteröwisheim, Kirchheim am Necker, ja sogar en Speyer, Heilbronn ond Stuegert.

Ond dr Maulbronner Abt hat sage könne: »Unsere Weinfässer sind größer als die Wohnungen der ägyptischen Mönche und unsere Fruchtspeicher geräumiger als ihre Klöster.«

Wen wondert's, daß die Wirteberger uff des reiche Kloster scharf gwä send. Anno 1504 em Landshuter Erbfolgekrieg erobert dr Herzog Ulrich em Spaziergang onter anderem au des Maulbronn, ond dreißig Jahr später macht'r sei Land effangelisch ond säkularisiert ond kassiert älle die Klöster samt Gold ond Silber. Ond des Gschäft rentiert sich, denn alloi die 14 wirtebergische Mannsklöster (Adelberg, Alpirsbach, Anhause, Bebehause, Blaubeure, Denkedorf, Herbrechtenge, Herrealb, Hirsau, Königsbronn, Lorch, Maulbronn, Murr-

Stifterbild des Klosters Maulbronn

hardt, St. Georgen) hend a Drittel vom Bode vom Herzogtum.

Ond für Maulbronn isch dui Reformation a Glück gwä, denn sonst hättet se en dr Barockzeit »des alte Glomp«, des ganze romanische ond gotische Meisterwerk abgrisse wie em Oberland ond drfür so a Zwiefalte, Schusseried oder St. Blasien nagstellt. Au des isch schee (»Zom Kadolischwerde schee«

hat dr Professer Decker-Hauff emmer gmoint), aber en Maulbronn hend mr jetz halt doch »die am besten erhaltene, die schönste mittelalterliche Klosteranlage nördlich der Alpen«. Von dr Welt därf mr ruhig sage. Ond sait au dui UNESCO.

Ond au des isch a Sege, daß der guete, geniale Herzog Christoph anno 1557 a Klosterschuel draus gmacht hat, wo de gscheitste Kerle aus ganz Wirteberg omesonst neigange därfet, egal was dr Vatter isch. Ond des bis uff de heutige Tag, ond seit'me Weile sogar au Mädle.

Ond was isch aus dere »Kaderschmiede der schwäbischen Gelehrtenrepublik« net älles rauskomme: Vom Johannes Kepler über den französische Außeminister Karl Friedrich Reinhard bis zom Achtevierziger-Revolutionär Georg Herwegh. Vom »Joh. Christian Frid. Hoelderlin Laufensis« (»Gaben: gut. Sitten: fein. Fleiß: recht gut. Poesie: recht gut, auch teutsch. Mathematik: mittelmäßig.«) über de Hermann Kurz bis zom (total oglückliche ond durchgangene) Hermann Hesse. Man lese amol wieder »Unterm Rad«, »Narziß und Goldmund« ond »Das Glasperlenspiel«.

Ond wer woiß scho, wen mr bei dr Tausendjahrfeier no älles uffzähle ka.

Martialischer Minnesänger

Kaiser Heinrich VI.

Am Sonntich müeßt mr eigentlich en ällen schwäbischen Landen vom Asperg bis zom St. Gotthard ond von de Vogese bis zom Lech die Fahne uff Halbmast setze. Denn vor 800 Jahr, am 28. September 1197 isch onser Stauferkaiser Heinrich VI. dahonne en Messina gstorbe ond no so jong.

Der Heinrich isch dr viertälteste Bueb vom Barbarossa ond dr Beatrix von Burgund, seim zwoite Weib. Ond isch em Spätherbst 1165 en Nimwegen uff d'Welt komme. Ond weil seine ältere Brüeder älle scho em Pfätschekisse oder em Kenderschüele gstorbe send, hend se den Heinrich scho em Juli 1169 en Bamberg zom Keenich gwählt ond'm glei drnach an Mariä Hemmelfahrt en Aachen dui Krone nuffgsetzt uff des Riebelesmöckele mit seine dreidreiviertel Jahr.

Ond'r hat no de gscheitste Lehrer kriegt, onter andrem den Stauferfan Gottfried von Viterbo. Ond die hend »einen klugen und beredten Mann« aus'm gmacht, »mit einem schönen Antlitz, von feurigem Geist, und darum seinen Feinden furchtbar und schrecklich.« Ond zom Abitur hat'm dr Vatter an Pfengste 1184 des berühmte Turnier en Mainz abghalte mit zigdausend Ritter aus ganz Europa.

Ond an Kaisers (Wilhelm II.) ond Mozarts Geburtstag, am 27. Januar 1186, hat'r en Mailand dui »wenig anziehende, elfeinhalb Jahre ältere« Konstanze von Sizilien heirate därfe. A Goldvögele, ond als Erbin vom normannische Keenichreich Sizilien ond Onteritalien bis fast nuff nach Rom isch'm dui schee gnueg gwä.

Ond wie anno 1189 der letzte Normannekeenich kenderlos stirbt, hätt laut Vertrag dui Konstanze vornena därfe. Aber no hend die en Palermo schnell en andre, den net ganz standesgemäße Tankred von Lecce, zom Keenich gwählt, ond dr englische King Richard Löwenherz, der hat dui Liedrichkeit au no onterstützt.

Ond mittlerweil isch no au no dr Barbarossa em Saleph gstorbe, ond dr Heinrich ziegt uff Rom, daß er jetz dui Kaiserkrone uffgsetzt kriegt. Aber no isch vorher dr Papst au no gstorbe, ond der neue Papst hat net so recht wölle, bis'r dui kaisertreue Stadt Tusculum kassiert ghet hat, ond hat se no em Erdbode gleichgmacht.

Ond jetz isch der Heinrich mit seiner Kaiserkrone ond seim Heer vor Neapel zoge, ond älle hend se sich dort d'Malaria ond Tscheißerei (Dysenteria suevica) gholt, ond dr Kaiser hat grad no mit a paar Manne en d'Lombardei nuffdappe könne em Seemannsschritt, ond en Deutschland hend se verzählt, er sei au gstorbe. Ond der alte Quertreiber Heinrich der Löwe, (als Welfe grad so a Schwab), hat älle uffghetzt, ond außer dem Herzog von Schwaben (Staufer) ond dem von Oesterreich (Babenberger) hat koiner meh zom Kaiser ghalte.

Aber jetz hat onser Heinrich au amol Glück ghet, der Babenberger Herzog Leopold V. nemmt den Richard Löwenherz bei Wien gfange ond liefert'n em Heinrich aus, ond der sperrt'n uff dr Burg Trifels bei Annweiler ei, bis die Engländer a Lösegeld von 150 000 Mark Silber zahlet ond versprechet, daß se jetz jedes Jahr 5000 Pfond Gold als anglosuevische Freundschaftssteuer blechet ond »fürderhin die kaiserliche Lehenshoheit über England anerkennen.«

Kaiser Heinrich VI. (1165–1197)

Ond mit dem englische Gerstle isch dr Heinrich wieder nach Italien na, wo der Tankred ond sei Jonger mittlerweil gstorbe gwä send, ond mit »einer für einen Schwaben ungewohnten Härte, ja Brutalität« hat'r en dem Apulien ond Sizilien ghaust wie die em Doofelesfernsehe ond hat en Haufe Normanne de Kopf ragschlage oder d'Auge ausgstoche oder ens Zuchthaus gsteckt. Der gleiche Heinrich, wo doch als Minnesänger so scheene ond zarte Liedle gmacht hat.

An Christtag 1194 hat'r sich em Dom von Palermo zom Keenich von Sizilien samt Onteritalien kröne lasse. Ond am Dag druff brengt sei Konstanze mit ihre vierzig Jahr nach fast neun Jahr kenderloser Ehe uff'm Marktplatz von Iesi en dr Mark Ancona ihr oinzigs Kend uff d'Welt, den (spätere) Kaiser Friedrich II., so ein Genie.

Ond s'halbe Mittelmeer hat'm jetz Steure abgliefert von Tunis ond Tripolis bis Zypern, Armenien ond Syrien. Ond sein Brueder Philipp von Schwaben hat'r mit dere byzantinische Kaisertochter Irene-Maria (der »Rose ohne Dorn« en Lorch) verheiratet, ond hätt des Konstantinopel sicher au no zu're schwäbische Oberamtsstadt gmacht.

Ond hat älles scho so schee nagrichtet ghet für den IV. Kreuzzug ens Heilige Land. Da holt'r sich am 6. August 1197 bei dr Jagd en Messina dui Malaria, ond sei Heer segelt em September ohne ihn los, ond er stirbt so jong mit zwoiedreißich, ond wird eme Porphyrsarg em Dom von Palermo vergrabe. Ond was hätt der no älles do könne für ons Schwabe.

Mechthilds Mädle Elisabeth

Elisabeth von Nassau-Saarbrücken
und von Stolberg

Am 4. Oktober 1447 hat onser genialer Graf Eberhard (noch ohne Bart ond no koine zwoi Jahr alt) nomol a Schwesterle kriegt, da hat sei Muetter Mechthild em Stadtschloß en Urach ihr letztes Kend uff d'Welt bracht, ond mr hat's nach dr Ururururururururgroßmuetter, dr heilige Elisabeth daift. Ond des Mädle isch no net amol ens Kenderschüele gange, da isch anno 1450 scho dr Vatter gstorbe, der Graf Ludwig von Wirteberg »an der Pestilentz«.

Ond mit dreiezwanzich Jahr hat mr se verheiratet an en vierezwanzich Jahr ältere Witwer, den Grafe Johann III. von Nassau-Saarbrücken. Ond grad zwanzich Monat send se gheirat gwä, da isch der Ma em Juli 1472 uff dr Reis zu seim Schwager en Urach, zom Graf Eberhard em Bart, onterwegs en Vaihenge an dr Enz gstorbe. Ond a Vierteljahr später brengt dui Elisabeth den Graf Johann Ludwig, den Stammhalter vo dene Nassau-Saarbrücken uff d'Welt.

Ond dr Elisabeth ihrn Ma hend se en dere Stiftskirch St. Arnual en Saarbrücke (wo mr jetz so lieb restauriert hat, wie mr des au en Stuegert sott) vergrabe. Ond er hat en wonderscheene Grabstoi kriegt, den scheeste vom ganze Saarland, ond er liegt da en voller Ritterrüstung mit gfaltete Händ, ond an de Füeß en Löwe.

Ond weil der Bildhauer scheint's grad Zeit ghet hat, hat'r au no des erste Weib vom Johann links drvo naglegt, ond rechts drvo glei au no dui quicklebendige fenfezwanzichjährige Witwe Elisabeth »in langem faltigem Gewand« ond hat drzuegmoißelt:

»HIE LIGET BEGRABEN DIE WOLGEBORNE FRAUWE ELISABETH GEBORNE VON WIRTENBERG VND MYMPELGART GRAVINNE ZU NASSAWE VND ZU SARBRUCKEN ETC. DIE GESTORBEN IST IN DEN IAREN VNSERS HERREN MCCCC( ) DES ( ) DAGES DES MONDES ( ) DER SELEN GOT ALMECHTIG BARMHERTZIG SIN WOLLE.«

Ond den Platz für des Sterbedatum hat'r oifach leer glasse. Ond so leer isch au des Grab bliebe bis zom heutige Dag. Denn statt en Saarbrücke versaure, hat se anno 1474 nomol gheiratet, ond wieder en Witwer, aber desmol wenigstens bloß elf Jahr älter, den Graf Heinrich den Ältere von Stolberg.

Von dem hat se aber koine Kender meh kriegt, ond der hat se sogar no om sechs Jahr überlebt. Denn sie isch am 3. Juni 1505 en Wernigerode gstorbe ond, statt daß mr se nach Saarbrücke überführt hätt, en dr St. Martinskirch en Stolberg em Harz »vor dem Predigtstuhle« vergrabe worde. Ond ihr Ma hat're en Nürnberg en dr Werkstatt vom Peter Vischer d.Ä. a wonderscheene Grabplatte aus Bronze gieße lasse ond a lange lateinische Inschrift dromrom.

Net ganz vierhondert Jahr später schreibt der Haushistoriker Botho Graf zu Stolberg-Wernigerode über seine wirtebergische Nicht-Ahnfrau: »Überblickt man Elisabeths Leben und Wirksamkeit so erscheint sie von gutem, wohlwollendem Character und von Pflichttreue gegen ihre Angehörigen beseelt; daneben war sie der Kirche treu ergeben und von rechtschaffener, christlicher Gesinnung, aber sie war eigenwillig und trug in früheren Jahren kein Bedenken, für Schmuck und prächtige Ausstattung größere Summen zu opfern. Jedenfalls übte sie einen guten Einfluß auf ihr Haus und ihre Umgebung aus.«

Wenn mr au sonst kaum ebbes über dui Schwester vom Eberhard em Bart woiß, wer grad zufällig em Harz dahobe isch oder an dr Saar dahomme, der soll halt a Bleamle uff die prachtvolle Gräber lege. Denn immerhin isch des a Mädle von dr Mechthild von dr Pfalz, »der Mutter aller Schul, der freyen Künsten edler Buhl«, ond dui hat ja d'Gscheitheit uff Wirteberg bracht.

Elisabeths Grabmal in Stolberg

Shakespeare der Schweiz

Jeremias Gotthelf

Allen willkürlichen und unnatürlichen, ja antieuropäischen Grenzziehungen der Neuzeit grad zum Possen reicht das Schwabenland im Süden auch heute noch bis an die Alpenpässe heran. Und so sind es drei schwäbische Stammesbrüder mit helvetischer Staatsbürgerschaft, die im 19. Jahrhundert »kostbarste Beiträge zur Weltliteratur geliefert« haben: Jeremias Gotthelf, Gottfried Keller und Conrad Ferdinand Meyer (»Ich bin von Schwabenstamme, ein Eidgenosse gut«).

Der Jeremias Gotthelf isch als Albert Bitzius am 4. Oktober 1797, uff d'Welt komme em Pfarrhaus von Murten. Er isch aus uraltem Berner Gschlecht, ond seine Altvordere hend scho anno 1476 den Burgunderherzog Karl den Kühnen verschlage, au en Murten.

Anno 1805 hat der Vatter dui Pfarrstell von Utzenstorf em Emmental kriegt mitsamt dem Baurehof, ond sei Albertle hat'm gholfe drbei ond seiner Lebtag lang a Freud ghet an dr Landwirtschaft.

Isch aber koi Bauer worde, sondern hat no en Bern Theologie studiert ond nach'm Exame bei seim Vatter als Vikar agfange ond au als Schuelmoister ausgholfe. Ond no hat'r sogar no en Göttenge a bißle weiterstudiert an dr Universität, des ka koim Gscheite schade, ond isch au no ebbes romgreist bis nuff nach Rügen, ond über Weimar, Dresden, München ond de Bodesee isch'r wieder hoim. Wo aber bald druff sei Vatter gstorbe isch.

Anno 1824 isch'r als Pfarrverweser nach Herzogenbuchsee em Kanton Bern komme, ond weil'r für die allgemeine Schulpflicht kämpft hat (hend mir Wirteberger scho seit'm Herzog Christoph!), hat'r Händel kriegt mit dr Obrigkeit, ond se hend'n strafversetzt nach Bern.

Ond dort hat'r's mit dene reiche ond vollgfressene Bürger verschisse, hat dene eigebildete Brüeder ihr Habgier ond Dommheit ond Verlogeheit vorghalte ond ihr Blendheit für dui Armut ond des Elend vor ihrer Haustür.

Jeremias Gotthelf (1797–1854)

Ond wieder hend se'n drvogschickt, anno 1831 ond desmol zur Straf lebenslänglich ens Emmental nach Lützelflüh glei henter Pfuideifel. »Dort in der Vereinsamung wird der Dichter geboren.«

Aber erst amol hat'r jetz gheiratet, a Professerstöchterle aus'm Berner Patriziat, sei Henriette Elisabeth Zehender, acht Jahr jönger, ond om 18 Jahr hat se'n überlebt, ond drei

Kender hend se ghet mitnander, zwoi Mädle ond oin Bueb, ond hend älle ebbes daugt.

Ond weil'r uff dr Kanzel an seine Baure wie an a Wand nagschwätzt hat, fangt'r jetz a schreibe, »wie der Ausbruch eines Stausees, der in wilden Fluten losstürzt«. Ond hoißt sich jetz nach dr Hauptfigur vo seim erste Roman »Jeremias Gotthelf«.

Ond »dieses erzählerische Genie« (Gottfried Keller) wird »mit einem Schlage weltberühmt. Die Wirkung seiner Bücher war ungeheuer, er gehörte zu den meistgelesenen Autoren der Zeit.« Ond so Germanistikprofesser hoißet'n sogar den »Skakespeare der Bauernwelt der Schweiz« ond »einen der bedeutendsten Prosaepiker der Weltliteratur.«

Am 22. Oktober 1854 hat'n vor lauter Schaffe dr Schlag troffe en Lützelflüh, ond dort liegt'r au vergrabe. Ond älles, was'r gschriebe hat, isch au nach hondertfuffzich Jahr no taufrisch ond urig, spritzig ond witzig, gscheit ond schee, ond mr ka sich's so richtig vorstelle, wie der heut loslege dät gege dui Liedrichkeit em Land ond uff dr Welt.

Ond obwohl viele onserer wahlberechtigten Mitbürger statt Jeremias Gotthelf (Albert Bitzius) lieber Jeremias Baumwolle (Jerry Cotton) leset (wenn se überhaupt no leset ond net bloß glotzet), »eine intellektuelle Elite« liest'n nach wie vor, denn sonst dät's doch net emmer no so viel Taschebüecher von'm gebe em Buechlade.

Wir wissen nicht, was Herr Professer Reich-Ranicki gerade an lahmen literarischen Langweilern und eintönigen Eintagsfliegen empfiehlt, wir empfehlen unseren guten Freund aus Schülertagen, aus Lützelflüh.

Seine Lektüre ist wie ein Urlaub in der schönen (schwäbischen) Schweiz, bloß preiswerter.

Frecher Frischlin

Nikodemus Frischlin

Am 22. September 1547 isch der »hochbegabte Dichter und geniale Gelehrte« Nikodemus Frischlin en Erzenge em Oberamt Balenge uff d'Welt komme. Dort isch sei Vatter Pfarrer gwä, dr Großvatter herzoglicher Hausschneider uff Schloß Dibenge ond aus dr (schwäbische) Schweiz komme. Von dr Muetter her aber stammt'r aus dere alte Büchsemacherfamilie Ruoff.

Der Jong därf uff dui Klosterschuel, erst en Königsbronn ond no en Bebehause ond no kommt'r mit fuffzehn uffs Dibenger Stift. Ond scho mit oisezwanzich wird der gscheite Kerle zom außerordentliche Professer für Poetik und Geschichte befördert.

Seine Studente hend'n arg möge, so spritzig ond brillant, wie der gwä isch, aber »was ihm entgegenstand, war der Kollegen Neid und Angst, daß ihre Mittelmäßigkeit von dem Genie des Vorwärtsstürmenden erdrückt werde.«

Sein Hauptfeind isch sei alter Lehrer Martin Crusius (1526–1607) gwä, »ein aufgeblasener und giftgeschwollener, übrigens sehr gelehrter Durchschnittsprofessor, der an Geist und Witz ebenso sehr unter seinem Gegner stand, als er ihm an praktischer Klugheit überlegen war.«

Ond onser Frischlin »verstand sich auf jede Kunst besser, als auf die, seine vorwitzige Zunge zu hüten. Auch sein Lebenswandel war ziemlich ungeordnet. Trunksucht war nicht das einzige Laster, das man ihm mit Grund vorwarf. Mit der Heiligkeit der Ehe nahm es der allzu sinnlich veranlagte Mann nicht genau.«

So wüescht se's ihm als Professer en Dibenge gmacht hend, so schee hat'r's en Stuegert als Dichter ghet beim gscheite ond guetmütige, aber halt doch so arg versoffene Herzog Ludwig, seit'r dem anno 1575 zur Hochzich mit seire badische Braut Dorothea Ursula so a langs lateinischs Gedicht gmacht ghet hat. »Er war im Hoflager manches Jahr ein wohlgelittener Gast, der als Zecher, Jäger und witziger Gesellschafter seinen Mann stellte.«

Ond was hend se erst a Freud ghet an seine lateinische Komödie. »Frischlin war bei weitem das erste poetische Talent, das Schwaben im 16. Jahrhundert hervorgebracht hat.« Ond dr Kaiser Rudolf II. en Prag hat'n anno 1577 uff Empfehlung vom Herzog Ludwig sogar zom »Poeta laureatus«, zom »kaiserlichen Poeten gekrönt.«

Ond jetz hat'r gmoint, jetz därf'r loslege ond hat so a freche Gosch ghet gege die Adelige ond Hofleut en Stuegert, daß'r bald vor lauter Feind nemme nausgsehe hat ond lieber uff de Balkan zoge isch nach Slowenien ond en Laibach als Schuelrekter gschafft hat.

»Von 1582 bis 1584 amtete er dort in verdienstlicher Weise, gab aber dann ohne zwingenden Grund seinen Wirkungskreis auf.« Hat halt Hoimweh ghet ond isch wieder en Dibenge glandet. Ond dr Herzog Ludwig (der hat anno 1585 nomol gheiratet, desmol a Pfälzere ond wieder hat dr Frischlin des Hochzichsgedicht mache därfe) hätt halt so gern ghet, daß'r wieder Professer wird.

Aber diese liedriche Langweiler ond Sch(l)afschwätzer hend's oms Verrecke net glitte. »Um sich des Verhaßten für immer zu entledigen, griff die Universität zu einem höchst unwürdigen Mittel: sie rührte eine verjährte Skandalgeschichte auf und erhob wider Frischlin Anklage wegen Ehebruches. Durch sein thörichtes Verhalten brachte er es dahin, daß er aus Württemberg ausgewiesen ward.«

»Er zog als vagabundierender Bänkelsänger durch die Lande und der Haß seiner Feinde verfolgte ihn auch in der Fremde.« Ond mit Crusius & Co »entspann sich ein endloser

Nikodemus Frischlin (1547–1590)

litterarischer Krieg, der sich mehr und mehr im Sumpfe persönlicher Beleidigungen und Verleumdungen verlor.« Oineweg hat'r anno 1588 wieder a Stell kriegt als Schuelrekter en Braunschweig, aber er hat halt sei freche Gosch net halte könne ond isch wieder nausgfloge.

Em März 1590 hend se'n en Mainz verhaftet ond nach Wirteberg uff de Wirteberg bracht ond no uff dr Festung

Hohenurach eigsperrt. Dort hat'r fleißig weiterdichte därfe, ond scheint's »sollte Frischlin erst gründlich gedemütigt, später aber doch wieder in Freiheit und Brot gesetzt werden.«

Dadrvo hat aber er nex gwißt ond en seiner Verzweiflong bendet'r seine Hemmeder ond sei Wäsch ananander ond will sich en dr Nacht zom 30. November 1590 an dr Burgmauer absoile. Aber des Soil hebt net ond kracht »und der Körper des Unseligen zerschellte an den Felsen Hohenurachs.«

»So endete Frischlins verpfuschtes Leben – verpfuscht durch eigene Verschuldung wie durch fremde Lieblosigkeit. Bei großen moralischen Schwächen bleibt vieles bei dem Manne bewundernswert. Nicht bloß seine glänzende Begabung, auch seine geistige Spannkraft, die seinen Mut in den ärgsten Widerwärtigkeiten aufrecht erhielt und seinen Eifer für Wissenschaft und Dichtkunst unter Kämpfen auf Leben und Tod nicht erlahmen ließ.«

Schillers Emiles Enkele

Alexander von Gleichen-Rußwurm

Am 25. Oktober 1947 isch en Bade-Bade der Schriftsteller Alexander von Gleichen-Rußwurm gstorbe. Des wär ons eigentlich au egal, aber der Ma isch dr Urenkel vom Schiller ond soll, saget se, »der letzte leibliche Nachkomme des schwäbischen Dichterfürsten« gwä sei.

Ond isch anno 1865 uff Schloß Greifenstein bei Hammelburg en Onterfranke als Heinrich Adelbert Carl Alexander Konrad Schiller Freiherr von Gleichen, genannt Rußwurm, uff d'Welt komme.

Sei Vatter isch Kunstmaler gwä, ond sei Muetter isch'm bald nach dr Geburt weggstorbe. Ond deswege hat'n sei Großmuetter großzoge.

Des isch em Schiller (1759–1805) sei jöngstes Mädle gwä, dui Emilie (1804–1872), wo anno 1828 den bayrische Kammerherre von Gleichen gheiratet ghet hat. Ond doch ihrer Lebtag a gscheite ond rechte Schwäbin bliebe isch:

»Meine Großmutter Emilie war eine schöne, strenge Frau, die zu herrschen gewohnt, die Umgebung nach ihrem Willen modelte, sie duldete kein Unbeschäftigtsein und pflanzte jenen Drang zur Tätigkeit ins kindliche Gemüt, der die Arbeit nicht zur traurig erfüllten Pflicht, sondern zur innerlich gezeitigten Erfüllung des Daseins macht. Diese Schule der

Schillers jüngste Tochter Emilie
(1804–1872)

ersten Lebensjahre hat mir nachwirkend vieles erleichtert und ihre Erinnerung ist unlöslich mit der Heimat verbunden.«

Entgegen der Olympischen Devise des Baron Pierre de Coubertin (»Nicht siegen, dabeisein ist wichtig!«) hend mir mittlerweil zur Abwechslung au amol en Krieg gwonne ghet, den Siebzger Krieg, ond deswege isch der Alexander nach'm Abitur uff dui Kriegschuel en Metz gange, ond hat's bis zom Leutnant bracht. Ond no hat'r als Adjutant vom Großherzog von Hessen-Darmstadt schaffe därfe.

Anno 1895 aber hat'r gheiratet, sei Bäsle Sophia Freiin von Thienen-Adlerflycht: »Seltsame Fügung wollte, daß ich schon in frühester Jugend – wir hatten beide kaum Schreiben gelernt – meine jetzige Gattin mit mir durch Austausch von Briefchen und Photographien in Verbindung trat. Wir waren Geschwisterkinder...«

Alexander von Gleichen-Rußwurm
(1865 – 1947)

Ond hend koine Kender kriegt, aber sonst send se selig gwä mitnander bis 1947, ond, seit sui anno 1952 au gstorbe isch, für ewig.

Nach dr Hochzich hat'r sich uff seine Güter zrückzoge ond uff Schloß Greifenstein glebt. Ond hat dort en Haufe Dichter ond Denker om sich versammelt, wie dr Heinrich Mann beispielsweis, ond so mit fenfedreißich hat'r no selber dichte afange ond schreibe.

»Mit leichter Hand, angeregt von seiner Frau, entfaltete er ein umfangreiches Schaffen. Er war Dichter und Dramatiker, Kulturphilosoph und Kulturhistoriker, Journalist und Redner, Gutsherr und Geschäftsmann – ein vornehmer Edelmann altfränkischer Art, ein Grandseigneur, doch innig verwurzelt in Volk, Heimat, Religion.«

Ond dr Prinzregent Luitpold von Bayern hat'n oft zu sich zom Vespre eiglade, deswege hat'r au sein Wentersitz nach

München verlegt, isch au viel mit seim Weib en ganz Europa romgreist ond lang en Rom bliebe, wo seim Urehne seim Freund sei August vergrabe liegt.

Hat aber oineweg en ganze Berg Büecher gschriebe, weiter wie seire Oma Emile ihr fleißiger Vatter. Sein Hauptwerk isch »Die Geschichte der europäischen Geselligkeit« (6 Bände) ond die »Kultur- und Sittengeschichte aller Zeiten und Völker« (24 Bände). Weiter a »Weltgeschichte in Anekdoten«, en Haufe Biographie, Roman, Theaterstück, viele Büecher über Schiller, Goethe ond Shakespeare, ondondond, des ka mr wg. Platzmangels gar nemme älles uffzähle.

»Er war bemüht, die ideal-humanitären Ideen der Klassik zu verbreiten, die Idee insbesondere vom Wert der Persönlichkeit, auch von Freiheit und Schönheit, und sie in einer nüchternen, andersgearteten Zeit als Vorbild weiterwirken zu lassen.«

Ond deswege hat'r ja au scho anno 1880 des ganze Sach vo seim Urehne nach Weimar gstiftet, daß die hend könne des »Goethe- und Schiller-Archiv« uffmache.

Nach dreiedreißich hat mr nemme viel von ihm wölle, außer sei Schloß Greifenstein, des hend se'm anno 1938 enteignet, ond er isch en dui Villa Menschikow zoge en Bade-Bade, ond hat dort glebt bis zu seim Tod.

En de Literatur- ond sonstige Lexiköner stoht'r no dren, aber koi gotzigs Buech meh em Buechlade. Wer Glück ond Geduld hat, fendet dronternei ois em Antiquariat oder uff'm Flohmarkt. Älle andre aber müeßet scho em Schiller seim Herzog Carl Eugen sei Landesbibliothek gange.

»Ein Edelmann von Geblüt und Gemüt«

Georg Friedrich vom Holtz

Am 1. November 1597 isch onser Landsmann Georg Friedrich vom Holtz uff d'Welt komme, als armer Kerle.

Sei Vatter isch'm scho em September an dr Pest weggstorbe gwä. Ond sei Muetter Anna, a geborene von Gaisberg, will en ihrer Not hoim zu ihre Leut uff Burg Waldenstein bei Rudersberg, aber die lasset se aus lauter Angst vor dr Pest net rei. Se soll drusse bleibe em Vorhof vor dr Burg ond dort des Kend kriege.

Ond en ihrer Verzweiflong flüchtet des verwitwete Weib en Wald, ond muetterseelealloi ame Bronne schenkt se dort dem Büeble s'Lebe.

Baure, wo Wasser holet, fendet Muetter ond Kend ond brenget se uff d'Burg, jetz därf se rei, aber bald druff stirbt se, ond no so jong.

Ond des Waisebüeble wird effangelisch daift ond erst amol vo seim Großvatter großzoge, aber scho em Jahr druff isch der au tot, ond des Kend wird ebbes en dr Verwandtschaft omandergschobe, mol en Adelstette bei dr Großmuetter, wo nomol gheiratet hat, mol bei de Onkel Gaisberg en Schnait, en Geislenge, ond wieder uff Waldenstein.

Ond no schicket se'n zu seim Obervormund, dem Erbschenk Karl zu Limpurg uff Schloß Schmiedelfeld, daß'm der ebbes Gscheits beibrengt, ond bei dem därf'r als Page schaffe.

Mittlerweil aber isch der Prager Fenstersturz gwä, ond der Dreißichjährige Krieg hat agfange ghet, ond der jonge Kerle hat a Gschäft gsuecht beim Kommiß. Aber de Effangelische, der Markgraf von Ansbach hat'n net eigstellt, drfür hat'n aber der würzburgische Oberst Jakob Baur von Eyßeneck en sei Regiment uffgnomme als Persönliche Referent.

Ond sei Limpurger Döte hat jetz nex meh von'm wisse wölle ond hat'n schwer verschempft, weil'r »sein Gewissen und seine Religion leichtsinnig preisgegeben habe«.

Er hat sich höflich entschuldigt, sonst häb'r ja koi andre Lehrstell kriegt, ond drhoim faul romstracke, des sei net sei Sach, ond hat hoch ond heilig versproche, daß'r effangelisch bleibt. Ond es seiet scho ganz andre Leut von de Kickers zom VfB gange.

Zwölf Jahr hat'r sich jetz mit seim Regiment uff älle Schlachtfelder romtriebe ond als Effangelischer für de Kadolische kämpft ond Karriere gmacht. Hat beispielsweis en dere Schlacht am Weißen Berge anno 1620 helfe den »Winterkönig« Friedrich V. von dr Pfalz besiegt ond aus seim Königreich Böhmen verjagt. Isch drfür Fähnrich worde.

Hat dem Tilly gholfe dui Schlacht bei Wimpfen gwenne anno 1622 em Mai. Hat drbei en Spieß en Buckel gstoche kriegt, isch aber drfür Leutnant worde. Em Juli hat'r vor Heidelberg en Schuß en rechte Fueß kriegt, ond em September vor Mannheim en Stich ens lenke Knie, so daß'r seiner Lebtag lang Schmerze ghet hat ond »krumm gegangen« isch.

Schließlich hat'n dr Tilly sogar zom Hauptmann gmacht, ihm a oigene Kompanie gebe ond dui zu seire Leibwach gmacht. Ond jetz hat'r soviel verdient, daß'r sich em Urlaub em Herbst 1628 en dr Hoimet des Schloß Alfdorf hat kaufe könne samt dene Äcker, Wiese ond Wälder. Ond hat no au gheiratet, sei Anna Kunigunde Greck von Kochendorf.

Georg Friedrich vom Holtz
(1597–1666)

Ond wie dr Kaiser Ferdinand III. ond dr Tilly verlangt hend, daß'r jetz kadolisch wird, hat'r dene oifach kündigt ond isch uff Alfdorf zoge. Ond hat jetz beim Herzog von Wirteberg gschafft ond a oiges Regiment kriegt, ond hat jetz gege seine alte kadolische Kriegskamerade kämpfe müeße.

Machet mr's voll kurz: No isch dr Gustav Adolf gfalle, dui Schlacht von Nördlenge verloregange, dr Herzog Eberhard III. isch uff Straßburg ens Exil ond hat seine Truppe hoimschicke müeße. Ond dr Herr Oberst vom Holtz isch 1636 en sei Alfdorf hoimkommme, dr ganze Flecke samt Schloß ond Kirch oi Trümmerhaufe ond vo 182 Leut lebet no 22. Ond er selber isch no dr oinzige Ma vo seim Gschlecht, älle andre vom Holtz send an dr Pest weggstorbe.

Ond jetz holt'n der Kurfürst Maximilian trotz seim falsche Gsangbuech für nomol zehn Jahr en sei bayrische Armee ond macht'n schließlich am End no zom Generalfeldzeugmeister. Ond dr Grimmelshausen en seim »Simplizissimus« schreibt ausdrücklich, was des für a gscheiter ond fähiger Kopf gwä isch.

Anno 1648 isch endlich Friede ond er ka jetz sei Alfdorf wieder herrichte, ond hat mittlerweil au a Büeble. »Seine Nachkommen bewohnen noch heute das Gut. Das Alte und das Neue Schloß, die Parkanlagen und die evg. Rokokokirche geben dem Ort immer noch ein herrschaftliches Gepräge.«

Ond dr Herzog macht'n jetz zom Verteidigungsminister, zom (nulltariflich besoldeten) »Generalkommandanten aller württembergischen Festungen und Kriegsvölker« ond zom (wohldotierten) Landrat von Schorndorf, Waiblenge ond Wennede.

Anno 1666 am 11. August hat'r endlich sei Rueh gfonde, ond se saget, er sei »ein treuer, sorgfältiger Vater seiner Untertanen« gwä ond »ein Edelmann von Geblüt und Gemüt«.

Katharina Keplerin

Keplers Mutter

»Am dritten Tag vor Martini im Jahr des Spanischen Krieges«, am 8. November 1547, isch onserm Landsmann Johannes Kepler sei Muetter uff d'Welt komme. Katharina hat se ghoiße ond isch's Mädle gwä vom Schultes ond Sonnewirt Melchior Guldenmann von Eltenge. Beim Autobahndreieck Leonberg, en dr Carl-Schmincke-Straße 54.

Als Honoratioretöchterle hat se no mit dem Buebe vom Bürgermoister Sebald Kepler von Weil der Stadt rompoussiert, a regelrechter Dagdieb ond Schläger, der Heinrich Kepler, daß sogar sei genialer Jonger selber gsait hat, des sei »ein ruchloser, schroffer, streitsüchtiger Mensch« gwä.

Dui Katharina hätt ja gwieß en liebere Ma verdient ghet, aber se hend halt heirate müeße, denn scho siebe Monat nach dr Hochzich isch des erste Kend daglege, grad dieser später so weltberühmte »Seiner Kayßerlichen Mayestät Rudolphi des Andern Hof-Mathematicus zu Prag« Johannes Kepler.

Ond trotzdem, daß die Eheleut bloß ewig Händel ghet mitnander, send em Lauf dr Zeit nomol sechs Kender komme, ond drei drvo scho em Wiegle weggstorbe.

Scho drei Jahr nach dr Hochzich hat der Heinrich Weib ond (zwoi) Kender sitze lasse ond isch drvogloffe. Ond wär direkt zur Fremdelegion, aber dui hend se no net erfonde ghet, so isch der Landsknechtstyp halt en die Spanische Niederlande dappt ond hat dort beim Herzog von Alba als Söldner gschafft.

Statt froh sei, daß se den Schlamper endlich losgwä wär, reist dui Katharina, diese daube Nuß, em Jahr druff nach Flandern ond schloift den Denger wieder hoim.

Ond statts wieder en dui Freie Reichsstadt Weil der Stadt send se uff D-71229 Leonberg / Württ. zoge ond hend sich 1575 des Haus Marktplatz 11 kauft. Ond des isch ausnahmsweis net domm gwä, denn so hat des Johannesle omesonst studiere därfe, en dene Klosterschuele Adelberg ond Maulbronn ond en Dibenge uff'm Stift: »Württemberg gab dem Genie seine Chance.«

Außer an dem gscheite Kerle aber hat des »Kätherchen«, dui »Keplerin« sonst koi Freud meh em Lebe ghet. Ihr gwalttätiger Heini isch glei wieder nach Belgien abghaue, ond er wär dort beinah ghenkt worde. Hättet se's no do.

Denn so isch der Denger emmer wieder hoimkomme ond hat sei Weib abwechslungsweis verschlage ond gschwängert, isch andauernd wg. »Unfug und Rauffens« vorem Amtsgericht gstande, ond hat en dr Fremde scheint's sei ganz Gerstle verpulvert. Denn anno 1579 hat'r sei schees Haus en Leonberg verkaufe müeße ond isch ens Badische gange ond hat dort en Ellmendenge bei Pforze a Kneipe pachtet. Aber mit dere isch'r (wie so viele Kollege) bankrottgange, ond kaum wieder drhoim en Leonberg, isch'r glei wieder wege 're Schlägerei vors Gricht komme.

Ond so, schreibt der berühmte Sohn, isch's grad weitergange mit der »Ehe voll Streit« ond anno 1589 »behandelte der Vater die Mutter sehr hart und schließlich ging er in die Verbannung.« Er sei, hoißt's, wieder als Soldat loszoge, desmol gege die Türke, ond soll, saget se, em August 1590 henter Ulm uff'm Balkan »in dr Nähe von Augsburg einen ›schlimmen Tod‹ gestorben« sein, nixgwießwoißmrnet.

*Katharina Keplers Denkmal
in Eltingen*

Wer aber moint, jetz hätt se's endlich amol schee ghet, der irrt, jetz isch der Jammer erst richtig losgange. Durch des Ehemartyrium isch se mit dr Zeit »eine Frau von beißendem Witz, streitsüchtig, von schlimmem Wesen« (Johannes Kepler) worde. Ond nebe ihrem bißle Landwirtschaft her hat se au Kräuter gsammlet ond Pülverle, Sälble ond Säftle, so Arzneie gege älle mögliche Krankheite draus gmacht, nex anders wie au die Frau Herzoginwitwe Sibylla em Leonberger Schloß mit dem scheene Pomeranzegarte.

Aber dr Keplerin hend se en Strick draus dreht ond a frühere Freundin hat se wege Hexerei azeigt. Ond en Leon-

Johannes Kepler (1571 – 1630)

berg isch grad so a Hornochs namens Einhorn als Landrat nakomme gwä, »ein gnadenloser Hexenjäger«.

Ond der hat jetz des arme Weib vors Gricht zerrt. Ond wenn ihr Jonger net so a Berühmtheit gwä wär ond zu seire Muetter nagstande wär, no hättet se kurze Prozeß gmacht ond se uff de Scheiterhaufe bracht. So aber isch se nach vierzehn Monat Ontersuchongshaft wieder freiglasse worde.

Grad sechs Monat hat se ihren Freispruch überlebt, no isch se am 13. April 1622 gstorbe. Wo, woiß mr net hondertprozentig gwieß, aber jedefall bei ihrem Mädle Margarethe, dr Pfarrfrau von Roßwälden, ond dort liegt se no au vergrabe.

Württemberg-Mömpelgard

Verlobung Eberhards IV. mit Henriette
1397

Vor 600 Jahr, »am 13. November 1397 wurde für Henriette Gräfin von Mömpelgard und Eberhard Graf von Württemberg der Ehevertrag geschlossen. Damit begann eine vier Jahrhunderte andauernde fruchtbare Verbindung beider Länder.«

So stoht's uff dem Denkmal, wo en Montbéliard vorem Schloß eigweiht wird: »600 Jahre danach wurde dieses Denkmal von Württembergern den Mömpelgardern geschenkt.«

Dere Henriette ihr Vatter isch em Jahr vorher, am 28. September 1396, en dr Schlacht von Nikopolis gege die Türke gfalle. Ond ihr Großvatter isch am 1. November 1397 gstorbe ond hat am Dag vorher no sei Testament gmacht ond seim älteste Enkeltöchterle, dr Henriette »die Grafschaft Mömpelgard, die Herrschaften Pruntrut, Granges, Etobon, Saulnot, Clerval, Passavant und die Oberlehensherrlichkeit über La Roche zugeschrieben.«

So a Goldvögele ka aussehe, wie se will, ka schiele, en Schnitzbuckel ond Schwoißfüeß han, bei dere standet die Kerle Schlange. Ond der wirtebergische Graf Eberhard III. »der Milde«, wo grad en seim Reicheweiher em Elsaß beim Herbste zueguckt, reitet em Karacho nach Montbéliard ond ka's kaum verwarte, no beim Leicheschmaus verlobt'r sein oinzige Jonge, den Graf Eberhard IV. »den Jüngeren« mit dem Mömpelgarder Mädle.

Der Bueb isch em August 1388, am Dag von dr Schlacht von Döffenge uff d'Welt komme gwä, ond also grad neun Jahr alt. Wie alt aber dui Braut gwä isch, ka mr nemme sage, ihr Muetter isch em April 1383 verlobt worde ond em Februar 1394 gstorbe, ond es send no drei kleinere Schwestre am Lebe gwä.

Ond se wird jetz en Stuegert uffzoge, ond sobald die zwoi alt gnueg drfür send, wird »das eheliche Beilager vollzogen.« Wenn des gwä isch, woiß au neamerts meh. Uff jeden Fall isch anno 1408 a Kend da, dui Anna, wo später den stenkreiche Grafe Philipp von Katzenelnbogen heiratet ond den Ma en ihrer Gschucktheit dermaße zur Verzweiflung brengt, daß'r se wieder hoimschickt ond er so »der Letzte seines Stammes und Namens« wird.

Anno 1412 brengt se en Buebe uff d'Welt, den Ludwig, ond s'Jahr druff den Ulrich »den Vielgeliebten«, der wo dui Stuegerter Stiftskirch so schee hat baue lasse, wo se jetz so kotzmillionisch verschandle wöllet.

Jetz, daß'r die zwoi Erbprinze ghet hat, isch dui Henriette dem Eberhard egal gwä, ond er hat sich bloß no mit Menschle romtriebe ond en Haufe ledige Kender en d'Welt gsetzt. Ond scho dr Professer Decker-Hauff hat's emmer wieder gsait, daß es jedefall kaum en alte Wirteberger gibt, wo net den Eberhard zom Urehne hat, ond zwar ob Hegel oder Hanswurst, Hilfsarbeiter oder Hölderlin.

Er stirbt (bei dem Lebenswandel au koi Wonder) scho anno 1419, ond sui, »ain Hertzenhafte Fraw wie ain Mann, hat das Land Wirttemberg nach ires Hawswirts Tod wol in gueten Friden regiert.« Bis ihr Ludwig alt gnueg gwä isch, ond den hat se scho mit siebe Jahr verlobt ghet mit der acht Monat ond achtzehn Dag (!) alte Mechthild von dr Pfalz, dr Muetter vom berühmte Graf Eberhard em Bart ond von

Der Straßburger Glasmaler Peter Hemmel von Andlau hat das Ehepaar Eberhard und Henriette auf den Chorfenstern der Tübinger Stiftskirche verewigt

zwoi Universitäte, dui wo d'Gscheitheit nach Wirteberg bracht hat.

Anno 1444, ausgrechnet am Valentinstag, stirbt dui Henriette en ihrer alte Hoimet, ond dort bei ihre Altvordere en dere Schloßkirch St. Maimboeuf will se au vergrabe sei, ond net en Stuegert.

Ihr Ländle Mömpelgard (»le pays«) aber en dr Burgundische Pforte zwische Belfort ond Besançon bleibt jetz für fast vierhondert Jahr beim Haus Wirteberg. Ond des gwieß net zu seim Schade: Hat so älle wirtebergische Segnunge au mitkriegt: Kehrwoche, Reformation, Intelligenzifizierung.

Die Mömpelgarder hend genau 333 Jahr vor ihre burgundische Nachber ond Stammesbrüeder en d'Volksschuel gange därfe oder müeße. Ond hend au omesonst en Dibenge uff'm Stift studiere därfe oder später en Stuegert uff dr Hohe Carlsschuel. Ond onter ons, dr Peugeot isch grad so a wirtebergische Automobilfabrik wie dr Gottlieb Daimler.

Aber obwohl des Mömpelgard seit altersher zom Heilige Römische Reich Deutscher Nation ghairt hat, isch dieses Nachtschattegwächs von »Sonnenkönig« scharf gwä uff die gscheite, fleißige ond emmer friedliche Mömpelgarder ond hat viel Leid ond Elend au über des Land ond die Leut bracht.

Ond anno 1793 hend se's no endgültig kassiert. »Ich bringe Euch die Freiheit!« hat der Revolutionskommissar großkotzig vom Gaul ragschrie. Sait no dr Schultes vo Mömpelgard seeleruhig: »Die Freiheit haben uns unsere Grafen und Herzöge von Württemberg schon vor Jahrhunderten gewährt.«

Nach Waterloo hättet mr's wieder kriege könne, aber der dicke Friedrich, König von Napoleons Gnaden, hat's nemme wölle. Er hat ja sei Krone, des ganze Oberland ond Hohenlohe, die Reichsstädt ond des kadolische Sach älles als Entschädigung für Mömpelgard ond Reicheweiher kriegt ghet.

Anno 1914, der erste Soldat, wo em Erste Weltkrieg gfalle isch, kommt aus Montbéliard ond isch der Leutnant Peugeot. Ond die, wo uff'n gschosse hend, saget se, seiet Wirteberger gwä...

Anno 1950, nach'm Zwoite Weltkrieg, send's die Mömpelgarder, wo als erste ihr Hand ausstrecket. Die erste Städtepartnerschaft zwische Frankreich ond Deutschland isch dui Jumelage von Montbéliard ond Ludwigsburg.

Wief l'amitié entre »le pays« et »le ländle«! Äs läbö die doitsch-fransösischee Froindschaaft! Wief l'Örop!

Bildquellen

Archiv der Deutschen Verlags-Anstalt, Stuttgart: 111, 133, 195, 222, 297.

Archiv der Stadt Filderstadt: 68, 78, 79, 114, 115.218, 219.

Archiv Eduard Hindelang, Langenargen: 97.

Archiv Roman und Christoph Knorr, Stuttgart: 183, 208, 313.

Archiv Schloß Lichtenstein: 211.

Archiv Ernst Schmückle, Hohenacker: 278.

Archiv der Firma Margarete Steiff GmbH, Giengen/Brenz: 257.

Archiv des Verfassers: 67, 72, 76, 104, 124, 127, 150, 189, 224, 227, 241, 261, 281, 283.

Archiv Hermann Ziegler, Stuttgart: 38.

Badisches Landesmuseum Karlsruhe: 245.

Landesbildstelle Württemberg: 19, 55, 57, 85, 92, 93, 100, 141, 145, 238.

Stadtarchiv Stuttgart: 43, 207.

Stuttgarter Straßenbahnen AG: 159.

Württembergische Landesbibliothek Stuttgart: 17, 21, 25, 28, 31, 35, 41, 45, 51, 59, 63, 106, 109, 118, 131, 149, 153, 162, 167, 170, 177, 178, 179, 187, 197, 201, 203, 231, 235, 255, 264, 270, 287, 291, 295, 301, 304, 305, 309, 314, 317.

Württembergisches Landesmuseum Stuttgart: 155, 214, 215, 247, 273.

Von Gerhard Raff in der DVA

Herr, schmeiß Hirn ra!
Schwäbische Geschichten

124 Seiten mit 24 Abbildungen
ISBN 3-421-06257-9

Mehr Hirn!
Weitere schwäbische Geschichten

144 Seiten mit 24 Abbildungen,
darunter 8 Zeichnungen von Loriot
ISBN 3-421-05016-3

Hie gut Wirtemberg allewege I
Das Haus Württemberg von Graf Ulrich dem Stifter
bis Herzog Ludwig
Mit einer Einleitung von Hansmartin Decker-Hauff

LXIV, 688 Seiten mit 196 Abbildungen
ISBN 3-421-06335-4

Hie gut Wirtemberg allewege II
Das Haus Württemberg von Herzog Friedrich I.
bis Herzog Eberhard III.
Mit den Linien Stuttgart, Mömpelgard,
Weiltingen, Neuenbürg, Neuenstadt am Kocher
und Oels in Schlesien

XIX, 804 Seiten mit 134 Abbildungen
ISBN 3-421-06627-2

DVA